Maldito karma

Seix Barral Biblioteca Formentor

David Safier
Maldito karma

Traducción del alemán por
Lidia Álvarez Grifoll

Diseño original de la colección:
Josep Bagà Associats

Título original:
Mieses Karma

© Rowohlt Verlag GmbH, Reinbek bei Hamburg, 2007

Derechos exclusivos de edición
en español reservados
para todo el mundo:
© EDITORIAL SEIX BARRAL, S. A., 2009
   Avda. Diagonal, 662-664 - 08034 Barcelona

© Traducción: Lidia Álvarez Grifoll, 2009

ISBN 13: 978-84-322-2858-2
ISBN 10: 84-322-2858-3

Editorial Planeta Colombiana S. A.
Calle 73 No. 7-60, Bogotá

ISBN 13: 978-958-42-2354-8
ISBN 10: 958-42-2354-2

Primera reimpresión (Colombia): marzo de 2010
Segunda reimpresión (Colombia): junio de 2010
Impresión y encuadernación: Editorial Linotipia Bolívar

A Marian, Ben y Daniel:
vosotros sois mi nirvana

CAPÍTULO 1

El día de mi muerte no tuvo ninguna gracia. Y no sólo porque me muriera. Para ser exactos, eso ocupó como mucho el puesto número seis de los peores momentos del día. En el puesto número cinco se situó el instante en que Lilly me miró con ojos de sueño y me preguntó:

—¿Por qué no te quedas en casa, mamá? ¡Hoy es mi cumpleaños!

Al oír la pregunta, me vino a la cabeza la respuesta siguiente: «Si hace cinco años hubiera sabido que tu cumpleaños y la entrega de los Premios TV coincidirían un día, habría procurado que nacieras antes. ¡Con cesárea!»

Pero me limité a decirle a media voz:

—Lo siento, tesoro.

Lilly se mordisqueó la manga del pijama con tristeza y, como yo no podía aguantar más esa mirada, rápidamente añadí la frase mágica que vuelve a poner una sonrisa en cualquier cara infantil triste:

—¿Quieres ver tu regalo de cumpleaños?

Yo aún no lo había visto. Se tuvo que encargar Alex, porque yo, con tanto trabajo, hacía meses que no iba a comprar a ningún sitio. Tampoco lo echaba de menos. No había nada que me pusiera más nerviosa que perder un tiempo precioso en la cola del supermercado. Y las cosas hermosas de la vida, desde ropa hasta zapatos y productos de cosmética, no me hacía falta ir a comprarlas. Me las suministraban amablemente las mejores marcas por ser Kim Lange, la presentadora del programa de televisión de debates más importante de Alemania. La revista *Gala* me incluía entre las «mujeres mejor vestidas que rondaban los treinta», en tanto que otra gran revista de prensa rosa me definía menos halagadoramente como una «castaña regordeta con cartucheras». Me querellé contra la revista porque yo había prohibido publicar fotos de mi familia.

—Aquí tenemos a una preciosa mujercita que quiere su regalo —grité desde casa.

Y desde el jardín llegó el eco de una respuesta:

—¡Pues esa preciosa mujercita tendrá que venir aquí!

Cogí de la mano a mi emocionada hija y le dije:

—Anda, ponte las zapatillas.

—No quiero ponérmelas —protestó Lilly.

—¡Te vas a resfriar! —advertí.

Pero ella se limitó a contestar:

—Pues ayer no me resfrié. Y tampoco llevaba zapatillas.

Y, antes de que hubiera encontrado un argumento razonable contra esa lógica infantil cerrada y obtusa, Lilly ya corría descalza por el jardín, resplandeciente de rocío.

La seguí, derrotada y respirando profundamente. Olía a «pronto será primavera» y me alegré por millonésima vez, con una mezcla de perplejidad y orgullo, de poder ofrecerle a mi hija una fantástica casa con un enorme jardín en Postdam, cuando yo me había criado en un bloque de pisos prefabricados de la Alemania del Este. Allí, nuestro jardín apenas lo formaban tres jardineras, plantadas de geranios, pensamientos y colillas.

Alex esperaba a Lilly junto a una jaula para conejos que él mismo había montado. A sus treinta y tres años seguía siendo rematadamente atractivo, como una versión en joven de Brad Pitt, aunque, por suerte, sin su mirada seductora de aburrimiento. Su físico seguramente aún me volvería loca si las cosas aún hubieran ido bien entre nosotros. Pero, por desgracia, en ese momento nuestra relación era tan estable como la Unión Soviética en 1989. Y tenía el mismo futuro.

Alex llevaba fatal lo de estar casado con una mujer de éxito, y yo convivir con un amo de casa frustrado, cada día más harto de tener que oír los comentarios de las demás madres en el parque infantil: «Es geniaaal que un hombre se ocupe de sus hijos en vez de ir persiguiendo el éxito.»

Así pues, nuestras conversaciones empezaban a menudo con «Te importa más tu trabajo que nosotros» y acababan aún con más frecuencia con «Ojo, Kim, estás a punto de colmar el vaso».

Antes, al menos luego nos reconciliábamos haciendo el amor. Ahora ya hacía tres meses que no lo hacíamos. Y era una lástima, porque nuestras relaciones sexuales eran desde buenas hasta excelentes, todo dependía de si estábamos en mejor o peor forma aquel día. Y eso tiene que significar algo porque con los hombres que tuve antes de Alex las relaciones sexuales no habían sido precisamente como para hacer la ola.

—Aquí tienes tu regalo, preciosa —dijo Alex sonriendo, y señaló el conejillo de Indias que mordisqueaba en el cubil.

Lilly gritó entusiasmada:

—¡Un conejillo de Indias!

Y yo pensé, horrorizada: «¡Una conejilla de las narices preñada!»

Mientras Lilly contemplaba radiante de alegría a su nueva mascota, yo cogí a Alex por el hombro y me lo llevé aparte.

—Ese animal está a punto de tener crías —le dije.

—No, Kim, sólo está un poco gordo —me calmó.

—¿De dónde lo has sacado?

—De una protectora de animales —contestó con insolencia.

—¿Y por qué no lo has comprado en una tienda de animales?

—Porque ahí los animales están tan desesperados como los tipos que salen en tu programa.

¡Bang! Eso tenía que tocarme, y lo hizo. Respiré hondo, miré el reloj y dije con voz ahogada:

—Ni treinta segundos.

—¿Cómo que «ni treinta segundos»? —preguntó Alex desconcertado.

—No has estado ni treinta segundos hablando conmigo sin reprocharme que hoy voy a la entrega de los premios.

—No te reprocho nada, Kim. Sólo cuestiono tus prioridades —replicó.

Todo aquello me exasperaba, porque yo habría querido que él me acompañara a la concesión de los Premios TV. Al fin y al cabo, tenía que ser el mejor momento de mi carrera profesional. Y, maldita sea, mi marido debería estar a mi lado. Pero no podía cuestionar sus prioridades, porque éstas consistían en organizar la fiesta de cumpleaños de Lilly.

Así pues, dije con acritud:

—¡Y la coneja de las narices está preñada!

—Hazle un test de embarazo —replicó Alex secamente, y se fue hacia la jaula.

Lo miré echando chispas mientras él sacaba el conejillo y lo ponía en brazos de una Lilly supercontenta. Los dos le dieron de comer diente de león. Y yo estaba a un lado. En cierto modo, fuera de juego, lo cual se estaba convirtiendo cada vez más en mi lugar de costumbre dentro de nuestra pequeña familia. Un sitio nada agradable.

Y allí, fuera de juego, no pude evitar pensar en mi propio test de embarazo. No me venía la regla y conseguí ignorarlo durante seis días con una energía represora sobrehumana. Al séptimo hice un *sprint* hasta la farmacia a primera hora de la mañana con un «mierda, mierda, mierda» en los labios. Compré un test de embarazo, volví a casa con otro *sprint*, el test se me cayó dentro del váter de tan nerviosa que estaba, volví corriendo a la farmacia, compré otro test, regresé de nuevo corriendo, meé en el tubito y tuve que esperar un minuto.

Fue el minuto más largo de mi vida.

Un minuto en el dentista ya es largo. Un minuto de música y bailes tradicionales en televisión es todavía más largo. Pero el minuto que un puto test de embarazo necesita para decidir si marcará una segunda línea o no es la prueba de paciencia más dura del mundo.

Aunque aún fue más duro ver la segunda línea.

Consideré la posibilidad de abortar, pero no podía soportar la idea. Mi amiga Nina tuvo que hacerlo a los diecinueve años, después de nuestras vacaciones en Italia, y yo había visto lo mucho que había sufrido por ello. Tenía muy claro que, a pesar de la dureza a la que estaba acostumbrada por ser presentadora de un programa de debate, llevaría los remordimientos de conciencia mucho peor que Nina.

Así pues, siguieron nueve meses que me desconcertaron muchísimo: mientras de mí se adueñaba el pánico,

Alex me cuidaba con el máximo cariño y estaba increíblemente ilusionado con la criatura. De alguna manera, eso me ponía furiosa, pues me hacía sentir aún más como una madre desnaturalizada.

En realidad, el proceso del embarazo me resultó enormemente abstracto. Veía ecografías y notaba patadas en la barriga. Pero sólo en poquísimos y breves momentos de felicidad fui capaz de comprender que dentro de mí crecía una personita.

La mayor parte del tiempo estaba ocupada luchando contra las náuseas y los cambios hormonales. Y asistiendo a cursos de preparación para el parto donde tenías que «notarte el útero».

Seis semanas antes del parto dejé de trabajar y, tumbada en el sofá de casa, me formé una idea de cómo deben de sentirse las ballenas varadas en la playa. Los días transcurrían con lentitud y, cuando rompí aguas, podría haberme sentido aliviada de que por fin llegara la hora si no hubiera estado precisamente haciendo cola en la caja de un supermercado.

Me tumbé enseguida en el suelo frío, como me había indicado el médico que hiciera en tal caso. A mi alrededor, los clientes comentaban cosas como: «¿No es Kim Lange, la presentadora de siempre?», «Me da igual, ¡la cuestión es que abran otra caja!» y «Me alegro de no ser yo quien tiene que limpiar esta porquería».

La ambulancia tardó cuarenta y tres minutos en llegar, durante los cuales firmé algunos autógrafos y tuve que aclararle a la cajera que se había creado una falsa imagen de los presentadores masculinos de las noticias («No, no todos son maricones»).

Al llegar al paritorio empezó un parto de veinticinco horas. La comadrona no paraba de estimularme entre los terribles dolores: «Sé positiva. ¡Dale la bienvenida!» Y yo, desquiciada por el dolor, pensé: «Si sobrevivo, te mato, zorra.»

Creí que me moría. Sin Alex y sus maneras tranquilizadoras seguramente no lo habría soportado. No dejaba de repetirme con voz firme: «¡Estoy contigo! ¡Siempre!» Y yo le apretujaba la mano con tanta fuerza que pasó semanas sin poder moverla bien. (Las enfermeras me confesaron después que siempre ponían nota a los maridos según el cariño con que trataban a sus mujeres en las horas estresantes del parto. Alex consiguió un sensacional 9,7. La nota media general era de 2,73.)

Cuando, después de aquel tormento, los médicos me pusieron a Lilly —completamente estrujada por el parto— encima de la barriga, todos los dolores quedaron olvidados. No podía verla porque los médicos aún me estaban atendiendo. Pero notaba su piel suave y arrugada. Y ése fue el momento más feliz de mi vida.

Ahora, cinco años después, Lilly estaba delante de mí en el jardín y yo no podía celebrar con ella su cumpleaños porque tenía que ir a Colonia a la entrega de los Premios TV.

Tragué saliva y me acerqué con el corazón encogido a mi pequeña, que estaba pensando un nombre para la conejilla («Se llamará Pipi, Pedorreta o Bárbara»). Le di un beso y le prometí:

—Mañana pasaré el día contigo.

Alex comentó con desdén:

—Si ganas el premio, mañana estarás todo el día concediendo entrevistas.

—Pues entonces pasaré el lunes con Lilly —repliqué mosqueada.

—Tienes que reunirte con los de la redacción —contraatacó Alex.

—Pues no iré.

—Sí, seguro —dijo con una sonrisa sarcástica que despertó en mí el profundo deseo de meterle un cartucho de dinamita en la boca. Y concluyó—: Nunca tienes tiempo para la niña.

Al oírlo, los ojos tristes de Lilly dijeron: «Papá tiene razón.» Y eso me llegó al alma. Tanto que me puse a temblar.

Desconcertada, le acaricié el pelo a Lilly y le dije: «Te juro por lo más sagrado que pronto pasaremos juntas un día fantástico.»

Lilly sonrió débilmente. Alex se disponía a decir algo, pero lo atravesé con la mirada y, sabiamente, se lo repensó. Seguro que vio en mis ojos un atisbo de los cartuchos de dinamita. Estreché de nuevo a Lilly, salí a la terraza,[1] entré en casa, respiré con fuerza y pedí un taxi al aeropuerto.

A estas alturas aún no sospechaba cuán difícil sería cumplir con la promesa que había hecho a Lilly.

---

1.   De las memorias de Casanova: En mi vida número ciento trece como hormiga, un día me dirigí a la superficie con una compañía. Por orden de la reina, teníamos que reconocer el terreno alrededor de nuestro dominio. Marchábamos bajo un calor abrasador sobre unas piedras ardientes, caldeadas por el sol, cuando, en unos segundos, el sol oscureció de un modo casi apocalíptico. Mis ojos otearon el cielo y vi la suela de una sandalia de mujer descendiendo imparable hacia nosotros. Fue como si el cielo cayera sobre nuestras cabezas. Y entonces pensé: «Una vez más tengo que morir porque un humano no presta suficiente atención a sus pasos.»

CAPÍTULO 2

En el puesto número cuatro de los momentos más miserables del día se situó la visión de mi imagen reflejada en el espejo de los lavabos del aeropuerto. Ese momento no fue miserable porque una vez más comprobara que tenía demasiadas arrugas alrededor de los ojos para ser una mujer de treinta y dos años. Tampoco porque mi pelo de paja se negara rotundamente a colocarse de un modo razonable (para todo eso ya tenía hora con mi estilista Lorelei dos horas antes de la entrega de los premios). Fue un instante malo porque me descubrí preguntándome si le resultaría atractiva a Daniel Kohn.

Daniel también estaba nominado en la categoría de «Mejor presentador de informativos» y era conocido por ser un hombre moreno y atractivo hasta la obscenidad que, a diferencia de la mayoría de presentadores del país, tenía un encanto natural. Daniel era consciente del efecto que provocaba en las mujeres y le gustaba sacar partido de ello. Y, cada vez que coincidíamos en una fiesta de los medios de comunicación, me miraba profundamente a los ojos y decía: «Si tú me hicieras caso, renunciaría a todas estas mujeres.»

Naturalmente, esa frase contenía tanta verdad como la afirmación: «En el Polo Sur hay elefantes rosas.»

Pero una parte de mí deseaba que fuera verdad. Y otra parte de mí soñaba con ganar el Premio TV, luego pasearme por la mesa de Daniel con garbo y una risita ligeramente triunfal y, por la noche, practicar sexo salvaje con él en el hotel. Durante horas. Hasta que el director del hotel aporreara la puerta porque un grupo de rock que se alojaba al lado se quejaba del ruido.

Sin embargo, la mayor parte de mí me odiaba por lo que pensaban las dos primeras partes. Si acababa en la cama con Daniel, seguro que la aventura llegaría a oídos de la prensa, Alex pediría el divorcio y yo, una madre desnaturalizada, le rompería definitivamente el corazón a mi pequeña Lilly. Mi deseo de acostarme con Daniel me provocó entonces tal sentimiento de culpa que no pensaba volver a mirar mi cara en un espejo durante los próximos veinte años.

Me lavé las manos deprisa, salí de los lavabos del aeropuerto y me dirigí a la puerta de embarque. Allí me saludó Benedikt Carstens con un eufórico «Hoy será nuestro día, ¡cariño!», y me pellizcó con fuerza en la mejilla.

Carstens, siempre vestido de punta en blanco, era mi redactor jefe y mi mentor. Casi, casi, mi maestro Yoda personal, aunque con bastante más dominio de la sintaxis. Me había descubierto en la emisora de radio de Berlín donde trabajé al acabar los estudios. Al principio fui una insignificante redactora. Pero un domingo por la mañana el presentador no apareció. La noche anterior había salido de copas y le había expuesto a un portero turco de discoteca la teoría de que su madre era una perra sarnosa.

Tuve que salir espontáneamente «al aire» para sustituir a aquel hombre, que estaría indispuesto por mucho tiempo, y dije por primera vez en mi vida: «Son las seis de la mañana, buenos días.» A partir de ese momento me convertí en adicta. Amaba la embriaguez de la adrenalina al encenderse la luz roja. ¡Ése era mi destino!

Carstens siguió mi trabajo durante unos meses, finalmente me buscó y me dijo: «Tiene usted la mejor voz que jamás he oído.» Y me dio trabajo en la cadena de televisión más excitante de Alemania. Me enseñó a presentarme ante las cámaras. Y me indicó lo más importante para moverse en ese mundo: desbancar a los colegas. En esta última disciplina, gracias a sus enseñanzas maduré hasta convertirme en una gran maestra, y en la redacción me llamaban «La que va dejando cadáveres a su paso y encima los pisotea». Pero, si ése era el precio por vivir mi destino, lo pagaba con gusto.

—Sí, hoy será nuestro día —le dije a Carstens con una sonrisa atormentada.

Me miró y preguntó:

—¿Te pasa algo, cariño?

Puesto que no podía responder «Quiero acostarme con Daniel Kohn, el de la competencia», me limité a decir:

—No, todo va bien.

—No hace falta que disimules. Sé perfectamente qué te ocurre —replicó.

El pánico me embargó: ¿Sabía lo de Daniel Kohn? ¿Había visto a Daniel flirteando conmigo en la recepción a los medios que ofrecieron en la Cancillería? ¿Y que yo me había puesto colorada como si Robbie Williams me hubiera hecho subir al escenario en pleno concierto?

Carstens sonrió.

—Yo en tu lugar también estaría nervioso. No te nominan todos los días a los Premios TV.

Por un segundo me sentí aliviada: no se trataba de Kohn. Sin embargo, acto seguido tuve que tragar saliva.

Realmente estaba hecha un manojo de nervios, pero mi mala conciencia hacia Lilly los había estado reprimiendo toda la mañana. En cambio, ahora, todo el nerviosismo volvía a hacer acto de presencia con todas sus fuerzas: ¿Ganaría el premio esa noche? ¿Filmarían todas las cámaras mi radiante sonrisa de vencedora? ¿O sólo saldría en el periódico del domingo como «la perdedora regordeta con cartucheras»?

Mis dedos se acercaron nerviosos a la boca, pero en el último segundo fui capaz de apartar los dientes para no comerme las uñas.

Al llegar a Colonia nos registramos en el Hyatt, un hotel de lujo donde se alojaban todos los nominados a los Premios TV de Alemania. Una vez en la habitación, me eché sobre la cama blanda, hice zapping a un ritmo de una décima de segundo por canal, fui a parar a la televisión de pago y me pregunté quién demonios desembolsaba veintidós euros por una película porno titulada *Bailo por esperma*.

Decidí no sacrificar demasiadas neuronas con esa pregunta y bajar al vestíbulo a tomarme uno de esos tés relajantes chinos que tienen un ligero sabor a sopa de pescado.

En el vestíbulo, un pianista tocaba baladas de Richard Clayderman tan agobiantes que imaginé que estábamos en un *saloon* del Salvaje Oeste: él tocando sus melodías y yo organizando un linchamiento.

Y de repente, justo cuando me encontraba en casa del herrero de Dodge City preparando el alquitrán y las plumas con mis muchachos, vi a... Daniel Kohn.

Se estaba registrando en la recepción, y mi pulso comenzó a acelerarse. Una parte de mí esperaba que Kohn me viera. Otra parte rezaba para que incluso se sentara conmigo. Pero la mayor parte de mí se preguntaba cómo podía acallar de una vez a las otras dos partes, estúpidas y cargantes, que me complicaban la vida.

Efectivamente, Daniel me miró y me sonrió. La parte de mí que lo había deseado tuvo un arrebato de alegría irrefrenable y gritó, al viejo estilo de Pedro Picapiedra: «*Yabba Dabba Doo!*»

Daniel se acercó a mí y se sentó a la mesa con un amable «Hola, Kim». La parte que había rezado por ello cogió a la parte uno y cantó con ella: «*Oh, happy day!*»

Cuando la parte tres se disponía a protestar, las otras dos partes la cogieron, la amordazaron y mascullaron: «¡Cierra el pico de una vez, aguafiestas!»

—¿Nerviosa por lo de esta noche? —me preguntó Daniel.

Yo me esforcé por disimular mi nerviosismo y por dar con una respuesta lo más aguda posible.

—No —respondí al cabo de unos segundos interminables, y tuve que admitir que esa respuesta dejaba mucho que desear en cuanto a agudeza.

Daniel estaba tranquilo.

—Tampoco tienes por qué; seguro que ganas.

Lo dijo con tanto encanto que estuve casi a punto de creer que hablaba sinceramente. Pero, claro, él estaba firmemente convencido de que ganaría él.

—Y, cuando hayas ganado, brindaremos por ello —prosiguió.

—Sí, lo haremos —repliqué.

Esa respuesta tampoco fue brillante, pero al menos había pronunciado tres palabras seguidas con sentido. Era un pequeño progreso en cuanto a desenvoltura.

—¿También brindaremos si gano yo? —preguntó Daniel.

—Pues claro —respondí con un ligero temblor en la voz.

—Entonces, pase lo que pase, será una bonita velada.

Daniel se levantó visiblemente satisfecho (tenía lo que quería) y dijo:

—Perdona, pero tengo que irme. Tengo que arreglarme.

Lo observé mientras se iba, vi su fantástico trasero y me imaginé qué aspecto tendría debajo de la ducha. Y, al pensarlo, me mordí las uñas.

—¿Qué les ha pasado a tus uñas? Ni que pasaras hambre —preguntó mi estilista Lorelei mientras me daba unos retoques en el salón de peluquería del hotel.

A mi lado se reunía una concentración de féminas del sector: actrices, presentadoras, floreros de famosos. Ninguna era candidata a ningún premio, sólo trataban de desbancar a la competencia en el «ver y dejarse ver». Todas me deseaban mucha suerte y, naturalmente, no hablaban en serio. Igual que yo no hablaba en serio cuando decía: «Estás preciosa» o «¡Tienes un tipo fantástico!» o «Exageras, tu nariz no serviría de helipuerto».

Así estuvimos charlando hipócritamente. Hasta que Sandra Kölling entró en el salón.

Sandra quedaría como mucho la cuarta en un concurso de dobles de la reputada presentadora Sabine Christiansen y había sido mi predecesora en el programa de entrevistas en horario de noche. Me había hecho con su puesto porque yo era mejor. Y porque yo era más trabajadora. Y porque yo había advertido discretamente a la dirección de que ella tenía un pequeño problema con la cocaína.

Todas las mujeres del salón sabían que, desde entonces, Sandra y yo manteníamos una enemistad como sólo se ve en las series americanas. Por eso dejaron de charlar y nos miraron. Esperaban la enconada lucha verbal de dos hienas cargadas de odio. Y se regocijaban.

Sandra me bufó:

—Eres el colmo.

Yo no contesté nada. Me limité a mirarla fijamente a los ojos. Durante mucho rato. Con dureza. Con frialdad. La temperatura de la sala descendió al menos quince grados.

Sandra empezó a tiritar de frío. Yo seguí clavándole la mirada. Hasta que no pudo soportarlo más y se fue del salón.

Las mujeres volvieron a charlar. Lorelei volvió a arreglarme el pelo. Y mi imagen en el espejo me sonrió satisfecha.

Cuando Lorelei completó su trabajo, mi pelo estaba perfecto y sólo un arqueólogo habría sido capaz de encontrar arrugas en el contorno de mis ojos por debajo del maquillaje. Incluso ocultó mis uñas mordidas debajo de unas uñas artificiales. Ya sólo faltaba el vestido, que tenían que llevarme a la habitación. ¡De Versace! Estaba loca de alegría con los trapitos, que valían más que un utilitario y que Versace me había confeccionado para la gala, naturalmente gratis. Ya me lo había probado en una boutique de Berlín y estaba firmemente convencida de que esa noche llevaría el mejor vestido del mundo: era de un rojo precioso, caía con suavidad sobre la piel, me realzaba el pecho y me disimulaba los muslos. ¿Qué más puede pedirle una mujer a un vestido?

Me senté ilusionada en mi habitación y pensé con orgullo en el largo camino que había recorrido: de niña de un barrio de bloques prefabricados, donde la gente seguramente habría creído que Versace era un futbolista italiano, a presentadora de exitosos programas de tertulia que quizás en dos horas ganaría el Premio TV envuelta en un fabuloso vestido de Versace, que Daniel Kohn le arrancaría por la noche para hacer el amor salvajemente con ella...

En aquel instante sonó el móvil. Era Lilly. Un tsunami de mala conciencia me arrolló: Lilly me añoraba. Y yo pensando en engañar a mi marido, ¡su padre!

La fiesta de cumpleaños estaba en plena marcha y Lilly charlaba contenta:

—Primero hemos hecho carreras de sacos, luego con huevos y luego una guerra de pasteles sin pasteles.

—¿Una guerra de pasteles sin pasteles? —pregunté confusa.

—Nos hemos rociado con ketchup... Y con mayonesa... Y nos hemos tirado espaguetis a la boloñesa —me explicó.

Sonreí al imaginar el poco entusiasmo de las demás madres cuando fueran a recoger a sus hijos.

—La abuela ha llamado para felicitarme —prosiguió Lilly, y la sonrisa se borró de mi cara.

Hacía años que intentaba por todos los medios mantener a mis desastrosos padres alejados de la familia.

El inútil de mi padre nos abandonó por una de sus muchas conquistas cuando yo tenía la misma edad que Lilly ahora. Desde entonces, mi madre aumentó anualmente un doce por ciento las ventas de alcohol de la tienda del barrio. Cuando se hacía la «querida abuela» solía ser únicamente para sacarme más dinero del que ya le enviaba todos los meses.

—¿Y cómo estaba la abuela? —pregunté con cautela, pues tenía miedo de que ya estuviera borracha cuando habló con Lilly.

—Balbuceaba —contestó Lilly con el tono tranquilo de una niña que nunca ha conocido a su abuela de otra manera.

Busqué las palabras adecuadas para explicarle el balbuceo. Pero, antes de que hubiera encontrado una sola, Lilly soltó un grito:

—¡Oh, no!

Me sobresalté.

—¿Qué ocurre? —pregunté inquieta, y por mi cabeza pasaron de golpe mil escenarios catastróficos.

—¡El tonto de Nils está quemando hormigas con una lupa![1]

Lilly colgó precipitadamente y yo respiré hondo; no había pasado nada malo.

Pensé con melancolía en la pequeña, y tuve clara una cosa: esa noche no podía haber ningún «Daniel Kohn arrancavestidos de Versace».

Consideré si debía llamar a Alex para agradecerle que hubiera organizado un cumpleaños tan divertido. Pero cuanto más lo consideraba, más claro tenía que volveríamos a discutir.

Costaba creer que una vez fuimos felices juntos.

Alex y yo nos conocimos en el viaje por Europa que hice cuando aprobé la selectividad. Él viajaba con mochila, yo viajaba con mochila. A él le gustaba viajar por el

---

1. De las memorias de Casanova: Las hormigas tienen muchos enemigos naturales: arañas, cucarachas, diablillos con lupas. Ardí como hacían los cristianos en la antigua Roma y morí por segunda vez en ese día, en que la fortuna simplemente no me era favorable. El último pensamiento que pude formular en mi espíritu agonizante fue: «Si algún día reúno suficiente buen karma para volver al mundo como hombre, le daré personalmente una patada en las posaderas a todo mocoso que me salga al paso con una lupa.»

mundo, yo lo hacía por mi amiga Nina. A él le gustaba Venecia, a mí me resultaba insoportable el bochorno veraniego, la peste de los canales y la plaga de mosquitos, de dimensiones francamente bíblicas.

En mi primera noche en Venecia, Nina hizo en la playa lo que mejor sabía hacer: volver locos a los italianos con sus angelicales rizos rubios. Yo, en cambio, me dedicaba a matar mosquitos a destajo y a preguntarme cómo se puede ser tan tonto para construir media ciudad en el agua. Mientras tanto, mantenía a distancia a los italianos impregnados de hormonas que Nina cazaba para mí. Uno de ellos se llamaba Salvatore. Sólo llevaba abrochados los dos botones inferiores de su camisa blanca, olía a masaje de afeitar barato y se tomaba mis «¡No, no!» como una invitación a meterme mano por debajo de la blusa. Me defendí con una bofetada y un «*Stronzo!*». No sabía qué significaba la palabra, sólo se la había oído decir a un gondolero que renegaba, pero hizo que Salvatore se pusiera increíblemente furioso. Me amenazó con golpearme si no cerraba la boca.

No dije nada más.

Me metió mano por debajo de la blusa. Me subió una oleada de pánico y asco. Pero no podía hacer nada. Estaba como paralizada de miedo.

Justo cuando iba a ponerme la mano en un pecho, Alex lo detuvo. Surgió de la nada. Como un caballero en un cuento de amor, en los que yo no creía gracias a mi padre. Salvatore se le encaró con una navaja. Dijo algún disparate en italiano y, aunque no entendí ni una palabra, la cantinela estaba clara: si Alex no se largaba de inmediato, se convertiría en la estrella de su propia versión de *Amenaza en la sombra*. Alex, que había practicado el jujitsu durante años, le quitó la navaja de la mano de una patada, con tanta fuerza que Salvatore decidió irse con el rabo entre las piernas, en el sentido literal de la palabra.

Mientras Nina pasaba la noche perdiendo la virginidad, Alex y yo estuvimos sentados a orillas de la laguna, hablando y hablando. Nos gustaban las mismas películas (*Con faldas y a lo loco, Agárralo como puedas, La guerra de las galaxias*), nos gustaban las mismas lecturas (*El señor de los anillos*, los cuentos de *El pequeño rey* y las tiras de *Calvin y Hobbes*) y odiábamos las mismas cosas (profesores).

Cuando el sol volvió a salir en Venecia le dije: «Creo que somos almas gemelas.» Y Alex contestó: «Yo no lo creo, lo sé.»

¡Cuánto nos equivocábamos!

Volví a guardar el móvil en el bolso y, de repente, me sentí sola en la blanda cama de mi habitación en un hotel de lujo. Terriblemente sola. Tenía que ser mi gran día, pero Alex no lo compartía conmigo. Y yo no quería llamarlo.

Lo tenía definitivamente claro: ya no nos queríamos. Ni siquiera un poco.

Y ese instante ocupó el puesto número tres de los peores momentos del día.

CAPÍTULO 3

Cinco minutos después, durante los cuales seguí allí sentada y aturdida, llamaron a la puerta: un mensajero me traía el vestido de Versace. Había llegado el gran momento: lo saqué con cuidado del envoltorio con el firme propósito de dar saltos de alegría. Pero mis piernas siguieron firmemente arraigadas al suelo. Estaba en estado de shock. ¡El vestido era azul! Maldita sea, ¡no tenía que ser azul! ¡Ni tampoco sin tirantes! Los muy idiotas me habían enviado un vestido equivocado.

Telefoneé enseguida a la empresa:

—Soy Kim Lange. Me han enviado un vestido equivocado.

—¿Cómo? —preguntó una voz al otro extremo de la línea.

—¡Eso mismo pregunto yo! —repliqué con una voz situada inequívocamente en la frecuencia más alta.

—Hum —oí, y esperé a que algunas palabras siguieran a ese sonido. No fue así.

—Quizás debería echar un vistazo a sus papeles —propuse con una voz que podría haber cortado el cristal.

—De acuerdo, lo haré —oí decir en tono de aburrimiento.

A aquel hombre le interesaban más otras cosas: la contabilidad, ver la tele, hurgarse la nariz.

—Dentro de una hora tengo que ir a la entrega de los Premios TV —insistí.

—¿Premios TV? Nunca he oído hablar de ellos —replicó.

—Escúcheme bien, sus lagunas intelectuales no me interesan. O mira ahora mismo dónde se ha metido mi vestido o me ocuparé de que no vuelva a recibir ningún encargo del sector televisivo.

—Tampoco hay que ponerse así. Enseguida la llamo —dijo, y colgó.

«Enseguida» fue al cabo de veinticinco minutos.

—Lo siento muchísimo, su vestido está en Montecarlo.

—¡En Montecarlo! —cacareé histérica.

—En Montecarlo —replicó sin alterarse lo más mínimo.

El hombre me explicó que el vestido que tenía en mis manos era para la acompañante (eufemismo educado para «prostituta de lujo») de un empresario de *software*. Y ella tenía mi vestido. En Montecarlo. O sea que no había manera de recuperarlo a tiempo. El hombre me ofreció como compensación un vale que no me servía de mucho. Colgué el auricular de un porrazo y le eché, a aquel tipo y a todos sus antepasados, una maldición diarreica.

De pura desesperación, me probé el vestido azul y comprobé, muy a pesar mío, que la joven «acompañante» estaba bastante más delgada que yo.

Me contemplé en el espejo y vi que aquel vestido estrecho me realzaba el pecho y también el culo. Y, la verdad sea dicha, tenía su gracia. Estaba más sexy que nunca y el vestido me tapaba las cartucheras incluso mejor que el que tenía pensado ponerme. Puesto que mi única alternativa eran los vaqueros y un jersey de cuello alto, ahora lleno de pelillos gracias al corte de pelo de Lorelei, decidí llevar el vestido a la gala. Con la estola negra que completaba el conjunto bastaría. Sólo tenía que evitar los movimientos bruscos.

Vestida de esa guisa, bajé en ascensor al vestíbulo del hotel y el efecto que produje no estuvo nada mal: todos los hombres me miraron. Y ninguno perdió ni un solo segundo en echar un vistazo a mi cara.

En la puerta del hotel me esperaba Carstens, que se quedó muy impresionado:

—Cariño, ese vestido me corta la respiración.

Yo notaba que el vestido me segaba el tórax, y jadeé:

—A mí también.

Una limusina BMW negra paró delante de nosotros. El chófer me abrió la puerta y la mantuvo abierta durante los dos minutos y medio que necesité para meterme en el fondo del automóvil, yo y el vestido, sin que este último se rasgara por culpa de un movimiento torpe.

Bajo la lluvia vespertina pasamos por el polígono industrial del barrio de Ossendorf, que poseía el encanto de un mundo posnuclear y donde se encontraba el Coloneum, el recinto donde se entregaban los Premios TV. Distinguí naves abandonadas con las ventanas rotas. Y entonces volvió a invadirme la soledad.

Para luchar contra ella, cogí el móvil y llamé a casa, pero nadie contestó. La pandilla del cumpleaños seguramente arrasaba por última vez nuestra casa como un tornado. Alex los habría incitado con su buen humor. Y todos se divertirían. Y yo no estaba allí. Me sentí mal. Fatal.

Sólo cuando la limusina pasó por tres cordones de seguridad y se detuvo junto a la alfombra roja, la adrenalina ahuyentó mis tristes pensamientos, y es que allí había más de doscientos fotógrafos.

El chófer me abrió la puerta, yo luché por salir de la limusina lo más deprisa posible embutida en mi vestido (es decir, torpemente y a cámara lenta) y me encontré en medio de la lluvia de flashes más deslumbrante de toda mi vida. Los fotógrafos gritaban: «¡Aquí, Kim», «¡Mírame!», «¡Qué sexy!». Fue una pasada. Fue emocionante. ¡Fue una auténtica borrachera!

Hasta que detrás de mí se detuvo la siguiente limusina. Los doscientos objetivos se apartaron en bloque de mí y se pusieron a fotografiar a Verona Pooth. Me habían dado de baja, y oí: «Aquí, Verona», «¡Mírame!», «¡Qué sexy!».

Carstens y yo nos sentamos en nuestras butacas. La gala empezó y tuve que escuchar un montón de discursos de agradecimiento hipócritas hasta que el periodista Ulrich Wickert anunció la categoría de «Mejor presentador de programas informativos». ¡Por fin! ¡Al ataque! Mi corazón empezó a latir con fuerza. Así deben de sentirse los pilotos de aviones a reacción. Cuando rompen la barrera del sonido. Y el asiento de eyección los catapulta fuera del avión. Y descubren que se han olvidado del paracaídas.

Tras un breve discurso, del que no entendí nada por la emoción, Wickert leyó los nombres de los nominados: Daniel Kohn, Sandra Maischberger y Kim Lange. En las pantallas de la sala se nos veía a los tres en primer plano, esforzándonos por sonreír tranquilamente. Y el único que resultaba convincente era Daniel.

Wickert retomó la palabra:

—Y el ganador en la categoría de «Mejor presentador de informativos» es...

Abrió el sobre y luego hizo una pausa teatral. El corazón se me aceleró aún más. A velocidad récord. Hacia un paro cardíaco. Era insoportable.

Finalmente, Wickert finalizó la pausa teatral y dijo:

—¡Kim Lange!

Fue como si me hubiera golpeado un martillo enorme, pero sin dolor. Me levanté eufórica y abracé a Carstens, que una vez más me pellizcó en la mejilla.

Me entregué a los aplausos.

No debería haberlo hecho.

Quizás entonces habría oído el «rrrrrras».

O me habría sorprendido que mi enemiga íntima, Sandra Kölling, sonriera. Porque tendría que estar echando espuma de rabia por la boca.

Pero no sospeché nada hasta que oí la primera risita camino del escenario. Luego, la segunda. Y la tercera. Cada vez se reía más gente. Y las risitas fueron aumentando poco a poco hasta convertirse en grandes carcajadas.

Al llegar a la primera escalera del podio me detuve y me di cuenta de que me notaba algo diferente. Como airoso. Y no tan apretado por detrás. Me toqué discretamente el trasero con la mano. ¡El vestido se había roto!

Y eso no era todo: para caber en el vestido, no me había puesto bragas.

¡Estaba enseñando el culo a mil quinientos famosos!

¡Y a treinta y tres cámaras de televisión!

¡Y a seis millones de espectadores frente al televisor!

CAPÍTULO 4

En ese segundo momento más miserable del día tendría que haber subido como si nada al escenario. Una vez allí, tendría que haber hecho un buen chiste sobre mi percance, algo así como «Hoy en día no hay otro modo de salir en portada» y, acto seguido, tendría que haber disfrutado de mi premio.

Desgraciadamente, ese plan no se me ocurrió hasta que no estuve encerrada en mi habitación del hotel.

Aullando, tiré al váter el móvil, que no paraba de sonar. Seguido por el teléfono de la habitación, que sonaba sin cesar. No estaba en condiciones de hablar con los periodistas. O con Alex. Ni siquiera quería hablar con Lilly, que seguramente se avergonzaba horrores por culpa de su madre. Y yo me avergonzaba aún más de que ella tuviera que avergonzarse.

Y los próximos días aún serían peores, estaba garantizado. Ya veía los titulares: «Premio Trasero para Kim Lange», «¿Ya no están de moda las bragas?» o «Las estrellas también tienen celulitis».

Llamaron a la puerta. Interrumpí mis pensamientos. Si era un periodista, también lo tiraría al váter. O me tiraría yo.

—Soy yo, Daniel.

Tragué saliva.

—Kim, ¡sé que estás ahí!

—No estoy —repliqué.

—No eres muy convincente —contestó Daniel.

—Pero es la verdad —dije.

—Anda, abre.

Dudé.

—¿Estás solo?

—Pues claro.

Lo consideré y, finalmente, me dirigí a la puerta y la abrí. Daniel traía una botella de champán y dos copas. Me sonrió como si nunca hubiera existido mi Waterloo culón. Y eso me reconfortó.

—Vamos a brindar —dijo, mirándome a los ojos llorosos.

Yo no dije ni pío y él me secó las lágrimas de las mejillas.

Sonreí. Entró en la habitación. Y no llegamos a abrir el champán.

CAPÍTULO 5

Fue el mejor sexo que había tenido desde hacía años. Fue maravilloso, fantástico, ¡supercalifragilisticoexpialidoso!

Luego me quedé en brazos de Daniel, me sentía bien. Y eso era terrible. Era maravilloso. Pero era terrible. ¿Cómo podía sentirme tan bien? Acababa de engañar a mi marido. Y también a mi hija.

No podía seguir allí tumbada. Me levanté y me vestí. No con el vestido rasgado, claro; pensaba tirarlo a la basura por la mañana. Cogí los vaqueros y el jersey rasposo de cuello alto.

—¿Adónde vas? —preguntó Daniel.

—A tomar el aire un momento.

—Abajo están apostados los reporteros —dejó caer Daniel preocupado.

—Voy a la azotea.

—¿Te acompaño? —preguntó él comprensivo.

Lo miré a los ojos y me sorprendí: parecía sincero. ¿Sentía realmente algo por mí? ¿O sólo tenía miedo de que saltara?

—Sólo será un momento —dije.

—¿Prometido?

—Prometido.

Me miró. No me quedó claro qué estaba pensando. Y le pregunté:

—No quiero preguntarte nada y por eso no te pregunto, pero... me...

—Sí, te esperaré —respondió.

Me alegré. No estaba segura de si podía creerle, pero me alegré.

Me puse los zapatos y salí de la habitación. Fueron mis últimos pasos como Kim Lange.

CAPÍTULO 6

La estación espacial Foton M3 estaba en órbita desde el año 1993, realizando experimentos de medicina, biología y ciencia de materiales para los rusos. El día de la entrega de los Premios TV, la vieja estación tenía que ser conducida desde el cosmódromo de Baikonur a la atmósfera terrestre para que se desintegrara. Pero los ingenieros del centro de control constataron que el ángulo de incidencia se desviaba de sus cálculos. En vez de desintegrarse por entero en la atmósfera, sólo se destruyó un noventa y ocho por ciento de la estación. El dos por ciento restante fue a parar en forma de fragmentos a Europa del Norte.

¿Que por qué explico estas tonterías? ¡Pues porque el puto lavabo de esa puta estación espacial cayó sobre mi cabeza!

Yo me encontraba en la azotea del hotel, sola con mis pensamientos confusos y mirando la ciudad de Colonia, que centelleaba en la noche. ¿Hablaba en serio Daniel? ¿Debería divorciarme de Alex? ¿Cómo reaccionaría Lilly? ¿Seguirían enseñando mi trasero desnudo dentro de cuarenta años en los programas de zapping de todo el mundo?

Entonces vi una cosa fulgurante en el cielo. Era increíble. Como una estrella fugaz. La miré, cerré los ojos y pedí un deseo: «Que todo vuelva a ir bien.»

A través de los párpados cerrados noté que cada vez había más luz. Como de un faro. Y se oía mucho ruido. Un ruido ensordecedor. Abrí los ojos de golpe y vi una bola de fuego candente precipitándose sobre mí.

Enseguida comprendí que era imposible evitarlo. Así es que sólo pensé: «¡Qué manera más absurda de morir!»

Siguió el obligatorio «Mi vida pasa delante de mis ojos». Lástima que no pasen únicamente los buenos momentos. Con mi ojo espiritual, vi lo siguiente:

- Mi padre me mece de niña sobre sus rodillas. Yo estoy llena de confianza innata.
- Papá me mece en el parque. Sigo estando llena de confianza innata.
- Papá huele a panecillos.
- Papá nos deja por una panadera. Demasiado para la confianza innata.
- Le preparo el desayuno a mamá. Tengo siete años.
- En la escuela soy un bicho raro.
- Conozco a Nina. Es como yo. Ahora somos dos bichos raros.
- Nina y yo apostamos a ver quién pierde antes la virginidad. Tenemos trece años.
- Un año después. He ganado la apuesta. Ojalá la hubiera perdido.
- Mi padre se va de casa. Ni idea de adónde.

- Nina y yo nos vamos de casa. Mucho alcohol. Un poco de éxtasis y mucho dolor de cabeza.
- Por fin la selectividad. Nina y yo nos abrazamos.
- Alex y yo nos conocemos en Venecia. Lo amo.
- Alex, Nina y yo pasamos juntos las vacaciones. Lo constato: ella también lo ama.
- Él también siente algo por ella.
- Se decide por mí. Uf.
- Le grito a Nina que no quiero volver a verla nunca más.
- Alex y yo nos casamos en la iglesia de San Vincenzo en Venecia. Estoy a punto de estallar de felicidad.
- Nace Lilly. Siento su piel sobre mi barriga. El mejor momento de mi vida. ¿Por qué no puede durar eternamente?
- He olvidado nuestro aniversario de boda.
- Alex y yo discutimos. Le ha comprado a Lilly una conejilla de Indias preñada.
- Le prometo a Lilly que pronto pasaremos un día juntas.
- Ulrich Wickert anuncia: «Kim Lange.»
- Enseño el culo a seis millones de personas.
- Daniel y yo nos acostamos juntos.
- Deseo que todo vuelva a ir bien.
- El lavabo al rojo vivo de una estación espacial rusa se precipita sobre mí.

Después de ese recorrido rápido por mi vida, de repente vi la luz. Igual que siempre se oye decir en los reportajes de televisión a las personas que sufrieron un paro cardíaco durante unos minutos y luego volvieron a la vida.

Vi la luz.
Cada vez más clara.

Era maravillosa.
Me envolvía.
Dulce.
Cálida.
Amorosa.
La abracé y me fundí en ella.
Dios, me sentía tan bien.
Tan protegida.
Tan feliz.
Volvía a estar llena de confianza innata.

Pero entonces la luz me rechazó.
Perdí el conocimiento.

Cuando volví a despertar me di cuenta de que tenía una cabeza enorme.
Y un abdomen tremendo.
Y seis patas.
Y dos antenas larguísimas.

¡Y eso ocupó el número uno en los momentos más miserables del día!

CAPÍTULO 7

Si te despiertas de repente en un cuerpo de hormiga, sólo cabe una reacción normal: no te lo crees.

En vez de creerlo, intenté reconstruir lo que había ocurrido: me había caído en la cabeza un ridículo lavabo ruso, luego había visto la luz, pero me había catapultado fuera. Eso significaba: aún estaba viva. Seguro que me había fracturado el cráneo. Sí, ¡eso tenía que ser! Seguramente estaba en coma y en algún momento oiría voces con la cancioncilla:

—Constantes vitales estables.

—Pero parece que las funciones cerebrales han cesado.

—Le haré otra transfusión.

—Y después una inyección de adrenalina, intravenosa.

—Dios, qué guapa está.

—¿Quién es usted?

—Daniel Kohn.

Oh, vaya, incluso en aquella situación pensaba en Daniel.

Pero..., si estaba en coma, ¿por qué mi cerebro imaginaba que era una hormiga? ¿Tenía que ver con algún trauma infantil? Y si era así: qué estrambótico tiene que ser un trauma infantil para que luego, estando en coma, te consideres una hormiga.

Mi pata delantera izquierda rascó las antenas, preguntándoselo. Al hacerlo, me trastocó los sentidos. Por lo visto, yo notaba el sabor, el tacto y el olor con aquellas cosas. Mi pata tenía un sabor salado, un tacto duro y olía a «necesitas urgentemente una buena ducha».

Ese torrente de estímulos me resultó demasiado intenso.

Presa del pánico pensé cómo podía ponerme en contacto con los médicos y las enfermeras. Si me esforzaba por gritar bien alto, quizás oirían murmurar a la paciente en coma. Se darían cuenta de que aún estaba consciente y me liberarían de la pesadilla. Así pues, me puse a bramar a lo bestia:

—¡Socorro! ¡Ayudadme!

Mi voz de hormiga era increíblemente chillona. Algo así como la de mi antigua profesora de inglés poco antes de que la encerraran durante varios meses en un psiquiátrico.

—¡Socorro! ¡Mi cerebro no está muerto! ¿Me oye alguien? —grité con voz cada vez más chillona.

—Pues claro que te oigo. Hablas bastante alto —respondió una voz afable.

Me espanté. Me alegré. Me habían oído. ¡Los médicos habían entrado en contacto conmigo! ¡Aleluya! Estuve a punto de ejecutar una danza de la alegría con mis seis patas.

—¿Podéis sacarme del coma? —pregunté, llena de esperanza.

—No estás en coma —respondió la voz afable.

Tuve un shock. Si no estaba en coma, ¿dónde estaba? ¿Y quién hablaba conmigo?

—Date la vuelta.

Me di la vuelta lentamente: mi primer giro de 180 grados sobre seis patas, y coordinarlas era bastante más difícil que aparcar un camión marcha atrás con un nivel de alcohol en la sangre que haría peligrar el carné de conducir.

Cuando logré desenredar mis patas posteriores, reconocí un poco mejor el lugar donde me encontraba: estaba cerca de la superficie de la tierra, en un túnel sin duda escarbado por hormigas. Y en ese túnel había una hormiga. Una hormiga gordísima. Me sonreía con dulzura. Como Papá Noel. Cuando se ha atiborrado de galletas María.

—¿Qué tal estás?

No cabía duda de que la que hablaba era la hormiga. Ya era oficial: mi cerebro hacía piiiit-piiiit.

—Seguro que te sientes un poco desconcertada, Kim.

—¿Sabes cómo me llamo? —pregunté.

—Pues claro —sonrió la hormiga gorda—, sé cómo se llama todo el mundo.

Una respuesta que me planteó más preguntas de las que respondía.

—Seguro que quieres saber quién soy —dijo la hormiga.

—Eso y cómo saldré de esta pesadilla.

—Esto no es una pesadilla.

—¿Es una alucinación?

—Tampoco es una alucinación.

—Entonces, ¿qué es? —pregunté, sospechando que no me gustaría la respuesta.

—Es tu nueva vida.

Y, al oír esa frase, mis patitas empezaron a temblar y mis antenas se agitaron horrorizadas de un lado a otro.

CAPÍTULO 8

—Siddharta Gautama —dijo afablemente la hormiga gorda.

—¿Cómo? ¿Qué? —pregunté totalmente desbordada.

—Ése es mi nombre.

Aquella sentencia desvió mi atención de mi cuerpo tembloroso. Siddharta, ¿no era una película con Keanu Reeves? Alex me había llevado a verla. Era aficionado a las películas de arte y ensayo que, al cabo de veinte minutos, consiguen que de puro aburrimiento vayas al lavabo y prefieras quedarte allí leyendo lo que hay escrito en puertas y paredes. La película de Siddharta iba de...

—Buda —dijo la hormiga gorda—, seguro que me conoces más por el nombre de Buda.

No tenía mucha idea de quién era Buda, quizás debería haber prestado más atención a la película en vez de estar pensando que, con el torso desnudo, Keanu Reeves está para comérselo. Pero sí sabía algo con bastante certeza:

—Buda no es una hormiga.

—Adopto la forma de la criatura en la que se ha reencarnado el alma de la persona. Tú te has reencarnado en hormiga. Por lo tanto, me aparezco como hormiga.

—¿Reencarnado? —balbuceé.

—Reencarnado —ratificó Buda.[1]

—Vale, vale, vale —dije a punto de perder la chaveta—. Supongamos que me lo creo, cosa que evidentemente no hago, porque todo esto es tan absurdo que es imposible creérselo y por eso no me lo creo, aunque...

—¿Adónde quieres ir a parar? —me interrumpió Buda.

Intenté reconducir mi torrente de palabras.

—Si... si tú eres Buda y yo me he reencarnado...., ¿por qué en hormiga?

—Porque te lo has ganado.

—¿Qué quieres decir? ¿Que era una mala persona? —pregunté indignada. Nunca he podido soportar que me ofendan.

Buda se limitó a mirarme sonriendo, sin decir nada.

—Los dictadores son malas personas —protesté—. Los políticos y, por mí, también los que planifican las programaciones en televisión, pero yo, ¡no!

—Los dictadores se reencarnan en otra cosa —replicó Buda.

—¿En qué?

—En bacterias intestinales.

Mientras imaginaba a Hitler y a Stalin correteando por un recto, Buda me miraba profundamente en mi tercer ojo.

—Pero las personas que se portaban mal con los demás vuelven a nacer como insectos.

—¿Mal?

1. De las memorias de Casanova: Cuando Buda, hace siglos, me comunicó que a partir de entonces tendría que arreglármelas viviendo como una miserable hormiga, me afligió ante todo un terrible pensamiento: nunca más podría volver a gozar de una noche de amor apasionado.

—Mal —ratificó Buda.

—¿Yo me he portado mal con los demás?

—Exacto.

—Vale, vale, puede que no siempre haya sido perfecta. Pero ¿quién demonios lo es? —pregunté mosqueada.

—Más gente de la que piensas —dijo, y añadió—: Sácale el mejor partido posible a tu nueva vida.

Dio media vuelta y se fue, silbando contento, hacia la salida del túnel.

No me lo podía creer: ¿Mal? ¿Yo me había portado mal con los demás?

—Espera —grité, y salí corriendo tras él—. ¡Aún no hemos terminado!

No se giró, se limitó a seguir andando.

—Yo me he portado bien con los demás, incluso muy bien, realmente súper bien —grité—. He hecho un montón de donacio...

Corrí más deprisa por el túnel, hasta que mis patas traseras se enredaron con las patas del medio y tropecé. Choqué contra la pared. Se desmoronó un montón de tierra y me cayó encima. Y cuando conseguí liberar mis antenas de los escombros húmedos, Buda ya se había esfumado.

CAPÍTULO 9

Estaba sola en el túnel con mis pensamientos: unos tres millones bullían a la vez en mi cabeza, luchando por atraer mi atención. Al principio pareció que vencería el argumento de «El año pasado incluso participé en siete galas benéficas». Luego, la idea de «¿Quién le da a esa hormiga grasienta el derecho a juzgarme?» se abrió paso a puñetazos durante unos momentos hasta la primera posición. Por último, en la foto finish se vio que había vencido la constatación: «Oh, mierda, estoy muerta de verdad.»

Sin embargo, antes de que pudiera darme cuenta de lo que eso significaba, me distrajeron unas pisadas. Sonaban como si se acercara una compañía, seguramente porque, en efecto, se acercaba una compañía. Una compañía de hormigas. Venía en la dirección por la que había desaparecido Buda. Al frente marchaba, con paso firme, una jefa autoritaria, a la que podía entender claramente desde lejos gracias al oído fino de mis antenas. Vociferaba frases como: «Más deprisa, holgazanas», «Ya os espabilaré yo» y «¡Si no dais el callo, os meteré las antenas por el culo!».

A aquella jefa no le habría ido mal un curso de motivación positiva para trabajadores. Detrás de ella iban diez obreras. Arrastraban una cosa que parecía un trocito de aquellos ositos de goma que tanto le gustaban a Nils, el amiguito de Lilly. Recordé mi última conversación con el crío, cuando le expliqué con voz suave: «Si vuelves a llamarme guarra, por la noche irá a verte un monstruo y te coserá esa boca tan sucia que tienes.»

—Eh, tú, ¡arrima el hombro! —gritó la jefa.

La miré.

—Sí, ¡tú! —rugió.

Yo no sabía cómo reaccionar; al fin y al cabo, no todos los días te grita una hormiga.

—¿A qué unidad perteneces?

—Yo... no lo sé —contesté estupefacta, y conforme a la verdad.

La jefa se suavizó un poquito ante mi visible desconcierto.

—Ah, comprendo, estuviste en la gran niebla.

—¿Qué gran niebla?

—La gran niebla que de vez en cuando aparece fuera. La mayoría de las que se ven atrapadas en ella mueren lastimosamente. Las que tienen suerte, como tú, se quedan confusas o ciegas. O ambas cosas.

Me dio la impresión de que la gran niebla no era otra cosa que veneno contra insectos como el que yo había usado más de una vez, en vano, para eliminar a las hormigas de la terraza.

—Sí, ejem... Soy una víctima de la gran niebla —contesté.

—Yo soy la comandante Krttx —me explicó con voz rechinante.

No sólo me sorprendió la ausencia de vocales en el nombre, sino también las muchas cicatrices que cubrían su cuerpo. ¿Se las había hecho en la batalla?

—¿Cómo te llamas? —preguntó Krttx.

—Kim.

—Qué nombre más ridículo.

Oí las risitas de las otras hormigas.

—Orden en las filas —gritó Krttx que, por lo visto, no soportaba bromas en la tropa.

—Arrima el hombro, Kim —dijo y, en su boca, «Kim» sonó como una palabrota especialmente despectiva.

—No, gracias —contesté.

Sólo me faltaba eso: ¡estar muerta y encima tener que arrastrar ositos de goma!

—¡Arrima el hombro!

—En ese tono, seguro que no.

No me gustaba que me gritaran. Si alguien gritaba en una conversación, ese alguien generalmente era yo.

—Ah, ¿y qué tono te gustaría? —preguntó Krttx en un tono dulzón.

—El adecuado —repliqué.

—¡AAAARRIMA EEEL HOOOMBRO! —rugió Krttx tan fuerte que mis antenas vibraron.

Y luego volvió a preguntar, todavía con un rastro de dulzura:

—¿Te ha parecido adecuado?

—En realidad, no —respondí.

La hormiga jefe se puso entonces realmente furiosa y masculló:

—Arrima el hombro ahora mismo.

—¿Por qué tendría que hacerlo?

—Porque si no lo haces te partiré el cuello.

Era un argumento bastante convincente.

Amedrentada, me uní a la fila y tuve que cargar el trozo de osito de goma con las demás obreras. Era pegajoso y apestaba horrores a fresa artificial. Lo arrastramos a través del interminable túnel, que descendía cada vez más hondo en la tierra húmeda. Era tremendamente agotador. Hacía mucho que no sudaba de aquella manera. El deporte nunca había sido lo mío. Siempre que Alex me preguntaba que por qué no lo acompañaba a hacer *footing*, yo contestaba: «Si Dios hubiera querido que las personas corrieran, habría procurado que estuvieran atractivas con chándal.»

Jadeaba debajo del pedazo de gelatina y azúcar, igual que las hormigas que tenía alrededor, que evitaban todo contacto visual entre ellas: era una tropa bastante acobardada.

Al cabo de un rato, le dirigí la palabra a una obrera joven que iba a mi lado:

—¿Tú también te has reencarnado?

Antes de que pudiera contestarme, Krttx gritó:

—¡Tú, la nueva! ¿Sabes qué les hago a las que hablan en el trabajo?

—¿Partirles el cuello? —pregunté.

—Después de haberles arrancado las antenas.

Las amenazas de Krttx eran más creativas a medida que más flojeábamos. Al final ya pretendía hacer cosas muy desagradables con nuestras glándulas sexuales. Pero yo estaba demasiado agotada para oírlo. Me temblaban las piernas bajo el peso del osito de goma, olía con mis antenas mi propio olor penetrante y añoraba un baño caliente de espuma con tratamiento ayurveda incluido. Aunque tenía claro que raramente se encuentran hormigas en un baño de espuma con tratamiento ayurveda incluido. Y, si se daba el caso, sólo eran cadáveres de ahogados que desaparecían por el desagüe.

Cuando alcanzamos el final del túnel, oí un murmullo tremendo. A cada paso se iba haciendo más alto. Y entonces se me ofreció el espectáculo más impresionante que jamás había visto: una metrópolis de hormigas. Una enorme cavidad en lo hondo de la tierra, iluminada por la luz del sol que penetraba por incontables túneles y que, gracias a mis ojos sensibles a la luz, me pareció que estaba en pleno día.

Cientos, miles, decenas de miles de hormigas iban zumbando, trotando, pitando de aquí para allá.

Todas conocían su camino en aquel reino, creado por ellas mismas, de senderos trillados, montañas de comida y nidos de incubación. Estaba desbordada. Así debías de sentirte si te has criado en una aldea de montaña y luego te dejan en El Cairo en plena hora punta.

Observé a las hormigas voladoras que pasaban sobre nuestras cabezas en formación. Contemplé a las obreras que, con enorme disciplina, construían cámaras en las paredes de la tierra. Admiré a las hormigas soldado que arrastraban la comida hasta lo alto de unas montañas inmensas. Aquello era el caos, pero de un modo perfecto. ¿O era perfección de un modo caótico? En cualquier caso, ¡era monumental!

De repente, dos hormigas voladoras pasaron a toda pastilla, en plan Cessna, casi rozándonos la cabeza y tronchándose de risa.

—¡Estas obreras son más lentas que una tortuga!

—Tiene que ser un fastidio vivir sin alas.

—Sí, suerte que nosotros no somos hembras.

Krttx las miró furiosa y se puso a echar pestes:

—¡Machos! No sirven para nada.

Y yo pensé: «Esa frase también se oye a menudo entre las mujeres.»

—Lo único que saben hacer es aparearse con la reina —continuó echando pestes Krttx.

Y yo pensé: «Esa frase no se oye tan a menudo entre las mujeres.»

Seguí a las hormigas voladoras con la mirada. Estaba tan aturdida por tantos estímulos que ya ni oía las imprecaciones de Krttx. Lástima, porque entonces la habría oído decir «Muévete o te muerdo en el trasero».

—AUUU —grité, y volví a ponerme en movimiento.

Finalmente llegamos con nuestra carga de osito de goma a una montaña de alimentos, y observé que estaba compuesta de residuos de los humanos: restos de galletas por aquí, un pedacito de chocolate por allí, medio caramelo por allá. Ante aquella visión, no pude evitar preguntarme: «¿Pueden padecer diabetes las hormigas?»

Cuando depositamos el trozo de osito de goma, estábamos todas destrozadas. Krttx nos llevó a nuestro lugar de descanso, en un hoyo cercano a la montaña de comida. La tropa entera se desplomó y comenzó a roncar. Excepto la hormiga joven con la que había hablado en el túnel.

—Soy Fss —dijo.

—Hola, Fss, yo soy Kim —respondí.

—Un nombre realmente ridículo —comentó con una risita.

—¿Y eso lo dice precisamente alguien que se llama Fss? —repliqué mosqueada. Aquellas hormigas podían llegar a hincharte las narices.

—Antes me preguntaste algo —dijo Fss, retomando la conversación.

Me recuperé de golpe. Excitada.

—Sí, quería saber si tú también te has reencarnado.

¿Compartía aquella joven hormiga mi destino? ¿Eran todas las hormigas humanos reencarnados? ¿No estaba sola?

Me miró, inclinó ligeramente la cabeza a un lado y reflexionó. Durante mucho rato. Y luego preguntó con total inocencia:

—¿Qué significa «reencarnado»?

Y mis esperanzas se truncaron.

CAPÍTULO 10

El hormiguero se fue sosegando poco a poco. El murmullo, la actividad frenética y el trajín descansaban. O sea que no era una «*City that never sleeps*». Yo era la única que no podía pegar ojo, por mucho que mi cuerpo suspirara por dormir.

No me había imaginado mi muerte de aquella manera. Para ser exactos, no me la había imaginado. Estaba demasiado ocupada con mi ajetreada vida. Con cosas sin importancia (p. ej., declaraciones de impuestos), con cosas importantes (p. ej., mi carrera) y con cosas sumamente importantes (p. ej., masajes de relax). La última vez que disfruté de un masaje fue mientras Alex estaba en una fiesta del colegio con Lilly, preparando las cestitas de las narices para los huevos de Pascua...

¡Lilly! ¡Dios mío! ¡Nunca más volvería a ver a mi pequeña!

Tragué saliva con fuerza: no la vería poner su primer diente debajo de la almohada para el ratoncito Pérez. Ni en su primer día de primaria. Ni en su primer día en el cine. Ni en su primera clase de piano. Ni en su pubertad... Vale, a eso quizás se podía renunciar.

Pero al resto, ¡no!

Lilly tendría que vivir su vida sin mí.

Y yo la mía sin ella.

En ese instante me di cuenta de que las hormigas también tienen corazón.

Estaba situado justo detrás de las patas traseras, en el voluminoso abdomen.

Y al pensar en mi hija me hizo un daño infernal.

Un grito segó de repente la tranquilidad nocturna.

—¡Detenedlo!

Las hormigas que tenía al lado se despertaron lentamente, desconcertadas. En lo alto de la oscura cúpula de tierra, débilmente iluminada gracias a la luz de la luna que penetraba por los túneles, atisbé el motivo de la agitación: una hormiga macho que volaba a todo trapo por salvar el pellejo. Perseguida por una docena de hormigas voladoras.[1]

El espectáculo era increíble.

El fugitivo pretendía alcanzar uno de los túneles que conducían a la superficie desde el techo de la cúpula. Sus perseguidores intentaban por todos los medios cortarle el paso, pero él los esquivaba constantemente, haciendo *loopings* y virajes. Aunque no lo conocía y no tenía ni la más remota idea de qué iba todo aquello, esperaba que lo consiguiera. Sospechaba que, de no hacerlo, saldría malparado.

1.   De las memorias de Casanova: Al concluir el acto sexual, poco edificante, con la reina, no debería haber contestado a su pregunta «¿Te lo has pasado bien?» proporcionándole un informe tan sincero sobre sus cualidades eróticas.

—Lo atraparán —dijo Krttx en un tono que revelaba que ya había visto muchas veces algo parecido.

Pero, de momento, todo parecía a favor del fugitivo: se estaba acercando al túnel salvador, pronto desaparecería por él. Entonces lo envidié, porque me habría gustado tener alas. Con ellas podría haber huido de aquel hormiguero infecto. Quizás incluso ir a ver a mi pequeña Lilly.

Sólo faltaban unos segundos para que el fugitivo desapareciera por el túnel cuando treinta hormigas voladoras más salieron disparadas de una cámara abierta en la pared de tierra.

—Más amantes de la reina —comentó Krttx.

Por un momento pensé qué haría la reina con todos aquellos amantes, pero me di cuenta de que realmente prefería no saberlo.

Los enfurecidos cazadores se aproximaron, retronando en formación de vuelo en cuña, a la hormiga fugitiva y le cortaron el camino poco antes de que llegara a la entrada del túnel.

—Ahora lo matarán —dijo Krttx en el mismo tono de «Ya lo he visto muchas veces» que había utilizado antes.

Y, efectivamente: todas las hormigas se abalanzaron sobre el fugitivo, que se hundió en la cuadrilla voladora y desapareció de nuestra vista. Sólo se apreciaba una nube zumbante que giraba sobre su propio eje a toda velocidad.

Poco después, los cazadores se separaron y el fugitivo cayó del medio como una piedra en dirección al suelo. ¿Estaba inconsciente? ¿Muerto?

—Apartaos —nos gritó Krttx.

Las hormigas de mi tropa arrancaron a correr a los cuatro vientos. Yo me quedé quieta, contemplando fascinada a la hormiga que caía, y sólo entonces me di cuenta de por qué todas se habían ido corriendo: ¡se precipitaba directamente sobre mí!

Noté una descarga eléctrica en mi cabeza. Probablemente era una especie de señal de alarma propia de las hormigas, que desbocaba el instinto de huir y era más molesta que cualquier dolor de cabeza humano. Más desagradable incluso que una migraña por penas de amor.

Todo mi cuerpo se hallaba en modo de huida, pero mi mente se proponía otra cosa: si la hormiga me da de lleno, moriré. Y, si muero, escaparé de esta pesadilla.

Quizás.

Valía la pena intentarlo.

Me quedé quieta. La descarga eléctrica de la cabeza se intensificaba, pretendía darme la orden: ¡Pon de una maldita vez tus apestosas patas en movimiento!

Pero resistí el dolor y me agarré con fuerza al suelo. No había vuelto a controlar mi cuerpo de esa manera desde los doce años, cuando, jugando a verdad o reto, tuve que darle un beso al gordo de Dennis.

—¿Estás loca? —gritó Krttx, empujándome fuera de la zona de impacto.

Una acción heroica en la que arriesgó su vida. Krttx era una jefa con un vocabulario compuesto en un setenta por ciento de imprecaciones, pero lo daba todo por su gente. ¿De qué superior humano puede afirmarse lo mismo hoy en día? ¡Yo jamás en la vida habría arriesgado mi vida por mi ayudante de redacción! (Una vez me rompí una uña ayudando a la gorda de Sonia —evitaba contratar a gente más guapa que yo— a sacar la manga de la trituradora de papel. En el acto decidí que en el futuro abandonaría a Sonia a su destino triturador en este mundo.)

La valerosa acción de Krttx no habría hecho falta: poco antes del impacto, la hormiga que caía se reanimó. Movió las alas y la izquierda se le estremeció con fuerza: estaba rota. El frenético aleteo frenó la caída, pero no del todo. La hormiga realizó un estrepitoso aterrizaje forzoso, justo a mi lado, y el impacto hizo que vibraran mis pies. La hormiga caída miró aturdida hacia donde yo estaba, aunque me pareció que no se daba cuenta de nada. Intentó echar a correr, pero las patas no la sostenían. Se arrastró por el suelo y soltó un grito de dolor que me encogió el corazón.

Krttx gritó:

—¡Cogedlo!

Las hormigas de mi tropa se abalanzaron sobre la pobre criatura. Empezaron a golpear con las patas al fugitivo y a morderlo con las mandíbulas, aullando belicosas: aquello era una carnicería.

Yo no podía soportarlo y, por lo tanto, hice lo que haría la mayoría en una situación semejante: apartar la mirada. Incluso me tapé los ojos con las patas, lo cual supuso un gran reto de logística, ya que eran cinco ojos y seis patas.

Pero no pude cegar mi conciencia: ¿no debería intervenir, igual que Alex intervino valerosamente por mí en Venecia contra el sobón de Salvatore?

Por otro lado, ahí se trataba de hormigas y no de italianos.

Contrariamente, por otro lado, ¿podría volver a mirarme a un espejo si no le ayudaba?

Pero, contraria contrariamente, por otro lado, seguramente no volvería a tener la oportunidad de mirarme a
un espejo siendo una hormiga.

Y, contraria contraria contrariamente, por otro lado,
aquello era tan insufrible que no pude contenerme más y
grité a las hormigas:

—¡Eh, cerdas!

Las hormigas siguieron como si nada. Seguro que, en
aquel ambiente, «cerdas» no era el mejor de los insultos.

Así pues, grité aún más alto:

—Parad. ¡Eso es inhumano!

—¿Inhumano? —balbuceó el fugitivo.

Las hormigas continuaron machacándolo, pero parecía que no lo notaba. Se había concentrado en mí.

—Inhumano... Esa palabra... no la conocen... las hormigas.., Usted... usted... ¿también se ha reencarnado?

Me quedé electrizada: yo no era el único ex humano
que había allí. No estaba sola con mi destino. Y, si había
aún más humanos reencarnados en aquel hormiguero,
quizás podríamos hacer causa común para salvarnos.
¿Cómo?

Intenté impedir que las demás hormigas siguieran
golpeando al reencarnado:

—¡Parad de una vez! ¡Vais a matarlo!

Con gran sorpresa por mi parte, Krttx dijo:

—Tiene razón. Ya basta.

Las hormigas soltaron a su víctima. Yacía en el suelo
inmóvil, demasiado débil para decir nada más. Daba la
impresión de que mantener el contacto visual conmigo le
costaba todas las fuerzas que aún le quedaban. Krttx se
plantó delante del fugitivo, extendió hacia él su bajo vien-
tre abultado, meneó algo y le roció la cara con un chorro
enorme de un líquido negro. Ácido fórmico.

A toda prisa le pregunté:

—¿Cómo te llamas?

—C... Ca... sa... —respondió.

Y perdió el conocimiento.[1]

Las demás hormigas se llevaron al fugitivo a rastras. Yo le pregunté a la pequeña Fss qué sería de él, y ella respondió:

—Lo decidirá la reina.

—¿Y qué decidirá? —insistí.

—Si lo ejecutan públicamente...

—¿O...? —pregunté tragando saliva.

—O lo ejecutan sin público.

Tragué saliva con más fuerza. No era justo: acababa de encontrar a otro humano reencarnado sólo para tener que asistir muy pronto a su funeral.

1.   De las memorias de Casanova: En toda mi triste vida de hormiga, sólo se cruzaron en mi camino tres personas reencarnadas. La primera fue el temible Gengis Kan. Según me contó, ya arrostraba unas cuantas vidas, alguna como pulga del cerdo. Oírlo me divirtió mucho. Pero mis carcajadas le hicieron temblar de cólera: «Antes habría ordenado que te tiraran en aceite hirviendo. Pero ahora soy más pacífico.» Dicho esto, hizo un nudo gordiano con mis antenas. A partir de entonces, evité en lo posible cruzarme en el camino del «pacífico» Gengis. La segunda persona reencarnada que conocí fue una hormiga que se me presentó como Albert Einstein. Albert se tomaba su destino con paciencia y no cesaba de señalar que, por lo visto, el universo era mucho más relativo de lo que él había considerado posible. Y la tercera persona reencarnada con la que pude entablar amistad siendo un insecto fue madame Kim. El ser que cambiaría radicalmente mi lastimosa existencia.

CAPÍTULO 11

Mientras las demás hormigas dormitaban y resollaban en busca de aire entre ronquidos, algunas se removían inquietas: soñaban. Quizás con comida. O con el fugitivo. O con los agujeros por donde Krttx podía meterles las antenas.

Los científicos nunca se habían percatado de que las hormigas también podían soñar. No sirven para nada. De lo contrario, haría tiempo que sus señorías habrían inventado un café instantáneo con buen sabor. En vez de dejar que las estaciones espaciales se precipitaran sobre las cabezas de personas inocentes. Muchas gracias. Me imaginé rociando en la cara con ácido fórmico a los científicos rusos responsables de mi muerte.

Dios mío, sólo llevaba un día muerta y ya empezaba a pensar como una hormiga.

Y entonces caí en un profundo agujero negro de autocompasión. Pensé en todas las cosas que no viviría porque ya no era humana: largos paseos por las tiendas de Manhattan, besos con Daniel Kohn, tratamientos de relax, sexo con Daniel Kohn, los espaguetis con gambas de nuestro restaurante italiano preferido, la declaración de amor de Daniel Kohn...

En ese momento caí en la cuenta de que Daniel Kohn aparecía en mis pensamientos con una frecuencia superior al promedio y que mi marido lo hacía con una frecuencia inferior al promedio.

Pero ¿estaba mal?

Total, mi matrimonio estaba acabado. Y, además, yo estaba muerta. O sea que podía pensar tranquilamente en otro hombre.

Y me dormí pensando en la noche de sexo supercalifragilisticoexpialidoso con Daniel Kohn.

Tuve un sueño increíble en el que volvía a ser humana. Una sensación maravillosa. Volvía a tener dos ojos, dos piernas, diez dedos con diez uñas pintadas; todo estaba donde tenía que estar. Incluso me complacía tener celulitis. Pero, de repente, Krttx se plantaba delante de mí. Con dimensiones humanas. Me cogía y me llevaba delante de Alex, que aparecía en forma de hormiga reina. Con voz de trueno anunciaba: «Por cometer infidelidad con Daniel Kohn, te condeno a muerte.» Acto seguido, cientos de hormigas enormes marchaban hacia mí, afilando las mandíbulas con voracidad.

Me desperté chillando.

Me daba mucho miedo volver a dormirme.

Pero aún era peor estar despierta y a merced de mi mala conciencia respecto a Alex.

Después de mucho cavilar caí por fin en un sueño sin sueños. Sólo para que Krttx me despertara al cabo de muy poco.

—¡A levantarse! —gritó.

Con aquella voz no sólo podría haber despertado a los muertos, sino que también habría conseguido que hicieran gimnasia matinal.

Todas las hormigas se pusieron firmes de inmediato. Menos yo, que estaba demasiado cansada.

—¡Ya está bien de dormir! —me rugió Krttx.

¿Ya está bien de dormir? ¿Le faltaba un tornillo? Sólo habíamos descansado un par de horas.

—¡Tenemos que ir a buscar comida!

Aún me dolía todo del tute del día anterior, ¿y ahora tenía que ponerme a cargar cosas otra vez? ¿Consistiría mi vida a partir de entonces en cargarme ositos de goma todos los días a la espalda?

—¡Buda! —grité.

Quería reclamar. Aquello no valía. ¡No se puede condenar a nadie a vivir como una hormiga sin un juicio justo!

—¡Buda! —grité otra vez.

—Aquí no hay ningún Buda —la voz de Krttx sonó peligrosamente nerviosa.

Volví a gritar:

—¡Buda! Si no me sacas ahora mismo de esta porquería, voy a... voy a...

Me di cuenta de que no disponía de ningún medio de presión.

En cambio Krttx disponía de uno para mí:

—Si no te levantas enseguida... —dijo.

—... me romperás el cuello, me arrancarás las antenas, etcétera, etcétera, etcétera... —concluí, derrotada, y me levanté sacando fuerzas de flaqueza. Sabía que el gordo de Buda no volvería a presentarse.

Nuestra tropa ascendió cansina por el túnel, hacia la superficie. La pendiente era muy empinada, a veces el desnivel superaba los cuarenta y cinco grados. Ni siquiera los ciclistas profesionales consiguen algo así sin doparse.

En la entrada del túnel, Krttx nos advirtió de los peligros que nos esperaban fuera.

—Hay que tener cuidado con las arañas.

¿Arañas? ¡Monstruos de ocho patas! ¡Seguro que eran diez veces más grandes que yo en mi cuerpo de hormiga! Ya tenía problemas cuando esos bichos eran cien veces más pequeños que yo y los veía deslizarse por la ducha. En esos casos siempre llamaba corriendo a Alex. Él las metía en un vaso y las sacaba fuera, mientras yo exigía a voz en grito la pena de muerte para que la bestia no volviera a entrar en casa.

¿Y ahora corría el peligro de que una araña me devorara? Me puse mala.

Krttx también nos previno de la gran niebla y luego mencionó una cosa más: el rayo de sol concentrado.

—¿El rayo de sol concentrado? —pregunté.

—Hace unos días, unas hormigas murieron quemadas. Las supervivientes explicaron que el sol se volvió de repente muy ardiente y abrasó a las víctimas con un rayo concentrado.

«¡Una lupa!», me vino a la cabeza. Lilly me había explicado que, en su fiesta de cumpleaños, el incordio de Nils había estado jugando a hacer fuego con una lupa. Brotó en mí la esperanza de que hubiera ido a parar al hormiguero de nuestra terraza. Era poco probable, pero era una bonita idea porque, entonces, ¡existía la posibilidad de ver a Lilly!

El cansancio de mis patas se disipó, sólo quería salir a la superficie, descubrir si me encontraba cerca de mi pequeña y querida Lilly.

—¡En marcha! —ordenó Krttx.

Por primera vez me gustó lo que dijo.

Salimos al sol. La luz era cegadora, pero mis ojos se adaptaron en un santiamén. Después de recorrer una pequeña parte del camino a través de briznas de hierba altísimas, noté que nos desplazábamos sobre piedra. ¿Estábamos en nuestra terraza? Oteé la zona. Daba la impresión de que todo era enorme: el césped parecía una selva, los árboles ascendían tanto hacia lo alto que prácticamente no podía verles las hojas y pasó una mariposa volando que parecía más grande que un Jumbo.

Enseguida descubrí que, gracias a mis dos ojos laterales, podía focalizar la vista, igual que se hace con unos prismáticos. El entorno dejó de parecerme tan aplastante. Pude ver si una brizna de hierba estaba tronchada o no, pude distinguir claramente las hojas en los troncos y observé que la mariposa tenía una expresión de felicidad en la cara. Disfrutaba de su vuelo a la luz del sol. Eso o se había atiborrado de cannabis en el jardín de nuestro vecino, que lo cultivaba clandestinamente.

Para asegurarme de que estaba realmente en la terraza de casa, salí del césped. Me di la vuelta. Lentamente. Con el corazón acelerado.

Y vi... ¡nuestra casa!

Tras un segundo de alegría por haberla reconocido, me apresuré a ponerme en movimiento. Quería ver a Lilly. ¡Enseguida!

Krttx me cerró el paso.

—¿Adónde crees que vas?

—¡Ahí dentro!

—¿Con los grglldd?

—¿Grglldd? —pregunté.

—Son los seres que nos tiran comida.

Se me escapó una sonrisa. Las hormigas salían al campo y esperaban a que la gente dejara caer dulces: a Charles Darwin le habría sorprendido esa evolución.

—Ahí detrás —señalé la casa— hay mucha más comida.

—Puede, pero no iremos.

—¿Por qué no?

—Por eso —dijo Krttx señalando una telaraña justo delante de la puerta que daba a la terraza.

Me maldije por haberle dicho a la mujer de la limpieza antes de ir a la entrega de premios que no viniera hasta la próxima semana: no tiene sentido limpiar antes de una fiesta infantil de cumpleaños.

Examiné la telaraña, y realmente tenía un aspecto amenazador. Pero yo quería ver a Lilly, me daba igual si había una araña o no. Me daba igual si era diez veces más grande que yo, lo cual era muy probable. ¡Nada podía detenerme! Mi deseo era demasiado fuerte. La miré bien y constaté:

—No hay ninguna araña.

Krttx también lo vio.

—Y ahí detrás hay más comida de la que se puede soñar.

Krttx dudaba.

—Yo voy —dije decidida, y me puse en marcha.

—Te acompañamos —ordenó Krttx.

Las demás hormigas la siguieron temblando. Se notaba que, si se hubieran basado en un sistema democrático, habrían decidido otra cosa.

Nuestra tropa se acercó a la telaraña. Olía a podrido y los hilos se agitaban en el viento suave. Desde la perspectiva de una hormiga, ver aquella cosa de cerca inspiraba un respeto terrible, con el acento puesto en «terrible». La señal de alarma de mi cabeza volvió a dispararse y vi que a las demás hormigas les pasaba lo mismo: todas querían salir por patas.

Gracias a Dios, la araña no estaba y logramos llegar al umbral de la puerta y colarnos en la casa.

No se veía a nadie, pero había una mesa preparada con pastel y pastas. ¿Para qué? El cumpleaños ya había pasado. ¿Por qué volvía a haber pastel?

—No has exagerado en tus promesas —dijo Krttx sonriéndome. Hasta entonces no supe que era capaz de sonreír.

Oí que abrían la puerta de casa y que Alex decía:

—¡Pasad!

Su voz sonó atronadora; me vibraron las antenas. Confié en que podría ajustar el oído igual que los ojos. Y confié con razón.

—Hay café y pastel —oí decir a Alex, ahora a un volumen normal.

Alex se acercó a la sala de estar. Le seguían unos pasos.

—¡Grglldd! —gritaron las hormigas despavoridas y salieron corriendo.

Me quedé sola y vi que Alex entraba en la sala. Llevaba un traje negro. Entonces comprendí qué significaba la mesa con el pastel: era el convite de mi funeral.

CAPÍTULO 12

Enterarte de que estás muerta es duro. Pero cuando también lo saben los demás, la certeza es brutal. Viene a ocurrir lo mismo que con un gran lunar en el muslo. No es agradable, pero cuando un amante te lo ve al hacer el amor contigo se convierte en desagradable. Claro que lo de la muerte es mucho más fastidioso que lo del lunar.

Alex no llevaba corbata. Las odiaba. Ni siquiera se la había puesto para nuestra boda en Venecia. Y eso que lo había amenazado con anular la noche de bodas si no se la ponía. Yo quería una boda clásica, con toda la parafernalia, y la corbata del novio formaba parte de esa parafernalia.

Naturalmente, no cumplí mis amenazas: la noche de bodas se celebró y fue fantástica. Alex me besó por todo el cuerpo. Hasta en mi enorme lunar. Sin cortarse. Todos los demás, incluido Kohn, se habían detenido un momento al verlo; Alex ni siquiera una décima de segundo. En aquella época lo amaba todo de mí. Alex era maravilloso.

Alex contemplaba con la mirada vacía la mesa puesta. Había llorado por mí, tenía los ojos enrojecidos. Me sor-

68

prendió. Y luego me sorprendió que me sorprendiera. Ya no nos amábamos, pero habíamos sido felices juntos durante muchos años. Era normal que llorara.

—Eh, chalada —gritó Krttx—, ¡ven aquí!

Miré un momento a mi alrededor y vi que la tropa había buscado cobijo debajo del sillón del televisor, justo detrás de los flecos. Ignoré a Krttx porque mi jefe Carstens había entrado en la sala después de Alex. Su lujosa colonia envolvió mis antenas.

—Podría haber invitado a algunos colegas de Kim —le dijo a Alex.

«Cierto», pensé. Me habría gustado verlos llorar por mí.

—Entonces tendría que pasarme el día fregando lágrimas de cocodrilo del suelo.

Típico de Alex. Era honesto, directo, íntegro, cariñoso: era una buena persona... que a veces podía sacarte de tus casillas con sus valores morales.

Pero durante muchos años fue genial tener a alguien así a mi lado. En un mundo plagado de mentiras, intrigas y pestañas postizas, él era el único que siempre me hablaba con franqueza.

—Sólo quiero que venga la gente que realmente quería a Kim —prosiguió Alex.

Eché un vistazo a la mesa y conté cinco cubiertos. No era precisamente un número extraordinario de «gente que realmente te quiere».

Eso me conmocionó y me entristeció.

La siguiente en entrar en la sala fue mi madre. Le temblaban las manos y eso era una buena señal, ya que significaba que todavía no había probado el alcohol.

—Siéntate, Martha —dijo Alex cordialmente.

Siempre era capaz de ser amable con mi madre. Yo nunca lograba que pasara mucho rato sin pegarle la bronca. Mi récord estaba en siete minutos y veintitrés segundos. Lo había cronometrado. Fue un día en que me había propuesto firmemente aguantar el máximo rato posible sin pelearme con ella.

—Mi pelota —oí gritar a Lilly en el pasillo.

Y un segundo después una pelota de goma naranja entró volando en la sala. El proyectil chocó contra la mesa, desde allí salió volando, pasó tan cerca de mi cabeza que el viento estuvo a punto de derribarme y, finalmente, impactó en el sillón, justo delante de los flecos. A las hormigas les temblaba todo el cuerpo. Una pelota naranja había dado definitivamente rienda suelta a su imaginación.

A mí no me afectó. Por un lado, me costaba tener miedo de una pelota de goma, daba lo mismo su tamaño. Y, por otro, sólo tenía ojos para Lilly, que entró corriendo en la sala. Llevaba su vestido preferido, de color verde (Alex no la había obligado a ir de negro), estrechaba contra su cuerpo a su osito de peluche y también tenía los ojos enrojecidos.

Me deslicé hacia ella tan deprisa como pude. Quería cogerla en brazos. Abrazarla. Consolarla: «¡No estoy muerta! ¡No llores!»

—¿Qué haces, chiflada? —gritó Krttx con la voz aún temblorosa por la experiencia de la pelota.

Y la pregunta estaba totalmente justificada: yo era una hormiga. No podría coger en mis brazos ni siquiera el dedo meñique del pie de Lilly para consolarla.

Me detuve a medio camino, hecha polvo y con ganas de llorar. Pero, por lo visto, las hormigas no tenían lágrimas. Y no pude mitigar el dolor de mi alma llorando. Algo se desgarraba en mi interior y yo no podía hacer nada por evitarlo. Y, a cada segundo que miraba los ojos enrojecidos de Lilly, la cosa empeoraba.

Fui incapaz de soportarlo más y desvié la mirada, que quedó fijada en la mesa. Entonces me di cuenta de que todavía faltaba alguien.

¿Quizás Daniel Kohn?

No, Alex no lo habría invitado.

¿Mi padre? Poco probable. Ni yo misma sabía dónde vivía. La última vez que recibí una carta suya, David Hasselhoff aún era un sex symbol.

—Uf, ¡cómo me ha costado encontrar aparcamiento! —dijo una voz muy familiar.

¡Nina! ¿Qué hacía ella en el convite de mi funeral?

Lucía un corte de pelo moderno, un cuerpo moldeado con aeróbic y un precioso vestido negro, que le quedaba ajustado y pretendía decir a los hombres: «Miradme y tened las fantasías eróticas que queráis.»

Seguía vistiéndose provocativa como una adolescente, pero ahora lo hacía con más estilo. Antes, cuando salíamos, siempre íbamos las dos igual: con unos escotes que hacían que nuestros pechos estuvieran constantemente en peligro de huida y con tanta laca que no era aconsejable que nadie encendiera un mechero cerca de nuestras cabezas.

Nina y yo éramos bichos raros entre los niñatos de nuestra escuela, y disfrutábamos de ese estatus. Las dos veníamos de familias rotas. Las dos queríamos que no se nos escapara nada. Las dos queríamos conquistar el mundo. Yo lo conseguí en la televisión. Y Nina... Bueno, ella no lo consiguió. Acabó estudiando algo de turismo.

En el amor tampoco le fue muy bien. Su balance ascendía a un aborto y una serie de relaciones que nunca duraron más de tres meses. Cuando aún éramos amigas íntimas, un día le pregunté si eso no la hacía desgraciada. Pero ella se limitó a decir, encogiéndose de hombros, que aún no había nacido el hombre ideal para ella: «Enséñame a un hombre inteligente, guapo y decente, y yo te enseñaré la octava maravilla del mundo.»

En aquella época yo aún no sospechaba que, para ella, Alex era la octava maravilla del mundo.

Y luego llegó la tarde en que mi amistad con Nina se rompió: teníamos veinte y pico años, Lilly aún no había nacido y yo trabajaba como una loca en mi primer trabajo en la radio. Por eso no pasaba mucho tiempo en el apartamento del edificio antiguo de Berlín donde Alex y yo vivíamos por aquel entonces. Un día llegué a casa del trabajo antes de lo previsto por culpa de una gripe intestinal, y oí risas en la sala de estar. Alex y Nina se divertían.

Eso estaba bien.

Recorrí el pasillo: entonces ya reían a carcajadas.

Eso también estaba bien.

Llegué a la sala y vi que sólo llevaban puesta la ropa interior.

Eso no estaba nada bien.

Intenté no hacer una escena. Quise ser elegante. Respiré profundamente, empecé a hablar y... vomité en los pies de Nina.

No fue muy elegante.

Y mientras Nina se iba a casa volando para ducharse, Alex intentó explicármelo con una voz ahogada por las lágrimas: no se había acostado con Nina y ésa era la primera vez que la había besado. Estaba en plena crisis con sus estudios de Bioquímica, había cateado unos cuantos exámenes y no tenía ni idea de cómo lo haría para acabarlos. Además, tenía la sensación de que a mí no me importaba porque yo siempre estaba trabajando y siempre estaba cansada, no se podía hablar conmigo y él tampoco quería agobiarme, pero Nina le prestaba atención, le escuchaba, le daba consejos, lo consolaba, lo animaba. Y una cosa fue a parar a otra y quizás una cosa no habría ido a parar a otra si yo me hubiera mostrado más receptiva y mi trabajo no me absorbiera tanto y, y, y...

Todo aquello me importaba un rábano. ¡Me sentía terriblemente herida! Y le di, también con la voz ahogada por las lágrimas, exactamente diez segundos para que decidiera: o Nina o yo.

Necesitó los diez segundos enteros.

Luego se decidió por mí.

Y no volví a ver a Nina.

Esperé que nunca pudiera quitarse el olor de los pies, por mucho que se duchara.

Lo último que oí de ella fue que había aceptado un trabajo en Hamburgo.

Pero ahora volvía a estar allí.

Y mi señal de alarma de hormiga comenzó a sonar de nuevo.

—¿Quién quiere café? —preguntó Alex, y todos se apuntaron, incluso Martha, que tenía la decencia de no pedir una bebida de más graduación delante de Lilly.

—Te ayudo —dijo Nina a Alex.

Y le sonrió. Fue una de esas sonrisas que parecen inocentes. Apenas se nota el deseo que esconden. Los hombres no saben reconocerlas. Sólo las mujeres. También las mujeres que se han reencarnado en hormiga.

Eché chispas de rabia: sólo llevaba tres días muerta. Seguro que mi cadáver aún estaba caliente. Vale, quizás no tan caliente. Pero seguro que aún estaba a temperatura ambiente. ¿Y Nina ya deseaba a mi marido?

Incluso tenía la cara dura de hablar con mi hija:

—¿Quieres una taza de chocolate caliente?

Lilly movió la cabeza afirmativamente.

—Voy a preparártela —dijo.

Y luego hizo algo que consiguió que se me cruzaran los cables: le acarició la cabeza a Lilly.

—¡Deja en paz a mi hija! —grité.

Pero, claro, sólo lo oyeron las hormigas, en las que arraigó definitivamente la sensación de que yo estaba pirada.

Me detuve dos segundos: ¿Había tenido una reacción excesiva? ¿Nina sólo pretendía consolar un poco a mi hija?

Pero conocía a Nina: era como yo.

Cuando quería algo, pasaba por encima de cualquier cadáver.

En este caso, del mío.

Y Nina quería a Alex.

Siempre lo había querido.

Y el camino que conducía a su corazón pasaba por nuestra hija.

CAPÍTULO 13

Corrí enloquecida hacia la mesa; quería hacer algo. No tenía ni idea de qué, ¡pero no podía quedarme de brazos cruzados presenciando cómo me quitaban a mi familia! Al llegar a la pata de la mesa, me agarré bien y trepé por ella mientras Alex y Nina iban a buscar las bebidas calientes a la cocina. Lilly se fue a su habitación a buscar un juguete y Martha aprovechó la ausencia de la niña para refrescarse el gaznate con un jerez doble. Más animada, empezó a darle la vara a Carstens:

—¿Así que usted también está en televisión?

Carstens movió la cabeza afirmativamente.

—Algún día tiene que hacer un programa sobre los portales de Internet para solteros. Son fatales para las mujeres como yo.

—¿Ah, sí? —preguntó Carstens sin disimular su poco interés y se llevó la taza de café a los labios.

—¡Sí! —replicó mi madre—. La mayoría de los que se apuntan son unos viejos verdes que sólo buscan sexo.

Carstens se atragantó con el café.

Martha prosiguió imperturbable:

—Ninguno quiere pasar un buen rato charlando. Un hatajo de cerdos.

Carstens contestó lo que habría contestado cualquiera en aquella situación:

—Tengo que ir al lavabo.

Se levantó y se fue. Entretanto llegó Alex con el café, ayudado por Nina, que llevaba una taza de chocolate caliente para Lilly. ¡Ya parecía un poco la señora de la casa!

Aceleré el paso y trepé más deprisa por la pata de la mesa; a mi lado, Reinhold Messner era un escalador de tres al cuarto.

—El sermón del sacerdote ha estado bien —dijo Nina.

—Sí, ha dicho cosas muy bonitas sobre el sufrimiento de una madre —completó mi madre.

—Y ha hablado de Kim con mucho acierto —opinó Alex.

Esas palabras hicieron que me detuviera en mi ruta alpinista, ¿qué habría dicho de mí el sacerdote?

—Ha recalcado mucho lo importante que fue para la sociedad —dijo Nina.

Me sentí halagada.

—Y de que era una buena madre.

Me desconcertó la falta de ironía en la voz de Alex. Tres días atrás me había reprochado lo contrario. ¿De verdad creía que yo era una buena madre? Estaría bien. Improbable. Pero estaría bien.

Entretanto llegó Lilly con su Gameboy, y Nina le dejó el chocolate encima de la mesa.

—Espero que no esté demasiado caliente —dijo.

—No, está a la temperatura ideal de Lilly —contestó Alex.

Ese cumplido dirigido a Nina hizo que me olvidara de todo lo demás. Escalé la mesa, furiosa, y ya iba a desplazarme por el mullido mantel directamente hacia Lilly, cuando de repente me encontré con... ¡el pastel!

Mi instinto de hormiga gritó «¡Lo quiero!» y dio la orden de marcha a mis patas. Me deslicé enloquecida hacia el pastel y salté, contra mi voluntad, en la cobertura pegajosa de chocolate.

Comer pastel con el sentido del gusto de una hormiga resultó ser una explosión sensorial incomparable. Mejor que cualquier orgasmo, exceptuando los que tuve con Alex los primeros años y el que me había deparado la noche de amor con Daniel Kohn.

Estaba encima del pedazo de pastel, aturdida de felicidad, comiendo y comiendo.

A lo lejos, como a través de un tupido velo, oí decir a Lilly:

—Nina, tienes una hormiga en el pastel.

Pero Nina no reaccionó a tiempo y fui a parar a su boca junto con el pastel.

CAPÍTULO 14

Morir deglutida por Nina fue aún más tonto que morir aplastada por el lavabo de una estación espacial.

Mi vida volvió a pasar ante mi ojo espiritual (también las hormigas tienen sólo uno). Pero esta vez fue mi triste existencia como hormiga: el encuentro con Buda, los improperios de Krttx, la visión del grandioso hormiguero, la brutal paliza al reencarnado, la telaraña, la pelota de goma naranja, el intento de Nina de ocupar mi lugar en la familia...

Cuando ves una vida como ésa no te entristece morir.

Vi de nuevo la luz.
Cada vez más clara.
Era maravillosa.
Me envolvía.
Más dulce que la última vez.
Más cálida aún.
Más amorosa.

La abracé y me fundí en ella.

Me sentía tan bien.

Tan protegida.

Tan feliz.

La pesadilla había acabado.

Durante dos segundos.

Luego volví a ser una hormiga.

Me encontraba en otro cuerpo, más pequeño y ágil, ¡pero volvía ser una puta hormiga!

Regresa a un destino de hormiga, no alcances la paz interior y ¡siéntete más frustrada que nunca!

—Hola —oí que susurraba la voz dulce de Buda.

Me di la vuelta. De nuevo me encontraba en el túnel subterráneo donde había despertado la última vez. Y esta vez también me sonreía un Buda-hormiga increíblemente gordo. Parecía muy contento consigo mismo, con el mundo, con todo el universo. Totalmente al contrario que yo.

—¡TENEMOS... QUE... HABLAR! —exigí sulfurada.

—Te sientes apesadumbrada porque no has podido ir hacia la luz —constató Buda.

Era cierto. Pero no pensaba admitirlo delante de él. Además, no era asunto suyo. Yo tenía otro tema en la agenda:

—¡No merezco reencarnarme en hormiga!

—Tienes una curiosa visión de las cosas —dijo Buda divertido.

—Vale, he metido la pata algunas veces, ¡pero tu juicio es demasiado duro! —protesté—. Exijo que me liberes de esta existencia de hormiga.

—No puedo.

—¡Pensaba que tú eras el muftí supremo!

—Sólo tú puedes.

—¿Cómo? —pregunté excitada.

Si había un camino para salir de allí, quería tener el plan de ruta.

—El camino se hace al andar —susurró Buda.

—Pareces una galleta de la suerte —dije exaltada.

—Puede —Buda sonrió dulcemente—, pero eso no lo hace menos cierto.

Y, dicho esto, se esfumó.

¡Aquel tipo me estaba cargando!

Reflexioné un momento sobre qué podría significar su cháchara de galleta de la suerte, pero no tenía la más remota idea.

Y volví a pensar en el convite del funeral. Nina quería quedarse con Alex. Y él cedería. No hoy, ni mañana. Pero seguro que algún día. Lo sabía.

Porque Nina así lo quería.

Y Alex ya estuvo a punto de decidirse por ella una vez.

Yo aún estaba viva.

Y ahora estaba muerta.

O sea que ya no les obstaculizaba el camino y, antes o

después, Alex se liaría con ella. Y entonces sería la nueva madre de Lilly.

La idea me hizo un nudo en mi pequeño estómago de hormiga.

Oí a cierta distancia el trote de muchos pies de hormiga y las ristras de invectivas de Krttx. Lo tuve claro: no podía permitir que volviera a reclutarme. Tenía que coger las riendas de esa vida de hormiga entre mis propias seis garras y evitar como fuera que Nina se hiciera cargo de mi familia.

Y sólo había alguien que pudiera ayudarme: la hormiga reencarnada a la que la reina iba a ejecutar. Quizás ella sabía cómo puedes influir en la vida de las personas reales siendo una persona con forma de hormiga.

Así pues, arranqué a correr antes de que Krttx me echara el ojo encima, y comencé mi nueva vida.

Una vida en la que Giacomo Casanova interpretaría un papel esencial.

CAPÍTULO 15

Corrí hacia el hormiguero, que latía lleno de vida, y aproveché para trazar un plan en mi mente: descubriría dónde estaba el calabozo de la reina y luego... Luego ya veríamos.

Admito que el plan que había trazado no era un plan muy impresionante. Pero, dadas las circunstancias, no estaba nada mal.

Las circunstancias eran las siguientes: no quería imaginar qué pasaría si Nina criaba a mi pequeña Lilly. Pero es lo que pasa cuando alguien no quiere imaginarse algo: que lo hace y en los colores fosforito más chillones. Con mi ojo espiritual vi a mi dulce y preciosa Lilly: una pequeña criatura que se acurrucaba de noche junto a mí porque tenía miedo del brujo Gargamel, que era tan incompetente que nunca conseguía atrapar a los pitufos. Lilly no podía caer en las garras de Nina, que la criaría para convertirla en una mujer despiadada y dura. En una mujer... ¿como yo?

Me sentí desenmascarada, aparté de un plumazo la idea y me dediqué a maldecir a Nina con más vehemencia.

—Tonta del haba —la insulté en voz alta.

—¿Qué has dicho? —me preguntó una comandante que se acercaba a mí con su tropa por un sendero.

Era una vez y media más grande que yo y tenía un aire amenazador.

—¿Que soy una tonta del haba? —preguntó, picada.

—Este... Ejem... No quería decir eso —balbuceé.

—¿Y qué querías decir?

—Tanta vaga —aclaré, poco convencida.

—¿Tanta vaga? —preguntó la comandante confusa.

—Tanta vaga —repetí.

—Y eso, ¿a qué viene?

A mí también me habría gustado saberlo.

—Ejem... Bueno... Este... No... No me gusta ver tantas hormigas paradas y... tan vagas.

—Ah —replicó la comandante, no demasiado convencida.

Yo quería proseguir mi camino a toda prisa, pero ella insistió con sus preguntas:

—¿Qué haces aquí sola?

—Trabajo.

—Las hormigas no trabajan solas —dijo la comandante, y dio un paso preocupante hacia mí.

Olí su aliento y deseé que inventaran pronto un colutorio para hormigas y que lo sacaran al mercado.

—¿Qué te traes entre manos? —insistió.

Mi cabeza daba vueltas pensando qué podía responder. Lo intenté con una media verdad:

—Yo... Ejem... Tengo que ir al calabozo de la reina.

Me di cuenta de que la comandante se había puesto a temblar.

—Tú... Tú... ¿perteneces a la Guardia Real?

—Pues claro que pertenezco a la Guardia Real —dije en un tono lo más autoritario posible.

La comandante temblaba como si yo fuera el diablo en persona. Me gustó esa reacción. Enormemente. Nadie me había tenido tanto miedo, salvo mis ayudantes.

—Perdóname, sacerdotisa —dijo la comandante devotamente, y dio la orden de avanzar a su tropa.

Las atemorizadas hormigas se apresuraron a subir por el sendero, a una velocidad que casi hacía suponer que no se detendrían hasta llegar al destierro.

«Sacerdotisa»: así me había llamado. Por lo visto, las hormigas tenían una especie de religión. Me pregunté cómo sería. ¿Creían en un dios? ¿En varios? ¿Quizás incluso en la reencarnación?

Subí por el sinuoso sendero en busca del calabozo que, suponía, debía de estar en una de las cámaras del muro de la derecha. En la dirección que habían tomado las hormigas de la tropa de Krttx cuando se llevaron a rastras al prisionero.

Y, cada vez que una comandante me miraba mal, le decía: «Pertenezco a la Guardia Real», y les entraba miedo. Por fin volvían a respetarme. «Pertenezco a la Guardia Real» se convirtió en mi frase favorita y se la decía incluso a las comandantes que no me miraban de reojo. Era divertidísimo.

Lamentablemente, la pronuncié una vez de más:

—Pertenezco a la Guardia Real.

—Nosotras también —me contestaron tres hormigas.

Observé sus rostros. Tenían unos ojos gélidos, duros, inflexibles. Así habrían representado los ojos de los inquisidores españoles si hubieran tenido cinco ojos.

—No te conocemos —dijo la jefa con voz cortante.

—Bueno, es que soy nueva —repliqué débilmente.

Las tres se miraron un momento. Era fácil leerles el pensamiento: «Alguien se está haciendo pasar por una de nosotras. Eso es un sacrilegio. Deberíamos matarla aquí mismo. A ser posible, lentamente, o no haremos justicia a este sacrilegio.»

Las estridencias de mi alarma de hormiga me atravesaron el cráneo. Apenas liberado el instinto de huir, yo ya había echado a correr. En mi vida había corrido tan deprisa. La sangre me latía en el cráneo. Simultáneamente, mi cerebro trabajaba a toda máquina: «¿Cómo puedo darles esquinazo? Lo mejor será que me adentre en la multitud. Entre miles de hormigas puedo librarme de ellas. Ahí no me encontrarán nunca. Exacto. Exacto, eso es lo que ha...»

No llegué al «... ré». Mis perseguidoras eran rápidas como boinas verdes americanos atiborrados de anfetaminas. Me redujeron en un segundo. Las sacerdotisas actuaron con precisión quirúrgica: me dieron patadas en las articulaciones de las patas para que no pudiera moverme. El dolor era increíble, pero no podía gritar porque una de las sacerdotisas había dejado mi aparato de fonación fuera de combate con un golpe preciso en el cuello. Fuera cual fuera la religión de aquellas hormigas, estaba claro que el amor al prójimo no formaba parte de sus dogmas principales.

—¿La matamos aquí mismo? —preguntó una de las sacerdotisas, y noté cierta alegría en su voz, que me hizo temblar.

—No, la meteremos en el calabozo con los demás prisioneros —decidió la jefa, y volvió a golpearme con cuatro de sus patas.

«Al menos no tendré que seguir buscando el calabozo», me pasó por la cabeza, y con esa idea de «el vaso está medio lleno», me desmayé de dolor.

CAPÍTULO 16

Cuando desperté, tenía la cara hundida en la arena. Por mucho que la escupiera, seguía crujiéndome entre las mandíbulas. Me levanté atontada y vi que estaba en una de las cámaras abiertas en el muro de tierra. Era bastante grande y, muy por encima de mí, había un agujero de salida vigilado por dos sacerdotisas de la Guardia Real. Calculé las posibilidades que tenía de huir por allí y obtuve un resultado de 0,0003 por ciento. Redondeando.

Miré a mi alrededor y, en un rincón, vi una hormiga alada, con las alas rotas y dormitando. Me espabilé de golpe: era el humano reencarnado. Me deslicé hacia él tan deprisa como pude, lo cual no era mucho: aún me dolían las articulaciones de los golpes de las sacerdotisas.

—Hola —dije con cautela.

Levantó un momento los ojos para mirarme y continuó dormitando. Yo no le interesaba lo más mínimo.

Fui directa al grano:

—Yo también soy una persona reencarnada.

Había captado su atención.

—Me llamo Kim Lange.

Se le iluminaron los ojos. No dijo nada; seguramente antes tenía que ordenar los miles de ideas que le cruzaban por la cabeza.[1]

—¿Cómo te llamas? —pregunté, intentando ayudarle a poner sus ideas en orden.

—Casanova.

—¿Qué? ¿Cómo?

—Giacomo Girolamo Casanova —contestó, celebrando su nombre.

Existían exactamente tres posibilidades: 1) Era realmente Casanova reencarnado; 2) Me tomaba el pelo; 3) Se le había secado el cerebro.

—Para servirla, madame Lange —dijo con un acento italiano que sonaba mucho más auténtico que el que tenía el del restaurante italiano en Postdam.

El reencarnado hizo una reverencia flexionando las patas delanteras y haciendo un quiebro con la pata central derecha en el aire como si blandiera un sombrero inexistente.

—¿De verdad es usted Casanova? ¿*El* Casanova?

—¿Ha oído hablar de mí? —preguntó con una falsa modestia casi perfecta.

—Tiene... Tiene que hacer mucho que está muerto si realmente es Casanova.

—Desde el 4 de junio de 1798.

—Hace más de doscientos años.

—¿Doscientos... años? —balbuceó.

Por un instante pareció perder la seguridad en sí mismo. Bajó las antenas, triste. Daba la impresión de ser realmente Casanova.

1. De las memorias de Casanova: Una única idea gozosa entusiasmó y cautivó mi mente: «Después de siglos plagados de privaciones, ¡por fin encuentro a una mujer! ¡Aleluya!»

—¿Ha vivido como una hormiga todo el tiempo? —pregunté compasiva.

—Sí, siempre —respondió, y levantó las antenas con coraje—, hasta mi vida ciento quince.

Su voz galante no fue capaz de ocultar el vacío emocional que resonó en esa frase.

Ciento quince vidas. Qué destino más terrible. El pobre hombre estaba atrapado en una cinta sin fin.

Y yo también, me pasó por la cabeza.

Me senté y ahora fui yo la que dejó caer las antenas. Eso despertó el instinto caballeroso de Casanova. Para consolarme, me puso una pata en la cabeza y me acarició suavemente:

—Madame, no desespere por su destino.

Y se acercó a mí. Demasiado.

—Eh, ¿me está tocando la glándula sexual? —pregunté espantada.

—Disculpe mi impetuoso deseo —dijo apartando su pata trasera—. Jamás he forzado a una mujer —prosiguió.[1]

Lo miré a los ojos y vi que había herido su orgullo.

Respiré hondo y pregunté:

—¿Puede ayudarme?

—Estoy aquí para servirla —dijo sonriendo.

—¿Tiene idea de cómo se puede influir en la vida de los humanos siendo una hormiga? —planteé la pregunta decisiva.

Casanova calló un momento. Luego, para darme ánimos, dijo:

—Sea cual sea el apuro en el que se encuentra, madame, hallaremos una solución.

1. De las memorias de Casanova: Forzar no formaba parte de mi naturaleza. Yo seducía a las mujeres hasta tal punto que ellas me forzaban a mí.

Esa respuesta no era más que una versión más agradable de «No tengo ni remota idea».

Había ido allí para nada.

—¿Qué quiere hacer con los humanos? —preguntó Casanova.

Pensé en cómo podía exponerle mi problema con Nina, pero no encontré las palabras adecuadas.

—No hace falta que me explique nada —dijo—, podemos escaparnos de aquí cuando sea y llegar adonde están los humanos.

—¿Y cómo vamos a esquivar a la guardia? —pregunté.

Casanova me explicó que ya había escapado de una prisión mucho mejor vigilada: la oscura cárcel de los Plomos, en Venecia. Anteriormente, en 1756.

—¿Por qué lo habían encarcelado?

—Se trató de un error judicial de lo más banal. Me atribuían una moral relajada.[1]

Casanova sonrió con malicia y guiñando un ojo, y tengo que admitir que, para ser una hormiga, era capaz de sonreír con muchísimo encanto.

—Si podemos escapar de aquí cuando sea —pregunté—, ¿por qué no lo ha hecho usted todavía?

—No tenía alicientes.

—¿Alicientes? ¡La reina va a ejecutarle!

—Y volveré a nacer como hormiga.

—También es verdad —reconocí, y pensé si no sería mejor esperar tranquilamente mi ejecución. Volvería a nacer como hormiga, pero estaría fuera de la prisión y podría ir a ver a Lilly.

Me sorprendió que, de repente, una ejecución no me espantara más que ir al dentista.

1. De las memorias de Casanova: Y sólo porque había seducido a dos monjas del convento veneciano de Santa Maria degli Angeli.

—¿Cuándo nos matarán? —pregunté.

—La reina esperará hasta que haya acabado el ciclo de fertilidad.

—¿Y cuándo será eso?

—En un par de semanas.

—No tengo tanto tiempo —exclamé.

—Entonces tenemos que poner todo nuestro empeño en huir de este calabozo —dijo Casanova, visiblemente animado por un espíritu aventurero.

—¿Cómo?

—Igual que me evadí de la terrible cárcel de los Plomos en mi primer intento: por un túnel —explicó.

Casanova y yo empezamos a excavar un túnel sin saber adónde conduciría. Casanova hizo un comentario muy acertado al respecto: «Cualquier lugar es mejor que una cárcel.»

Las sacerdotisas que se encontraban arriba, en la entrada del calabozo, no nos veían. Cavábamos en un ángulo muerto para ellas y procedíamos con extremo sigilo. Susurrando, le pregunté a Casanova por la religión que seguían las sacerdotisas.

Casanova sonrió.

—La diosa aquí es la reina. Nadie más. Como con los antiguos faraones.

Mientras yo aún seguía pensando que en esa religión sólo la divinidad podía encontrar una verdadera satisfacción, Casanova exclamó:

—La tierra está más suelta, pronto abri…

Los dos caímos por el agujero. Justo encima de la reina, que se encontraba en plenos escarceos amorosos con unas cuantas hormigas voladoras macho.

La *queen was not amused*.

CAPÍTULO 17

—¡Tú! —gritó mirando a Casanova.

—Veo que su Majestad me recuerda —dijo Casanova sonriendo con una majestuosidad impresionante, si teníamos en cuenta que acabábamos de encaramarnos a una reina a la que habíamos provocado un coitus interruptus.

—Tú... Tú... Tú pronto estarás muerto —balbuceó la reina, enfurecida.

—Y veo que sigue expresándose de un modo magnífico —se burló Casanova.

La reina se irguió delante de nosotros. Era unas seis veces más grande que las demás hormigas y parecía un monstruo de una película de ciencia ficción de los años cincuenta, pero, por desgracia, en directo y en color.

—¡Cogedlos! —gritó a las guardianas apostadas en la puerta del gran aposento, que tenía las paredes de arena pulida con primor, probablemente para demostrar la opulencia real.

—Tengo un plan formidable —me susurró Casanova al oído.

—¿Cuál? —pregunté atemorizada.

—Huiremos.

—Efectivamente, un plan formidable —ratifiqué.

Casanova salió corriendo y yo lo seguí. Pero no corrió hacia la puerta porque las guardianas ya venían en esa dirección. Corrimos hacia un agujero abierto en la pared de tierra. Al parecer, la reina lo usaba como una especie de ventana panorámica para contemplar el gran hormiguero.

De golpe comprendí que Casanova quería volar otra vez hacia los túneles de la cúpula por los cuales se podía escapar a la superficie. No era mala idea. Sólo tenía una pequeñísima pega:

—¡Yo no puedo volar! —grité a Casanova—. ¡A diferencia de usted, no tengo alas!

—Ya lo había pensado, madame —dijo Casanova cuando nos detuvimos junto a la ventana panorámica—. Súbase a mi espalda, la sacaré volando de aquí.

—Tiene un ala rota.

—Eso sólo hará que nuestra huida sea más formidable.

Bajé la mirada hacia la metrópoli hormiguera y comprobé que quedaba muy abajo. Me dio muy mala espina, de repente tuve miedo de morir. Tanto si volvía a nacer como si no, el impacto mortal me haría un daño atroz.

—¡Cogedles! —gritó la reina, y vi que las guardianas nos estaban dando alcance.

Subí como un rayo a la espalda de Casanova. Extendió las alas, gritó «*Attenzione!*» y saltó.

Caímos como una piedra. O, para ser más exactos, como dos piedras.

—¡AHHHHHH! —grité, presa del pánico.

—¡AHHHHHH! —gritó Casanova, presa del pánico.

Y que él también fuera presa del pánico mató el resto de confianza que me quedaba de que saldríamos de aquélla sanos y salvos.

—¡AHHHHHHHHHHHHHHHHHHH! —grité.

—¡AHHHHHHHHHHHHHHHHHHH! —gritó Casanova.

Y el suelo estaba cada vez más cerca.

—¡Vuele! —grité.

—No puedo —replicó; estaba como paralizado por el pánico.

Le pegué un mordisco. ¡Fuerte!

—¡AUU! —chilló.

—¿Volará de una vez? —pregunté.

Estábamos a fracciones de segundo de impactar en una montaña de comida. Incluso veía claramente el lacasito donde nos estrellaríamos.

—Ya vuelo, ¡ya vuelo! ¡No más mordiscos! —gritó Casanova, que por fin había despertado de su parálisis.

Y, efectivamente: ganamos altura. Gracias a su ala rota, dábamos vueltas sobre nuestro propio eje y yo me las veía y deseaba para agarrarme bien, pero ganamos altura. ¡Hasta la vista, lacasito!

El vuelo de Casanova empezó a estabilizarse poco a poco. Yo estaba más segura sobre su espalda y veía el hormiguero desde arriba: dicen que, observadas desde una gran altura, las personas parecen hormigas. Pues bien, vistas desde arriba, las hormigas parecen personas. Son seres vivos como nosotros: dinámicas, inquietas, laboriosas, en constante movimiento. Y pensar que el incordio de Nils las había quemado con una lupa... o que yo las rociaba con veneno para insectos...

—Mire, madame, la reina —dijo Casanova cuando volvimos a encontrarnos a la altura de la ventana panorámica.

—¡Os ejecutaré! —gritó.

Casanova se acercó volando a la escandalizada reina y dijo:

—Mi querida señora, os sulfuráis en exceso.

Había que reconocer que tenía jeta. Pero le faltaba perspicacia. Las sacerdotisas de la guardia no tenían alas, cierto, pero había olvidado a los amantes de la reina, que sí podían volar.

—Traédmelos. ¡Pero antes despedazadlos! —ordenó la soberana al batallón de cazas y, al hacerlo, tenía espuma blanca en las comisuras de las mandíbulas.

Una docena de hormigas voladoras salieron disparadas de los aposentos de la reina, directas hacia nosotros.

—¿Y ahora qué? —grité.

—Tengo un plan formidable —dijo Casanova.

Si era tan formidable como el último plan formidable, teníamos un problema.

—¿Cuál? —pregunté, llena de dudas.

—Ya lo verá, madame. ¡Sujétese!

De nuevo nos precipitamos en picado hacia el suelo, pero esta vez a propósito. Aquel loco, ¿quería que nos matáramos? Con los aparatos de sujeción que tenía entre las garras me pegué como una ventosa a su espalda acorazada, noté la resistencia del aire, me agarré con más fuerza y recé a Dios. Pero me detuve, pensativa: ¿tenía que rezar a Dios? La experiencia de la reencarnación, ¿era idea de Dios?

A pesar de nuestra tremenda velocidad, las hormigas voladoras nos ganaban terreno amenazadoramente. Aceleraban una barbaridad. Lo mismo debe de ocurrir cuando los cohetes se precipitan sobre la Tierra.

Cerré los ojos, segura de que con el impacto dejaríamos un cráter enorme donde sólo podrían encontrar nuestros restos hechos papilla. Nuestros perseguidores ya casi estaban a nuestra altura, y nos encontrábamos a tan sólo unos pocos cuerpos de hormiga del suelo.

Fue el momento exacto en el que Casanova interrumpió el vuelo en picado frenando en seco.

—Arrggh —gimió y, poco antes de llegar al suelo, consiguió planear.

Nuestros perseguidores no pudieron reaccionar a tiempo: se estamparon contra el suelo y dejaron un paisaje de cráteres impresionante.

—Madame, tengo una experiencia de vuelo de ciento quince vidas. Esas hormigas, sólo de una —dijo Casanova, comentando su maniobra con un orgullo descarado.

Casanova volvió a alzar el vuelo lentamente y, aunque cada vez era más difícil reconocer los restos de los perseguidores muertos, no pude apartar los ojos de los cuerpos machacados.

CAPÍTULO 18

Volamos por un túnel hacia el firmamento, hacia la libertad. Pero yo era incapaz de alegrarme. Curiosamente, la muerte de los perseguidores me había destrozado. Las hormigas ya eran para mí un poquito como personas.

—Madame, ¿por qué está triste? —me preguntó Casanova cuando aterrizamos en la terraza.

A la luz del atardecer, se notaba cálida. Pero yo apenas me di cuenta.

Miré hacia nuestra casa intentando concentrarme en lo esencial, en impedir que Nina se convirtiera en la nueva madre de Lilly.

—Ahí vive mi familia —dije.

Casanova guardó silencio. Luego dijo:

—¿Y quiere usted influir en su vida?

Asentí con tristeza, pues no tenía ni idea de cómo iba a arreglármelas.

—Será un placer acompañarla. No importa qué difícil dilema tenga que resolver —se ofreció—. Nunca dejo en la estacada a una mujer hermosa.

—¿Y cómo sabe que soy una mujer hermosa? —pregunté—. En este momento, no es que mi aspecto revele mucho.

—Una mujer hermosa no lo es por su aspecto, sino por su carácter.

No pude evitar sonreír, a pesar de todo. Aquel hombre sabía cómo camelar a las mujeres. Era un poco como Daniel Kohn.

—¿En quién está pensando? —preguntó Casanova.

—¿Cómo dice?

—Acaba de sonreír muy ensimismada. Y sólo se sonríe así cuando se piensa en alguien por quien nos sentimos atraídos.

Casanova no sólo sabía qué les gusta a las mujeres. Por lo visto, también sabía qué piensan. Y yo no sabía si eso me gustaba.

En vez de darle una respuesta honesta y hablarle de Daniel Kohn, dije:

—Vamos.

Cruzamos la terraza para ir hasta la casa. La telaraña que olía a podrido seguía deshabitada. La araña debía de haberla abandonado.

La puerta de la sala estaba abierta y entramos. No había nadie y la mesa de los pasteles estaba desmontada.

—¿Es éste su domicilio? —preguntó Casanova.

Asentí.

—El gusto de la gente ha cambiado mucho a lo largo de las épocas —dijo mirando la lámpara de pie de cromo, y se notaba que no la valoraba positivamente.

De repente oímos unos pasos: ¿quién sería? ¿Alex? ¿Lilly?

Era Nina. Con el pelo mojado. En albornoz.

Resoplé.

—¿Quién es ese ser maravilloso? —preguntó Casanova.

No respondí, sólo resollé.

—Es encantadora —comentó fascinado.

Lo miré furiosa.

—En los últimos siglos he visto a pocas mujeres y aún menos con un escote tan impresionante.

Efectivamente: Nina llevaba el albornoz lo bastante abierto para que los hombres lo encontraran interesante, pero creyeran que lo llevaba así involuntariamente. ¿Había seducido ya a Alex ese día, el de mi funeral? Porque, de lo contrario, ¿qué hacía paseándose por allí en albornoz?

Echando pestes, corrí hacia Nina y le pegué un mordisco en el dedo meñique del pie, que olía a mi gel de ducha de albaricoque. ¡La mordí tan fuerte como pude! ¡Tiré y desgarré brutalmente con mis mandíbulas! Y grité: «¡Yija, yijaaaaaaaaa!» ¡Fue una carnicería!

Y, evidentemente, no surtió ningún efecto.

Ni se dio cuenta. Yo era demasiado pequeña. Frustrada, lo dejé correr.

Entonces entró Alex en la sala. Se había cambiado el traje negro por unos vaqueros y una camiseta, y sus ojos parecían aún más enrojecidos y cansados.

—¿Cómo está Lilly? —preguntó Nina preocupada.

—Está jugando con la Gameboy —contestó Alex, y se dejó caer, cansado, en el sofá. Estuvo callado un rato y luego preguntó con tristeza—: ¿Crees que lo superará?

—Seguro —replicó Nina.

Fue más un intento desvalido de brindar consuelo que verdadera convicción.

Alex calló.

—Gracias por dejar que me quede a dormir —dijo Nina, y se sentó junto a él en el sofá.

—No podía permitir que pasaras la noche en un hotel —contestó Alex, cansado y mirando fijamente al suelo.

No mostraba el más mínimo interés por el escote de Nina, y me avergoncé de haber imaginado que ya había hecho algo con ella.

—Si necesitas ayuda, puedo coger unos días más de vacaciones —se ofreció Nina.

—¡No necesita ninguna ayuda! —grité—. ¡Desaparece, regresa a Hamburgo y atibórrate de anguilas en la lonja! ¡O lo que se haga por allí!

Alex lo consideró un momento y luego dijo:

—Estaría bien que te quedaras un poco más. Quiero concentrarme en Lilly y me gustaría que me echaras un cable con todo el papeleo.

—Soy buena echando cables —contestó Nina.

—¡A ti te echaré yo un cable! —grité—. ¡Y luego lo apretaré!

Alex miró a Nina esforzándose por sonreír, y se lo agradeció:

—Eres muy amable.

Y Nina resplandeció:

—Faltaría más.

—Es maravillosa —dijo Casanova.

—¿Que es qué? —lo abronqué.

—Maravillosa. Es una mujer preciosa que no deja solo a un hombre con su dolor —contestó Casanova mirando embelesado a Nina.

Le pegué una buena patada con la pierna trasera izquierda.

—¡Au! —gritó.

Y me llevé una decepción por no haberle hecho bastante daño para que gritara «¡AUUUUUUUU!».

Alex se levantó del sofá.

—Voy a acostar a la pequeña.

—De acuerdo —dijo Nina—. Yo prepararé la cena.

—Eres muy amable —dijo Alex cansado, y se fue al cuarto de la niña.

Y yo me deslicé tras él, mientras Casanova continuaba mirando a Nina fascinado.

CAPÍTULO 19

—¿Vamos a acostarnos? —preguntó Alex a Lilly, que jugaba a la Gameboy sobre su camita.

La pequeña se encogió de hombros. Nunca había sido una cotorra, pero ahora daba la impresión de que había perdido definitivamente el habla.

Alex intentó que no se le notara el desvalimiento y llevó a Lilly al baño. Decidí esperarles y eché un vistazo a la habitación: vi las estrellas fosforescentes que habíamos pegado en el techo. Vi un montón de juguetes, de los cuales Lilly solía usar como mucho un cinco por ciento. Y vi una foto. Era mía. Lilly la había clavado con chinchetas en la pared, encima de la cama. Me echaba de menos.

En ese momento me di cuenta de que las hormigas sí disponen de líquido lagrimal. Pero no brota por los ojos hasta que el dolor es insoportable: como el mío en aquel instante. Lloré como nunca había llorado una hormiga.

Alex y Lilly volvieron a la habitación. Me sobrepuse; Lilly no tenía que verme llorar. Claro que, de todos modos, no me habría visto llorar, yo era demasiado pequeña, pero era una cuestión de principios.

Alex tapó cariñosamente a Lilly y le leyó Pippi Calzaslargas. Pero, por muy divertidos que fueran algunos pasajes con la señorita Prysselius, Lilly no se rió ni una sola vez.

Después de leerle tres capítulos, Alex apagó la luz y se quedó tumbado junto a ella hasta que se durmió la pequeña. Se notaba lo mucho que se preocupaba por Lilly.

Al oír sus pequeños y dulces ronquidos infantiles, Alex se levantó con mucho cuidado. Caminó a hurtadillas hasta la puerta, volvió a mirar a Lilly, ya dormida, respiró hondo y salió triste del cuarto.

Ahora yo estaba sola con mi pequeña.

Me acerqué a su cara. No se movió, aunque mis seis piececitos seguramente le hicieron cosquillas. Dormía profundamente. Le susurré «Te quiero», y le di un besito de hormiga en el labio inferior.

Luego me tumbé sobre su mejilla. La respiración rítmica de la pequeña me meció hasta que yo también me dormí dulcemente.

Al despertar a la mañana siguiente, me sentía de maravilla. Había descansado, me había sacudido de las seis patas el cansancio de la huida y por fin tenía un plan: a partir de entonces viviría en la habitación de Lilly. De ese modo podría alentarla siempre antes de que se durmiera. Aunque no pudiera entenderme, quizás lograría llegar a su subconsciente. Así podría protegerla si Nina se convertía realmente en su nueva madre.

Y si me moría, volvería a reencarnarme en hormiga y volvería a deslizarme hacia ella. Sí, era un plan perfecto para las próximas vidas.

Un plan que duraría tres minutos y medio.

CAPÍTULO 20

A los tres minutos y veintinueve segundos aún disfrutaba de estar acostada junto a Lilly. De observar su cara, de oler su aroma infantil dulzón. A los tres minutos y treinta segundos, Alex entró en la habitación, se nos acercó y... ¡me vio!

No a su ex mujer, no, a una hormiga que se deslizaba por encima de su hija.

—Vale —dijo en voz alta—, ya estoy harto de bichos.

Me apartó de la mejilla de Lilly con un golpe de dedo lo bastante suave para que la niña no se despertara, pero que hizo que yo me preguntara, después de un contacto nada suave con el estucado, cómo tratarían de un traumatismo cervical a las hormigas.

Lilly murmuró algo, pero volvió a dormirse. Alex le dio un beso y salió del cuarto muy resuelto. Seguro que intentaría matar a las hormigas. Algo que yo no había conseguido. Dos días antes de mi encontronazo con la estación espacial le había dicho a Alex que tenía que volverme más radical. Quería coger la manguera del jardín y arrasar el nido. Y lo tuve claro: «Ya estoy harto de bichos» significaba, traducido, «¡Ahora mismo voy a por la manguera!».

Tragué saliva: el hormiguero sería destruido por una marea gigante. Pero me tranquilicé enseguida: ¿y a mí qué? No era un lugar agradable. Y, con un poco de suerte, todas las hormigas irían hacia la luz.

Pero ¿y si no iban?

¿Y si aquello era el final definitivo de su existencia?

Entonces su muerte sería absurda.

Y atroz.

Me quedé desconcertada.

Me apresuré hacia el pasillo, pasando por delante de los patines de Lilly, y fui a la sala de estar a ver a Casanova, que había encontrado migas del convite de mi funeral y se las zampaba satisfecho. Le pregunté:

—¿Conoce la luz que se le aparece a uno antes de reencarnarse?

—Sí. Es como la zanahoria del burro.

—¿Cree que las hormigas van hacia esa luz?

—No lo sé —replicó—, pero me cuesta imaginar que unas criaturas tan comunes como las hormigas acumulen buen karma a lo largo de su vida.

Me quedé muy asombrada:

—¿Karma?

CAPÍTULO 21

Por supuesto, ya había oído hablar antes del karma. Alex había leído un libro sobre el budismo cuando estaba en plena crisis con sus estudios de Bioquímica. Yo, en cambio, cuando entraba en crisis, prefería leer libros con títulos como *Quiérete a ti misma*, *Quiérete más a ti misma* y *Olvídate de los demás*.

—Es muy simple —dijo Casanova—. Quien obra bien acumula buen karma y entra en la luz del nirvana. Quien obra mal prolonga su existencia, como nosotros.

—¡Yo no he hecho nada malo! —protesté.

—¿Está segura?

Asentí. Insegura.

—¿Ni siquiera una infidelidad? —insistió Casanova.

Me vino a la cabeza Daniel Kohn.

—¿O perjudicar a alguien en beneficio propio?

Me vino a la cabeza Sandra Kölling y que me quedé con su trabajo porque hablé con los directores del programa sobre su creciente consumo de cocaína.

—¿O quizás ha descuidado a algunas personas de su entorno?

Me vino a la cabeza Lilly.

—¿O podría ser que haya hecho sufrir a sus subordina...?

—¡Ya basta! —le increpé.

—O...

—¿Qué parte del «ya basta» no ha acabado de entender? ¿«Ya» o «basta»?

—Discúlpeme, madame —dijo Casanova.

—¿Y por qué no ha acumulado usted nunca buen karma? —le pregunté.

—Bueno, en primer lugar, porque no es fácil hacerlo en un hormiguero —replicó.

—¿Y en segundo lugar?

—No va con mi disposición natural.

Y sonrió maliciosamente y con tanto encanto que yo también sonreí.

—Pero seguro que usted lo conseguirá —me animó.

Lo consideré un momento.

—Pero yo no quiero ir hacia la luz —repliqué—. Yo quiero impedir que Nina se quede con mi familia.

—Bueno… —Casanova sonrió con complicidad, y comenzó a divagar—: En mi penúltima muerte, Buda se me apareció... ¿Supongo que ya ha conocido al señor?

—No le tengo demasiado cariño —contesté.

—Un sentimiento que comparto totalmente —dijo Casanova—. En aquel encuentro, la hormiga gorda suspiró profundamente y dijo que yo seguía sin entender de qué se trataba. Y que tendría que explicármelo.

—¿Y entonces habló del karma?

—Y de que con buen karma no se alcanza de inmediato el nirvana.

—¿No? —dije; era toda oídos.

—Primero hay que reencarnarse en un animal superior.

—¿En un animal superior?

—Un perro, un gato, una oveja, según el karma acumulado.

Me sentía electrizada.

—¿Sabe lo que eso significa? —dijo Casanova sonriendo.

—Sí, que si vuelvo al mundo siendo perro...

—... le será más fácil influir en el mundo de los humanos que siendo una hormiga —dijo Casanova completando la frase.

CAPÍTULO 22

Volvía a contar con un plan, y ahora debía durar más de tres minutos y medio: ¡tenía que acumular buen karma! Y también sabía cómo hacerlo.

—Avisaré de la inundación a las hormigas.

En aquel instante, el suelo tembló. Alex se había puesto los zapatos en el cancel y salía al jardín con pasos enérgicos. Aunque tardara un rato en encontrar el adaptador para conectar la manguera en el desordenado cobertizo, no quedaba mucho tiempo: tenía que avisar a las hormigas. Dejé plantado a Casanova y me fui corriendo.

—¡Madame! —gritó Casanova detrás de mí, preocupado—. Para reencarnarse tiene usted que morir.

Yo ya no escuchaba, quería buen karma. Lo de morir me parecía secundario.

Adelanté a Alex a toda pastilla en la terraza y volví la vista atrás para ver a qué distancia lo tenía. ¡Fue un error!

Fui a parar directa a la telaraña.

Los hilos eran como amarras de barco que alguien hubiera empapado con pegamento rápido. Quedé prendida al instante y, cuanto más intentaba escapar, más me apretaban. Hasta que apenas pude respirar.

Intenté tranquilizarme. Respiré hondo. Aspiré profundamente y espiré aún más intensamente. Empecé a serenarme. Seguía atrapada, pero, al relajarme, cogía más aire. El pánico se volatilizó.

Cavilé sobre cómo podría salir de aquella embarazosa situación. Pero entonces se anunció mi sentido de la alarma: un dolor de cabeza me atravesó el cráneo.

Mis piernas querían correr, pero sólo pataleaban en la telaraña. Los hilos volvieron a apretarme más, y yo no podía parar: mi sentido de la huida estaba fuera de control. Pateé, tiré y cada vez me apretaban más. Volví la cabeza y descubrí la causa de que mi sentido de la alarma enloqueciera: ¡había una araña en lo alto de la telaraña!

Era descomunal, tenía las patas más peludas que un futbolista argentino y aire de «La compasión no va conmigo». ¡Y se desplazaba hacia mí! Como un gordinflón enganchado a la tele que aprovecha los anuncios para acercarse al frigorífico. Yo era su pica-pica del intermedio. Las nueve y media de la mañana en Alemania.

Quise huir, pero estaba adherida a las pegajosas cuerdas. Y por eso grité:

—¡Auxilio! ¡Auxilio!

—Ah, no soporto que la comida chille —criticó la araña con una voz de pito enervante.

«Ya me gustaría a mí tener tus problemas», pensé.

En aquel momento, el hecho de saber que, si moría, volvería a reencarnarme en hormiga no me servía de consuelo. Por un lado, no podría avisar a tiempo de la inundación a las hormigas y perdería una ocasión inmejorable para acumular karma. Por otro lado, no tenía el más mínimo interés en ser devorada lentamente por una araña.

—No es que tengas mucha chicha —objetó la araña.

Yo estaba demasiado espantada para atender esa queja.

—Pero no estará mal como tentempié —prosiguió.

¿Tentempié?, me pregunté, ¿de qué conoce una araña la palabra «tentempié»?

Seguía descendiendo hacia mí, lentamente. No tenía motivos para tener prisa.

—Bueno, me llenarás el estómago hasta la hora del almuerzo.

«¿Almuerzo?», pensé, «¿esa araña también conoce la palabra "almuerzo"?». Y comencé a darle vueltas: ¿Podía ser? ¿Y por qué no? Era una posibilidad.

La araña ya estaba justo encima de mí en la telaraña.

—Bueno, hormiguita. Ahora tendría que rociarte con veneno. Pero, francamente, no soy amigo de la comida con sustancias tóxicas. Así es que perdona, pero prefiero comerte viva.

«¿Sustancias tóxicas?», medité. ¡La posibilidad acababa de convertirse en certeza!

La araña abrió su inmensa boca. Rápidamente dije:

—Usted también es un humano reencarnado, ¿verdad?

La araña apartó la boca, la cerró y movió la cabeza a un lado y a otro, pensativa.

—¿Tengo razón? —insistí.

Al cabo de unos instantes, la araña asintió con cautela. Mi sentido de la alarma dejó de trabajar y, un poco más relajada, añadí:

—Yo también me he reencarnado. Me llamo Kim Lange.

—¿La presentadora de televisión?

—Sí, la misma —contesté aliviada y, en cierto modo, halagada de que me conociera.

—Y usted, ¿quién es?

—Era.

—¿Quién era?

—Thorsten Borchert —contestó la araña.

Busqué en el disco duro de mi memoria, pero no obtuve ningún resultado para Thorsten Borchert.

—No se esfuerce. Usted no me conoce —dijo la araña—. Yo era un don nadie.

Aquello me sonó a dechado de autoconfianza.

—Nadie es un don nadie —dije, utilizando el tono distendido y afable que había aprendido a usar con los entrevistados difíciles.

—Yo sí —replicó—. Usted era presentadora de televisión. Yo, un insignificante funcionario gordo del sector del tratamiento de aguas residuales.

—Oh, también es una profesión interesante —contesté en un tono distendido aún más afable.

—¿Y qué tiene de interesante?

—Bueno, ejem... Todo. Las aguas residuales son muy interesantes —dije.

En aquel momento me di cuenta de que las arañas también podían mirarte en plan de «A mí no me vaciles».

—Alguien como usted no me habría mirado ni con el culo —afirmó Thorsten Borchert.

—Pues claro que sí —dije, con empeño—. Hasta con la cara.

—Pero si incluso ahora sólo habla conmigo porque me la voy a comer.

«¿Voy?», pensé, «¿ha dicho "voy"?». Tendría que haber dicho «iba». No me gustó nada el uso del presente. Mi sentido de la alarma comenzó a activarse de nuevo.

Tan tranquila como pude, dije:

—Me gustaría saberlo todo de usted. Suélteme y podremos charlar.

—¿Quiere charlar con alguien que a los treinta y tres aún vivía con su madre?

—Ejem..., sí —mentí.

—No la creo —replicó.

—No hay motivo para no creerme —dije, y me di cuenta de que mi voz no sonaba nada creíble.

—Malgasté toda mi vida —comenzó a lloriquear Thorsten—. No hice realidad ni uno de mis sueños. ¿Sabe que nunca bailé desnudo bajo la lluvia?

—No... —y no había nada que pudiera interesarme menos.

—Me habría encantado bailar desnudo bajo la lluvia —suspiró Thorsten—. ¿Ha bailado alguna vez desnuda bajo la lluvia?

—No —contesté ciñéndome a la verdad. No me iban los resfriados.

—Mi madre, sí.

Miré hacia el cobertizo, que estaba al final de nuestro gran jardín, y oí a Alex maldiciendo mientras buscaba el adaptador para conectar la manguera.

—¡Suélteme, por favor! ¡Tengo que salvar un hormiguero del exterminio! —apremié.

A Thorsten, la araña, le desconcertó el cambio súbito de tema y le expliqué hablando a borbotones de qué se trataba.

—¡Me importan un pito esos bichos!

—Pero a mí no —grité.

—¿Va a seguir charlando conmigo o no? —preguntó.

—¡No! —respondí con poca visión táctica—. ¡Libérame de una vez, idiota! —Se había acabado el tratarle educadamente de usted.

—Mamá tenía razón, todas las mujeres son unas mentirosas.

No me gustó el rumbo que tomaba la conversación.

Volvió a acercarse a mí. Ese rumbo tampoco me gustó. Y a mi sentido de la alarma, menos aún, pues hizo que casi me estallara el cráneo.

—¿Y qué piensas hacer? —pregunté, sin conseguir apenas tapar el nerviosismo de mi voz.

—Comerte —dijo lapidariamente. Él también había renunciado al educado «usted».

—¡QUÉ! —exclamé.

—Tengo hambre.

—¡No puedes comerte a una persona!

—Tú no eres una persona. Eres una hormiga. Yo soy una araña. Así es nuestra nueva vida. Hay que adaptarse. Todo lo demás sería engañarse.

Esa manera de abordar el fenómeno de la reencarnación me pareció a todas luces demasiado pragmático.

Thorsten se acercaba cada vez más. ¿Qué podía hacer contra aquel loco? Pensé en ello a toda prisa y se me ocurrió una idea desesperada:

—Déjame ir o me tiraré un pedo en tu boca.

—¿Qué? —preguntó Thorsten sin vocalizar apenas: ya tenía la boca muy abierta.

—Déjame ir o me tiraré un pedo en tu boca.

Pensó en ello y luego dijo:

—Podré hincarte el diente igualmente.

—Pero no tendré buen sabor —contraataqué.

Thorsten titubeó y luego replicó:

—Pero estarás muerta.

—Volveré a nacer —objeté.

Thorsten guardó silencio, confundido.

Y yo añadí:

—Y antes de morir me habré tirado pedos en tu boca. Y el sabor no se te irá en muchos días.

Thorsten buscó un argumento en contra y, por desgracia, dio con uno:

—A lo mejor te engullo antes de que puedas tirarte pedos.

Ahora era yo la que buscaba un argumento contra su argumento, y también di con uno:

—Tirándome pedos soy más veloz que el viento.

Thorsten titubeó. Un buen rato: buscaba un argumento contra mi argumento en contra de su argumento. Yo percibía su aliento cálido en torno a mi culo de hormiga. El pánico iba en aumento, mi instinto de huida se desbocaría en cualquier momento y yo intentaría escapar. Y entonces Thorsten me hincaría el diente. Mantenía una lucha conmigo misma. Dura. Al final no pude seguir combatiendo a mi instinto. Mis piernas se pusieron en posición de arranque, lo cual con toda seguridad significaría mi perdición. En el último momento, Thorsten dijo:

—De acuerdo, tú ganas.

Me liberó de los hilos pronunciando las siguientes palabras:

—No me gusta la comida que discute con uno.

Me estrellé contra el suelo. Me hice daño, pero me sentía increíblemente aliviada por no haber acabado aquella vida haciendo de tentempié de arañas.

Miré a Alex, que salía del cobertizo. Había encontrado el adaptador para conectar la manguera. Salí corriendo, pero aún tenía las patas pegajosas de los hilos de la telaraña y se me pegaron en la terraza.

—¿Puedo ayudarla, madame? —preguntó Casanova, que había aparecido de repente detrás de mí.

Antes de que pudiera responderle, me quitó rápidamente los restos adherentes con sus numerosas patas.

—Gracias —le dije, y me dispuse a salir corriendo de nuevo.

—Quédese, por favor —me instó Casanova.

—Tenemos que avisar a las hormigas —repliqué, y salí corriendo hacia la entrada del túnel.

Casanova corrió detrás de mí:

—Se ahogará, madame. Y ahogarse no es una buena manera de morir —dijo Casanova, y me dio la impresión de que había pasado más de una vez por la experiencia de morir en el agua.[1]

—¡Necesito buen karma! —repliqué bravamente.

—Posee usted más valor que juicio —dijo Casanova suspirando, y me dio alcance.

—Para alguien que es famoso por su encanto, eso no ha sido muy amable que digamos —repliqué con una sonrisa forzada.

—Oh, al contrario: en una mujer, admiro el juicio y adoro la sensualidad, pero lo que más me impresiona es una mujer con coraje.

—Gracias —dije, sorprendida de repente de mi propia valentía: lo más corajoso que había hecho en mi vida humana había sido traer al mundo a Lilly.

Poco antes de llegar a la entrada del túnel, Casanova me cerró el paso.

—¡No me detenga! —dije con rudeza.

---

1. De las memorias de Casanova: Los avances que la humanidad ha realizado en los últimos siglos acostumbran a ser fatales para mí. En mi vida ciento seis fui a parar a una jofaina de cerámica blanca. Tenía una superficie tan lisa que patiné y caí en unas aguas profundas. Las últimas palabras que pude oír tuvieron un carácter críptico para mí. Una voz masculina grave dijo: «Mira, cariño, he montado un limitador de descarga en la cisterna.»

—No lo pretendo —dijo Casanova—. Súbase a mi espalda.

Lo miré con asombro.

—Puede que a mí también me vaya bien un poco de buen karma.

—Creía que acumular buen karma no iba con su disposición natural.

—Aún no hemos acumulado nada —replicó la encantadora hormiga sonriendo.

CAPÍTULO 23

Recorrimos el túnel a una velocidad de vértigo y nos detuvimos a poquísima distancia del suelo.

—¡Salvaos! ¡Salvaos! ¡Pronto se inundará todo! —rugí con todas mis fuerzas.

Las hormigas levantaron la vista un instante.

—¡Vamos, corred para salvar el pellejo! —continué gritando.

No corrieron.

—¡Vamos! ¡Arriba!

Siguieron sin correr.

—«Arriba» significa: ¡moved el culo de una vez!

Me miraron de nuevo un instante con la mirada vacía y prosiguieron con su trabajo. Como yo no era su comandante ni mucho menos su reina, mis advertencias les importaban tres pitos. Ocurría lo mismo que en las grandes empresas: el sano juicio se estrella en la jerarquía interna.

—No le hacen caso, madame —dijo Casanova.

—Gracias, no me había dado cuenta —repliqué mordaz, y añadí—: Iremos a ver a la reina. La reina es la única a la que las hormigas harán caso. Sólo ella puede ordenar la evacuación.

—Pero no somos precisamente sus hormigas preferidas —señaló Casanova.

—Da igual. ¡Quiero buen karma! —repliqué.

—Es usted muy cabezota —suspiró Casanova, y alzó el vuelo hacia los aposentos reales.

Llegamos a la ventana panorámica, que estaba vigilada por dos sacerdotisas de la Guardia Real, y nos detuvimos a la altura de sus ojos planeando y oscilando como un péndulo.

—¿Qué queréis? —preguntó una de las guardianas.

No nos reconoció, estaba claro que el día anterior habíamos huido de otras sacerdotisas.

—Queremos ver a la reina. ¡Es urgente! —exigí.

—La reina no recibe visitas no anunciadas.

—Pero es que se trata de la vida de todas las hormigas.

—La reina no recibe visitas no anunciadas.

—¿No sabes decir otra cosa que no sea «La reina no recibe visitas no anunciadas»? —pregunté irritada.

—La reina no recibe...

—¡Vale! ¡Vale! —la interrumpí.

Casanova me susurró al oído:

—¿Salimos volando?

—No —respondí, y señalé hacia los aposentos de la reina—. ¡Entraremos volando!

Lo atravesé con la mirada.

—Leo en sus ojos que no podré hacerla cambiar de opinión —dijo Casanova suspirando.

—Ha leído bien —contesté.

Casanova voló trazando un amplio arco para poder tomar suficiente impulso y se lanzó a todo trapo hacia las sacerdotisas, que lo miraban con estoicismo. Eso sí, el estoicismo fue menguando a medida que nos acercábamos.

Pasamos a velocidad punta entre las dos guardianas, que resultaron catapultadas a un lado por el aire que levantó nuestro vuelo y cayeron al suelo. Debieron de hacerse daño, pero les fue mucho mejor que a nosotros.

—No puedo... —gritó Casanova en pleno vuelo vertiginoso.

—¿No puede qué? —pregunté, también gritando.

—¡No puedo frenaaaaaaaaar!

Nos estampamos contra la pared del aposento real y caímos atontados sobre el lecho real.

Eso, por sí solo, ya habría sido un sacrilegio. Pero el hecho de que la reina estuviera durmiendo en el lecho empeoraba la situación. Caímos en blando, pero la *queen* estaba aún menos *amused* que en nuestro último aterrizaje forzoso sobre su *royal* cuerpo.

Casanova se rehízo primero y me dijo:

—Tengo la impresión de que la reina no está dispuesta a escucharnos.

Antes de que pudiera contestarle «Yo también», la reina levantó su monstruoso cuerpo y dijo con voz atronadora:

—Esta vez no llamaré a la guardia.

—¿No? —pregunté con una ligera esperanza.

—Yo misma os arrancaré la cabeza. ¡Aquí y ahora! —gritó.

Tragué saliva y ella empezó a pisotearnos con sus enormes patas.

—Escúcheme —supliqué mientras esquivaba los golpes—, ¡todos corremos peligro de muerte!

—Vosotros no. ¡Vosotros pronto estaréis muertos! —dijo sin dejar de dar golpes, y me acorraló. En un rincón.

El siguiente porrazo me daría de lleno.

—El hormiguero pronto quedará inundado por una marea gigante —dije precipitadamente.

La reina interrumpió el golpe. Sus dos patas delanteras se detuvieron a tan sólo un nanómetro de mi cráneo.

—¿Una marea? —preguntó.

—Sí, un humano...

—¿Qué es un humano?

—Disculpe, un grglldd —rectifiqué.

—El singular de grglldd es grgglu —me gritó Casanova.

—Disculpe, mi reina, un grgglu va a inundar el hormiguero —rectifiqué de nuevo.

La reina bajó las patas y constató:

—Los grglldd son muy capaces de hacerlo.

—Tiene que ordenar a las hormigas que abandonen la ciudad —insistí.

La reina me miró y me preguntó:

—¿Y por qué tendría que creer a una ridícula obrerita?

—Si no fuera por eso, no habría vuelto; al fin y al cabo, usted iba a ejecutarme.

La reina asintió, eso la había convencido. Y entonces dio la orden de evacuación.

Desgraciadamente, la reina no entendía lo mismo que yo por «evacuación».

—Traed de mis aposentos a los mejores amantes. Nos iremos con ellos —ordenó a las dos sacerdotisas.

Las dos sacerdotisas salieron corriendo. La reina las llamó:

—¡Y que no se enteren las demás sacerdotisas de que nos largamos!

Miré a la reina, desconcertada.

—¿No quiere que las demás sacerdotisas lo sepan?

—Mis amantes sólo pueden llevarnos a mí y a las dos guardianas —me explicó, como si fuera lo más normal del mundo. Y se acercó a toda prisa a la ventana panorámica.

—¿Dejará que las demás sacerdotisas se ahoguen? —pregunté horrorizada.

—Sí, ¿y? —contestó la reina.

Las sacerdotisas entraron a toda prisa en el aposento en compañía de diez hormigas voladoras.

—¿No va a dirigir una proclama al pueblo?

—En una situación como ésta, cada segundo cuenta. ¡No puedo malgastar mi tiempo! —dejó bien claro la reina.

Luego se dirigió a sus amantes:

—Llevadnos a la superficie.

Las hormigas voladoras obedecieron. Dos de ellos cargaron con las sacerdotisas, mientras los otros seis izaban entre resoplidos a la reina.

—No puede dejar que su pueblo se ahogue —grité.

—Lo que importa es la continuidad de nuestro pueblo —replicó la reina con los modales de los dictadores en una conferencia de prensa—. Yo tengo que salvarme para salvar al pueblo.

Dicho esto, ordenó a sus amantes que la llevaran por los aires.

Me quedé conmocionada: Alex anegaría la ciudad en cualquier momento, ¡y la reina dejaba a sus súbditos en la estacada!

Me asomé consternada a la ventana: las pequeñas tropas pululaban por todas partes. Seguro que Krttx y Fss también estaban por allí. Ellas merecían seguir con vida mucho más que la reina.

—¡Tenemos que avisar a las hormigas! —dije a Casanova, sin tener la más remota idea de cómo iba a conseguir que esta vez me escucharan.

Entonces oímos el retumbar del agua que entraba bramando por el túnel.

—Demasiado tarde —dijo Casanova.

—Eso parece —asentí con tristeza.

—Al menos hemos salvado a unas cuantas hormigas —prosiguió Casanova—, a lo mejor basta para tener buen karma.

—Ojalá —repliqué.

Y llegó la gran marea.

CAPÍTULO 24

De nuevo vi mi vida con mi ojo espiritual: la huida de los aposentos reales, Nina en albornoz, Alex desesperado, yo durmiéndome sobre la mejilla de la pequeña Lilly...

En ese punto intenté con todas mis fuerzas detener la película. Quería disfrutar del recuerdo de Lilly, de su respiración, de su cercanía, del besito de hormiga que le había dado... Quería saborear todo eso eternamente...

Pero el torrente de recuerdos se desbordó: divisé a la reina que huía y oí la marea. ¡Y vi la gran masa de agua que anegaba desde arriba el hormiguero! ¡Oí los gritos de las hormigas! Vi que la tierra de la cúpula cedía y nos caía encima. Noté que el agua fangosa me arrastraba... Entonces se me nubló la vista...

Durante un segundo.

Vi de nuevo la luz.
Cada vez más clara.
Era maravillosa.
Me envolvía.

Pero supuse que volvería a rechazarme. Intenté con todas mis fuerzas no abrazarla. No entregarme a ella. No quería volver a llevarme una decepción.

Pero tenía las de perder, era demasiado dulce. Dejé de resistirme.

La abracé.
Me sentía tan bien.
Tan protegida.
Tan feliz.

Entonces la luz me rechazó.
Una vez más.

Me desperté muy triste. Había mentido a Casanova: era cierto que quería ahuyentar a Nina, pero una parte de mí anhelaba enormemente esa luz. Una parte muy grande.

El signore tenía razón: era como la zanahoria del burro.

Tenía la esperanza de no reencarnarme más en hormiga, aunque realmente no acababa de creer que hubiera escapado a ese destino. Al fin y al cabo, mi intento de salvar el hormiguero no había tenido mucho éxito. Sólo había logrado salvar a una reina que oprimía a su pueblo.

Sin embargo, si volvía a ser una hormiga, ¿por qué no veía nada? ¿Por qué sólo me notaba cuatro patas en vez de seis?

¿Y por qué demonios alguien me estaba dando lametazos?

—Estate quieta, pequeña. Sólo quiero asearte —dijo una voz afable.

Quise preguntar: «¿Dónde estoy? ¿Quién eres tú? ¿Ya no soy una hormiga? ¿Qué pasa aquí? ¿Dónde está el chalado de Buda?»

Pero sólo me salió un largo «¡Iiiiiiiiiiiiiiiiii!».

¿Era yo? Volví a intentarlo. Grité «¡Buda!», pero sólo se oyó «¡Iiiii!».

De acuerdo, estaba claro que aquellos chillidos provenían de mí.

¿Era una cría de perro?

—Tranquila —me susurró la voz cariñosa en tono maternal.

«Tranquila, tranquila», pensé. «Estoy ciega. No puedo hablar. No tengo ni idea del cuerpo que tengo y una lengua no para de darme lametazos: ¿cómo demonios voy a estar tranquila?»

—Iiiiiiiii —dije, pues, muy intranquila.

—Mi pequeña, no tengas miedo de la vida —susurró la voz afable.

«No tengas miedo de la vida»: eso estaría bien, pero antes quería saber de qué vida se trataba. ¿Quizás de la de un topo ciego? Pero no estábamos bajo tierra, podía notar los cálidos rayos del sol en mi cuerpo. O sea que no era un topo. Entonces, ¿qué? ¿Una oveja ciega? ¿Un perro ciego? ¿Una gallinita ciega? ¿Encontraría el dedal?

—Bueno, ahora les toca a los demás —dijo la voz, y por suerte se acabaron los lametazos.

«¿Los demás?», quise preguntar, pero también esa vez

me salió únicamente un «Iiiiii». Entonces oí otro «Iiiiii», y otro y otro y otro. No estaba sola.[1]

—Pequeñines, no os pongáis nerviosos. Mamá está con vosotros —dijo la voz cariñosa. Y los otros «Iiiiiis» se fueron acallando.

«Mamá está con vosotros»: qué frase más bonita. Sin embargo, me recordaba lo que realmente iba mal. Daba lo mismo en qué me había reencarnado, no estaba con...

—¡Lilly! Mira cómo la mamá asea a los conejillos —oí decir a Alex.

Una frase que desató un alud de pensamientos:

- ¡Lilly está aquí!
- Y Alex también.
- Alex ha matado a casi todas las hormigas.
- Eso me enfurece.
- Aunque él no supiera lo que hacía.
- Él nunca había sido una hormiga.
- Ni un conejillo de Indias.
- ¡¿Era yo un conejillo de Indias?!
- Al menos, eso había dicho Alex.
- Él le había regalado una conejilla a Lilly por su cumpleaños.
- Seguro que la voz era de esa conejilla.
- Y la lengua húmeda.
- O sea que estaba preñada.
- Por lo tanto, yo tenía razón.
- Y Alex se equivocaba.

1. De las memorias de Casanova: Volví al mundo como mamífero, y mi corazón rebosó de felicidad, porque a partir de entonces mi vida amorosa cobraría con toda seguridad un merecido impulso.

- El muy idiota.
- Al menos, yo ya no era una hormiga.
- ¡Yupiiiiii!
- Había acumulado buen karma.
- ¡Más yupiiiiiiii!
- Era una conejilla de Indias.
- Realmente, eso no era motivo para ningún ¡yupiiiiiii!
- Eso era una mierda.
- ¿Cómo demonios iba a echar a Nina siendo una conejilla?

—No es cosa tuya echar a Nina —dijo una voz que reconocí en el acto por su tono de Papá Noel. Era Buda.

Y entonces, en medio de la oscuridad, surgió un conejillo de Indias tremendamente gordo, que me sonreía amistoso. Era de un blanco radiante. Y cuando digo radiante, quiero decir radiante: tuve que cerrar los ojos para que el conejillo resplandeciente no me cegara. Buda ya lo había dicho en nuestro primer encuentro: «Adopto la forma de la criatura en la que se ha reencarnado el alma de la persona.»

Con un movimiento de pata, el conejillo Buda ahuyentó la oscuridad y en su lugar apareció un gran prado con los colores más vivos del technicolor. Se extendía hasta el infinito y por todas partes brotaban unas flores alucinantes que parecían salidas de un tripi de los años sesenta. Estaba clarísimo: aquel escenario no era real. Buda me había secuestrado para poder hablar conmigo sin que nadie nos molestara.

Tiene que ser divertido que puedas crearte tu propia realidad. Si yo pudiera, mi realidad sería como sigue: sería otra vez humana, no sería socialmente reprobable engañar al marido con Daniel Kohn y Nina sufriría amnesia y viviría en el lago Titicaca.

Me miré y descubrí que era un cachorrito de conejillo de Indias. Tenía un pelaje marrón y blanco, y aún estaba pringosa del parto.

—¿Por qué sólo me he convertido en conejillo de Indias? —pregunté y, antes de que Buda pudiera replicar algo, pataleé con mis patitas—. ¡Yo quiero ser un perro! ¡Quiero, quiero y quiero!

(Una semana antes habría considerado imposible que algún día llegara a decir una frase como aquélla.)

—Para reencarnarte en perro tendrías que haber acumulado más buen karma.

—¿He salvado a las hormigas que no tocaba? —pregunté.

—No.

—¿No?

—Las has salvado por el motivo equivocado.

—¿Por el motivo equivocado?

—Has actuado por razones egoístas. Porque quieres echar a Nina. Si hubieras hecho lo mismo de todo corazón, ahora serías...

—¿Un perro? —pregunté esperanzada.

—O algo superior —replicó mientras el prado de LSD se desvanecía lentamente a nuestro alrededor.

Ya sólo veía a Buda, blanco y radiante. Y, a su alrededor, una oscuridad intensa.

—Vive una buena vida —dijo el conejillo gordo, y se esfumó.

—Eh, ¡no puedes largarte sin más!

Pero, a esas alturas, ya sabía que aquel idiota podía hacer lo que quisiera. Volvía a estar sola en la oscuridad y pensé qué significaría «algo superior»: ¿un mono o incluso una persona?

¿Y de qué me serviría volver a nacer persona? Sería más pequeña que Lilly. Un bebé.

Aun así, volvió a invadirme la esperanza: si fuera un bebé humano, a los dos años ya podría hablar. Se lo explicaría todo a Alex y no dejaría que se liase con Nina. A lo mejor él incluso me esperaría hasta que yo fuera mayor y volvería a casarse conmigo. Él tendría entonces unos cincuenta, y yo dieciocho...

Caray, si hasta estaba pensando en casarme de nuevo con Alex. ¿Aún sentía algo por él?

Sin embargo, esa fantasía tenía una pega: si la gente pudiera acordarse de todas sus reencarnaciones, igual que yo siendo hormiga y conejillo, ¿el mundo estaría lleno de gente que recordaría sus vidas anteriores? De gente que diría: «Yo era Humphrey Bogart y estoy contento de ser mucho más alto.» O bien: «Yo fui bailarina en el Moulin Rouge, pero mis conocimientos de cancán no me sirven de mucho en la junta directiva de la Mercedes.» O bien: «Yo era John Lennon, ¿por qué ahora no paso a la siguiente ronda en OT?»

Pero las únicas personas que recordaban vidas anteriores eran o Shirley MacLaine o locos o ambas cosas.

Con todo, tanto si me reencarnaba en perro como en persona, ambas cosas serían mejores que una vida de conejilla roedora. ¡Tenía que seguir acumulando buen karma rápidamente!

—¿Puedo coger en brazos una de las crías? —preguntó Lilly.

Yo estaba de nuevo en la jaula. Los rayos del sol ya no me calentaban, el cielo probablemente se había nublado. Tenía mucho frío.

La mamá me lamía los ojos pegajosos. Así pues, lo primero que vi en este mundo siendo una conejilla fue una lengua rosa. ¡Pero lo segundo fue Lilly! Parecía que, por un momento, se había olvidado por completo de su tristeza. La presencia de las cinco crías le alegraba el corazón.

—Porfa, porfa, ¡dame el que está en aquel rincón! —dijo señalándome a mí—. No para de mirarme.

El pulso me latía a mil. Quería que Lilly me cogiera y me manoseara.

Alex abrió la puerta de la jaula. Mis hermanos gritaron de pánico: «Iiiiiiii...»

—No pasa nada, pequeñines —susurró la mamá—. Los walalalala no comen cobayas.

(Estaba clarísimo que mamá cobaya nunca había estado en Chile.)

Mis hermanos siguieron chillando a pesar de aquellas palabras tranquilizadoras, mientras que yo seguía tan tranquila.

—El del rincón es el único que no tiene miedo —constató Lilly.

—Pues cógelo —dijo Alex.

El pulso me latió aún más deprisa; Alex estaba a punto de sacarme de la jaula y de ponerme en brazos de la pequeña. Podría hacerle mimos, notar su proximidad...

—¿Qué hacéis ahí? —oí decir a Nina.

—Lilly quiere coger en brazos una de las crías.

—Pero si acaban de nacer. Seguro que no les hará ningún bien —dijo Nina.

—¿Ningún bien? —grité—. Tú no tienes ni idea de lo que siente un conejillo de Indias. Tú nunca has sido un conejillo de Indias. Como mucho, una conejita de las otras.

Evidentemente, Nina sólo oyó un sonoro «¡Iiiiiiiiiii!».
Pero mi chillido hizo que los demás conejillos aún chilla-
ran más.

—Lo veis, chillan de miedo —dijo Nina.

Cerré en el acto mi boquita de conejillo. Pero no sirvió de nada.

—Tienes razón —dijo Alex y, dirigiéndose a Lilly, añadió—: Esperaremos a que sean un poco más grandes.

Cerró la jaula.

Lilly volvía a estar muy lejos de mí.

CAPÍTULO 25

Al día siguiente, nuestra mamá nos amamantó con cariño. Tengo que decirlo: era una amamantadora buena de narices. Nos mimaba a todos nosotros, criaturas chillonas, las veinticuatro horas del día, nos daba ánimos y nos lamía para asearnos. Y por raro que suene: empezaba a gustarme. Después de todos mis días estresantes como hormiga, aquello casi eran unas vacaciones. Bueno, yo hubiera preferido una semana de relax con masajistas musculosos en la exclusiva isla de Sylt (seguro que me habría complacido más que me lamieran ellos).

Pasé un rato preguntándome por qué me gustaba tanto. Al principio lo achaqué a que, siendo un conejillo, llevaba incorporado un instinto de «quiero que mamá me quiera». Pero luego caí en la cuenta: también lo tuve de niña, pero, por desgracia, mi madre estaba ocupada con sus propios problemas la mayor parte del tiempo.

Con los años desarrollé distintas estrategias para ganarme su atención: de pequeña intenté impresionarla sacando buenas notas, sin éxito. De adolescente me rebelé. Y cuando comprobé que a mi madre eso también le daba lo mismo, busqué mi amor en otra parte: en Alex no sólo encontré a un amante, sino también a un amigo que me apoyaba. Su caso era diferente, él venía de una familia muy protectora. Sus padres llevaban felizmente casados más de veinte años, querían a sus hijos y siempre miraban hacia el futuro con optimismo. En resumen, a mí me parecían criaturas de una novela de ciencia ficción.

Cuando comía con ellos, me sentía bien y mal a la vez. Bien por la armonía. Mal porque siempre pensaba en la vieja cancioncilla de «Barrio Sésamo»: «Una de estas cosas no es como las otras.»

Y, entre toda aquella gente armoniosa, esa «cosa» era yo.

Sin embargo, Alex hizo que confiara en que nosotros también podíamos formar una familia así y, durante un tiempo, hasta llegué a creérmelo.

Pero ahora mi familia estaba destrozada gracias a mi desliz y yo formaba parte de una maldita familia de cobayas.

Al cabo de diez días, Alex le dijo por fin a Lilly:

—Ahora ya puedes coger en brazos a uno de los conejillos.

Me precipité hacia la puerta, luché por pasar delante de los otros conejillos (con uno, ofensivamente mimoso, tuve que insistir un poco más) e ignoré a la mamá, que me amonestaba:

—No pises a tu hermano entre las patas.[1]

Repliqué tan sólo con un breve chillido: mi aparato de fonación aún no se había desarrollado para poder responder como es debido.

1. De las memorias de Casanova: En las horas siguientes, chillé una octava más alta.

—¿Cuál cojo? —preguntó Lilly, y yo le lancé la mirada más candorosa del mundo.

Alex me sacó de la jaula con cuidado. Sus manos eran tan grandes como mi cuerpo y era la primera vez que me tocaba desde hacía mucho tiempo. Noté con qué dulzura me agarraba: tierna, pero enérgicamente. Maravilloso.

Me pregunté si algún día me cogería también así siendo yo humana. Quizás yo podría realmente volver a nacer como persona y él realmente me esperaría. ¿Tendría todavía unas manos tan suaves a los cincuenta? Y cuando me di cuenta de que esa fantasía utópica me llenaba de añoranza, lo supe: aún sentía algo por él.

Alex me dejó en brazos de Lilly y le advirtió:

—Ten cuidado.

—¡Tengo que enseñarte una cosa! —dijo Lilly, dirigiéndose a mí emocionada. Y a Alex le dijo con todo descaro—: Y tú no puedes mirar.

Se quedó un poco sorprendido, pero la dejó hacer.

Lilly me llevó a un rincón en la parte posterior del jardín. De repente estornudó, pero luego se puso un dedo en los labios, hizo «chist», escarbó en la tierra y apareció... una galleta de chocolate.

—Es mi escondite de dulces —explicó Lilly orgullosa.

Me sorprendió. Como madre, siempre había pensado que los secretos no comenzarían hasta poco antes de la pubertad.

—Ven, nos la repartiremos —propuso.

No era una buena idea, por dos motivos: en primer lugar, un conejillo de Indias no digiere bien una galleta y, en segundo lugar, estaba garantizado que a Lilly le sentaría mal.

Sacudí la cabeza con energía, pero Lilly se limitó a decir entre dos estornudos:

—Como quieras. Me la comeré yo sola.

Ésa era la peor de todas las posibilidades. Y como yo no quería que a Lilly se le revolviera el estómago, le arrebaté la galleta, que sabía a moho, y me la tragué con valentía. Una buena acción si se tiene en cuenta lo que le había ahorrado a Lilly. Una mala acción si se considera que por la noche inundé la jaula de vómitos.

Después de zampármela, Lilly me preguntó:

—¿Sabes qué me pasa en el cole?

Sacudí la cabeza. Lilly se tomó mi respuesta con naturalidad. A los niños no les extraña que los animales les respondan. (En cambio, los adultos solemos preguntarnos: ¿puede entenderme este animal?) Ahora lo sé: los humanos reencarnados en animal pueden. Y lo que se pitorrean de frases como «cuchi-cuchi-cuchi, ¿quién es mi cariñito?».

—Se meten conmigo.

Con aquella frase, Lilly me alejó de mis pensamientos. ¿Se metían con ella? Me dio mucha rabia. Ahora ya sabía por qué la mayoría de los niños me parecían insoportables.

—Lukas y Nils me llaman Pilly-Lilly y me pegan.

Golpeé en el suelo con las patas posteriores, furiosa.

—Desde hace semanas —dijo Lilly con lágrimas en los ojos.

«¿Semanas?», pensé. Eso significaba que aquellos renacuajos ya se metían con Lilly cuando yo era humana. ¿Por qué nunca me lo había dicho? Y, peor aún: ¿Por qué nunca noté nada?

Se me encogió el corazón: estaba claro que no sabía lo suficiente de la vida de mi pequeña.

—Mamá siempre me decía que tenía que ser fuerte y defenderme —prosiguió Lilly rascándome la pata—, pero no puedo.

Dios mío: nunca nos lo había explicado porque yo le había dicho que tenía que ser fuerte si tenía algún problema en el colegio. Yo la había aleccionado a que se hiciera respetar y, con ello, había tratado a una criatura pequeña como si fuera un adulto. Pero sólo tenía cinco años. Debería haberla apoyado y haberles hecho un lavado de cerebro a aquellos rubiales. En los lavabos del colegio.

Y ahora no podía hacer nada para ayudar a mi pequeña a superar las dificultades.

Lilly me miraba con tristeza. Sintiéndome impotente, le puse una patita en la mano y se la acaricié. La pequeña se rascó el cuello.

Por la noche luché por igual contra mi sentimiento de culpa hacia Lilly y contra las arcadas. Mientras mi estómago me impedía dormir, veía a Nina y a Alex preparando la cena en la cocina. Lo hacían todas las noches y luego se sentaban junto a la chimenea, que a Alex le gustaba encender los días fríos de primavera. Nina seguía sonriéndole con cautela, pero hasta ahora él nunca le había hecho caso. Subrayemos el «hasta ahora».

Esa noche, los dos estaban sentados de nuevo junto a la chimenea, charlando. En aquel momento, Alex hablaba y Nina ponía su mejor pose de estar escuchando atentamente. Seguro que estaba pensando cuándo dejaría de ser irreverente seducir a Alex.

De repente, Nina hizo una observación.

No pude oír lo que decía, pero Alex sonrió. No me gustó nada. Nina seguía hablando y yo intenté leerle los labios.

—Frblmpf —leí.

—Haaa, daaaffne, prol —leí la respuesta sonriente de Alex.

Tenía que concentrarme más.

Leí los labios de Nina:

—Los ginecólogos bailan sorbete.

—Y los urólogos *tortellini* —replicó Alex.

Tenía que concentrarme mucho más.

—Me encanta tu berlina —dijo Nina.

Eso, o bien: «Me gusta tu minina.»

—Mi minina también tiene Dolby Digital —respondió Alex.

—¡Argggggggg! —grité, la maldita lectura de labios me estaba volviendo loca.

—Chist —dijo mi mamá cobaya—, los demás duermen.

A pesar de sus maneras cariñosas, noté que me estaba convirtiendo en su hija problemática.

No le hice caso y seguí intentando leerles los labios, pero ya no hacía falta. Nina había dicho alguna cosa y Alex reía. A carcajadas. ¡A pleno pulmón!

¿Cómo podía reírse? ¡Yo estaba muerta! ¡Al menos para él! No podía reírse. ¡Tenía que estar siempre llorando! ¡De noche! ¡De día! ¡Hasta que tuviera que ir al médico a que le rellenara los lagrimales!

Pero Alex continuaba riendo. No pensaba rellenarse los lagrimales.

Aquello me enfureció tanto que necesité una válvula de escape: empecé a arrearle al mimoso ofensivo. Me daba igual que estuviera durmiendo. Gruñó y siguió durmiendo.

Pero mamá cobaya me instruyó:

—Tienes que portarte bien con los otros. Sois hermanos, algún día tú también los querrás.

«Claro», pensé cabreada, «el día que yo quiera a estos conejillos, el Papa bailará la canción de *Hava naguila*».

Volví a mirar a Alex. ¡Se estaba secando las lágrimas! Y luego le dijo a Nina: «Gracias» (eso pude leerlo claramente), se despidió con un «Voy a lavarme la minina» (eso no pude leerlo tan claramente) y se fue al dormitorio, mientras Nina lo miraba con una expresión en el rostro que decía: «Aún habrá algo entre nosotros» (eso pude leerlo con una claridad meridiana).

Le clavé una mirada furiosa. Las fantasías que tenía en aquel momento se habrían podido filmar con el título de *El ataque de los cobayas asesinos*.

—La hembra walalalala es buena —dijo mamá cobaya, arrancándome de la película de terror que estaba viendo en mi cabeza—. Al macho se le murió hace poco su antigua hembra. Y ahora ella se ocupa de él con cariño.

—Buena, ¡bah! —chillé sarcástica, tan sarcásticamente como podía chillar un conejillo de Indias y, admitámoslo, no sonó demasiado sarcástico.

Volví a mirar a Nina y pensé en cómo podría deshacerme de ella. Pero, excepto el absurdo plan de coger la rabia y luego morderla, no se me ocurrió nada.

En cambio, Nina estaba encontrando la manera de retirarme de la circulación.

—¿Tú crees? —preguntó Alex cuando vino al día siguiente con Nina a nuestro cubil.

—Estoy segura —se ratificó Nina, y lo noté enseguida: la cosa ya no iba de mininas con Dolby Digital.

—A Lilly se le romperá el corazón si damos a los conejillos —replicó Alex.

¿Darnos? ¿Iban a darnos?

—Es lo mejor para la pequeña —dijo Nina, y él asintió.

—¿Lo mejor? —chillé—. ¿Cómo se te ocurre pensar que es lo mejor? Lo mejor sería que te plantaras en la A1 en hora punta.

—Tiene la cara hinchada —dijo Nina—. Está claro que Lilly es alérgica a los conejillos.

Oh, no, ¡me había pasado por alto! La pequeña había estado estornudando y rascándose todo el rato, y no porque tuviera un resfriado o una erupción cutánea, sino por mí. Y lo que aún era peor: Nina hacía todo aquello porque se preocupaba por la pequeña. Eso significaba que ganaba puntos con Alex.

Manifesté mi protesta con un fortísimo chillido.

—De momento tendremos que quedarnos con la madre. Es demasiado grande. Pero puedo llevarme a las crías al trabajo —dijo Alex.

Dejé de chillar. ¿Alex tenía trabajo?

Entonces me vino a la memoria: poco antes de mi muerte, Alex me había explicado que su colega Bodo le había ofrecido un empleo en la universidad. De agregado de Ciencias.

En el laboratorio de ensayos con animales.

¡Y chillé histérica!

CAPÍTULO 26

Al día siguiente me encontraba con mis hermanos en una pequeña jaula de alambre. La habían puesto en una sala austera y sin ventanas, sobre una mesa de madera, justo al lado de un ordenador que había vivido sus mejores años a finales de los noventa. Respirábamos aire acondicionado. Era el nuevo despacho de Alex en un viejo complejo de institutos de investigación en las afueras de la ciudad. Un sitio desolador que habría llevado al suicidio a cualquier especialista en feng shui.

Y yo tampoco me sentía bien.

¿Por qué había aceptado Alex ese puesto? Experimentar con animales le sentaba como una patada, aunque fuera con un buen fin. Y yo le había dejado bastante dinero...

Oh, mierda, ¡no lo había hecho! Había enterrado mi dinero en la casa porque había calculado fatal los costes de la reforma. Y no había contratado un seguro de vida. Ahora Alex tenía que trabajar para pagar la hipoteca y los gastos corrientes.

¡Qué egocéntricos somos los mortales! Yo pensaba todo el tiempo en lo asquerosa que es la vida después de la muerte. Pero la vida antes de la muerte era casi igual de complicada para los que habían quedado.

Eso me produjo tal sentimiento de culpa que tuve que desfogarme: empecé a arrearle al mimoso ofensivo.

—¡Déjame en paz de una vez, cretina! —refunfuñó.

Me quedé asombrada. No sólo porque el conejillo negro con una mancha blanca alrededor del ojo había desarrollado su aparato de fonación, sino también por su manera de expresarse. Probé mi aparato de fonación:

—Ee...

Aún tenía las cuerdas vocales un poco oxidadas, pero luché por pronunciar las palabras:

—¿Es usted Casanova?

Los ojos del mimoso se iluminaron:

—¿Madame Kim?

—Sí —respondí, reconfortada por aquel rayo de luz en una situación tan lúgubre.

—Es maravilloso, ¡ya no somos hormigas! —celebró el signore, y me apretujó tanto que anhelé una burbuja de oxígeno—. Lo del buen karma valía la pena —prosiguió—. ¡No puedo expresar en palabras lo mucho que me entusiasma volver a ser un mamífero! ¿Y sabe usted, madame, qué es lo que más me ilusiona?

—No, en realidad, no.

—Los placeres de la carne.

—¿Los placeres de la carne? —pregunté desconcertada.

—Como hormiga, el acto sexual con la reina era un horror infernal —explicó Casanova—, pero ahora soy un conejillo macho. Y, disculpe la expresión profana, los conejillos se apa...

—No quiero oír el «... rean» final —lo corté, pues yo formaba parte del grupo de parejas potenciales.

Y había problemas más acuciantes que la libido de Casanova.

—¡Estamos en un laboratorio de ensayos con animales! —le expliqué.

—¿Qué es eso? —preguntó una voz delicada detrás de nosotros.

Nos dimos la vuelta y vimos las caras asustadas de nuestros tres hermanos: sus aparatos de fonación también se habían formado.

—Yo no puedo explicarlo —contestó Casanova al conejillo marrón de mirada escéptica que había hecho la pregunta.

—¿Y qué es un «acto sexual»? —preguntó un segundo conejillo, una hembra dulce y completamente blanca.

—Eso puedo explicárselo con mucha claridad, mademoiselle —comenzó a decir Casanova enardecido.

—¿Qué significa «mademoiselle»? —interrumpió el tercer conejillo, muy gordito y de color marrón rojizo.

—A las mujeres que no están casadas se las llama... —comenzó a decir Casanova.

—¿Qué son «casadas»? —interrumpió el conejillo hembra.

—Personas... —dijo Casanova.

—¿Qué son «pers...»?

—*Mon Dieu,* ¡dejadme hablar! —les imprecó Casanova, y los conejillos cerraron la boca intimidados.

Casanova intentó valerosamente explicarles el tema del amor en todas sus facetas: en vano. Todavía eran criaturas.

—Ya hablaremos de machos y hembras cuando seáis un poco mayores —corté, y los conejillos asintieron, totalmente conformes. Las explicaciones demasiado detalladas de Casanova sobre el acto sexual los habían desconcertado.

—¿Pero qué significa «laboratorio de ensayos con animales»? —insistió el conejillo escéptico, que seguramente notaba la amenaza de un peligro.

—Los walalalala nos harán cosas feas y... —empecé a decir.

Eso bastó para desatar el pánico.

—¡Mamá! —gritaron los pequeños—. ¡Queremos ir con mamá!

Decidí interrumpir la explicación.

—¿Qué cosas? —quiso saber Casanova.

Antes de que pudiera responderle, Alex entró en el despacho. Seguramente venía a buscarnos para hacer sus experimentos. Me puse a chillar como una loca:

—Soy yo, ¡tu mujer! ¡Sácame de aquí ahora mismo! ¡No quiero que nadie me conecte electrodos hasta que sólo sepa balbucir «lalalala bamba»!

Los demás conejillos, excepto el juicioso Casanova, vociferaron conmigo despavoridos, aunque no sabían qué eran los electrodos ni *La bamba*.

—No os pongáis nerviosos. Sólo haremos pruebas de comportamiento —dijo Alex con voz tranquilizadora.

¿Pruebas de comportamiento? ¿No os pongáis nerviosos? Eso sonaba mucho mejor. Pero nada bien. Es decir, bastante mal. Pero mucho mejor que los electrodos.

En aquel momento, Bodo, el compañero de estudios de Alex, entró en el despacho. Tenía treinta y pico años y era soltero. Y no sólo porque era canijo y tenía cara de marrullero. También porque hay frases mucho mejores para ligar que «Me gano la vida experimentando con animales».

Alex y él seguramente no se habrían conocido nunca si un profesor no los hubiera reunido en un proyecto de investigación durante la carrera. Y, como Alex siempre veía la parte buena de las personas, a partir de entonces fue su amigo: «Bodo no es tan mal tío como tú crees.»

—Bienvenido a tu nuevo trabajo —dijo Bodo sonriendo.

Alex asintió en silencio. Se notaba que se sentía fatal por haber tenido que aceptar el puesto. Y yo me sentía aún peor. Por un lado, porque yo tenía la culpa de que hubiera tenido que aceptarlo y, por otro, porque me había convertido en objeto de su actividad.

—El profesor quiere para mañana los resultados de los cobayas en el laberinto.

—¿Y por qué? Esa prueba estándar está obsoleta. Ya nadie la hace, excepto el profesor.

—Los estudios de comportamiento son su caballo de batalla.

—¿Tengo que empezar hoy mismo? —preguntó Alex.

—¿Hay algún problema?

—Tengo que ir a buscar a mi hija al colegio.

—¿No puede hacerlo alguien por ti? Al profesor no le hará mucha gracia que te vayas antes.

—Bueno..., hay alguien... —contestó Alex dudando.

No me lo podía creer: ¡¿iba a pedirle a Nina que recogiera a Lilly?!

—Ésa es la actitud correcta. Así pasarás el período de prueba —dijo Bodo, y se fue.

Alex suspiró, nos miró y dijo:

—Bueno, pues al laberinto.

CAPÍTULO 27

Alex nos llevó a un laboratorio grande, iluminado con fluorescentes, donde habían montado un enorme laberinto de espejos en el suelo. Luego nos puso un número a cada uno de nosotros. Del uno al cinco. A mí me tocó el número cuatro. Alex me había puesto apodos más cariñosos.

Estaba nerviosísima. Mis hermanos chillaban atemorizados, mientras Casanova me preguntaba:

—¿Qué se propone su esposo?

—Si tenemos suerte, sólo tendremos que correr por el laberinto —dije mesándome los pelos de mi barba de conejillo con una patita.

—No tengáis miedo, pequeñines. Vamos a hacer un experimento inofensivo —dijo Alex con dulzura.

Yo quería creerle.

Alex nos puso en el centro del laberinto. Olía a esterilizado, seguramente no paraban de limpiarlo. Tan pronto nos dejó, mis hermanitos arrancaron a correr nerviosos.

—Estaremos fuera en un abrir y cerrar de ojos —dijo Casanova, y también salió zumbando.

Yo me senté y me declaré en huelga: que se estresaran los demás. Yo esperaría hasta que Alex se diera cuenta de que aquello era una tontería y me sacara del laberinto. ¿Qué remedio le quedaría?

En aquel momento noté una descarga eléctrica a mis pies, inofensiva pero fuerte.

¡Tenía otro remedio!

—Oh, mierda, ¿estás loco? —le increpé.

—Lo siento, pequeño —le oí decir con voz insegura.

No le gustaba lo que estaba haciendo. ¡Pero a mí me gustaba mucho menos!

Fue tal la sorpresa, que al principio me quedé quieta. Y al instante noté otra descarga. Un poco más fuerte.

—Lo que me estás haciendo es causa evidente de divorcio —grité a Alex, y eché a correr.

Al cabo de unos quince segundos, choqué de cabeza contra el primer espejo.

Intenté tranquilizarme. Seguro que había algún modo de salir de allí. Yo no era un simple conejillo de Indias. ¡Yo era una persona reencarnada en conejillo! ¡Les daba cien vueltas a los animales de laboratorio! ¡Sería de risa que no consiguiera estar fuera en un minuto!

Dos horas después seguía sin estar fuera. Y no me reía.

Me sentía las patas cansadas y me dolía la cabeza. Me la había pegado muchísimas veces contra un espejo. Pero cada vez que quería detenerme y quedarme un rato quieta, recibía una descarga eléctrica de Alex.

—No soporto a su esposo —dijo Casanova, parado frente a mí en un callejón sin salida. (¿O era su reflejo y le oía hablar desde otro sitio?)

—¡Yo tampoco! —repliqué.

Lo que Alex me estaba haciendo daba una nueva dimensión al concepto de «problema matrimonial». Ya me daba lo mismo si yo tenía la culpa de que él estuviera sentado frente a los reguladores de potencia. Había dejado atrás mi sentimiento de culpa hacía unas doce descargas.

Y recibí otra.

—Vale, ¡se acabó! ¡Me divorcio! —chillé.

Entonces Alex se inclinó sobre el laberinto. Su cara, estremecida por la mala conciencia y descomunal desde mi ángulo de visión, parecía reflejar asombro porque un conejillo moteado marrón y blanco le pusiera el grito en el cielo. Seguramente no sospechaba que quería pedirle el divorcio.

Seguí corriendo a toda velocidad durante otra media hora, agotada y con el estómago vacío. Hacía mucho rato que no ingería nada y soñaba con salir del laberinto y comer algo. Entonces doblé una esquina y vi dos comederos. Uno estaba lleno de hierba, y el otro, de mortadela.

Siendo un conejillo, el olor de la hierba me resultaba increíblemente apetitoso y me daba asco la mortadela. Y eso que antes, de humana, no era para nada vegetariana, como bien podía inferirse de mis muslos y del impresionante crecimiento de su biomasa. Pero ahora todo era diferente: sólo con pensar en los montones de carne que me había comido siendo humana, sentía escalofríos. Sobre todo porque me preguntaba si me habría zampado a alguna persona reencarnada: El cerdo agridulce, ¿era un chino reencarnado? La salchicha cocida, ¿era quizás mi tía Kerstin, ya fallecida? La mortadela del comedero, ¿era tal vez el canciller Konrad Adenauer?

El tema de la reencarnación planteaba cada vez más preguntas desagradables. Intenté no pensar ni en la tía Kerstin ni en Adenauer, ni en chinos rallados en salsa agridulce. Y observé los dos comederos con más precisión: ¿cómo podía ocurrírsele a Alex la absurda idea de que algún conejillo se decidiría por la mortadela?

Me acerqué al comedero de hierba y recibí una nueva descarga.

—¡Ah! —grité, y entonces me di cuenta de cómo se le había ocurrido aquella absurda idea: en la mortadela no había descargas eléctricas.

—¡Te odio! —le increpé—. ¡Tendría que haberte engañado con Daniel Kohn mucho antes!

Alex esperaba a ver si yo iba hacia la mortadela. Todo aquello era una...

—¡Mierda de sadismo! —completó Alex mis pensamientos.

Me sorprendió.

—Lo siento, pequeñines. Voy a sacaros de ahí —dijo—, todo esto no ha sido más que un estúpido error. ¡Me despido!

—¿Después de un día? —preguntó Bodo, que acababa de entrar en la sala.

—No puedo hacerlo —explicó Alex.

—Sólo estás haciendo pruebas de comportamiento con descargas eléctricas suaves. ¿Qué crees que les hago yo a las bestias en los estudios de la diabetes?

—Ya sé lo que haces —dijo Alex.

—Y es por un buen fin —replicó Bodo.

—Puede. Pero yo no estoy hecho para experimentar con animales.

—Creía que tu mujer no te había dejado un chavo. —insistió Bodo, y en el tono de su voz había un deje repugnante.

—¡Prefiero irme a vivir a un barrio de bloques prefabricados antes que continuar con esto! —replicó Alex con acritud. Volvía a tener la voz firme, había recuperado su antigua seguridad—. Lo dicho. ¡Me despido!

Mi corazón dio un brinco de alegría.

—Y me llevo los cobayas.

Mi corazón no sólo brincó, saltó del trampolín.

—Olvídalo. Los necesito hoy mismo para los estudios de la diabetes. A eso venía —dijo Bodo.

Alguien le retiró el trampolín a mi corazón.

—Uno de los grupos de prueba la ha palmado por culpa de un estúpido error. Si no me los dejas, perderemos un día decisivo en los ensayos de la diabetes.

Alex lo consideró un momento. Luego dijo de mal humor:

—De acuerdo, ¡quédatelos!

Y mi corazón se estampó en el suelo con un ¡plaf!, junto al trampolín que habían retirado.

Alex salió de la sala sin despedirse de Bodo.

—Luego vendré a buscaros —nos dijo Bodo, y también se fue.

Podías entender a Alex: para él, nosotros sólo éramos conejillos de Indias. Y el estudio era para gente enferma. Lo dicho: podías entender a Alex. Pero no tenías por qué. Y yo no lo hice. Estaba muy cabreada con él. Me había torturado y luego me había dejado en garras de un sádico. Y permitía que Nina fuera a buscar a Lilly al colegio. Y pensar que no hacía mucho yo aún fantaseaba con que Alex y yo podíamos volver a ser pareja...

Estaba tan enfadada con Alex que, en un ataque de rabia, me lancé varias veces contra mi imagen en el espejo con todo el peso de mi cuerpo de conejillo. Hasta que el espejo se rompió. Detrás estaba Casanova.

—¿Qué significa «ensayos de la diabetes»? —preguntó con interés.

—Que harán experimentos con nosotros para ayudar a la gente enferma —expliqué, y volví a mesarme los pelos de la barba impulsivamente.

—Eso es magnífico —dijo Casanova.

Lo miré perpleja.

—¡Entonces acumularemos buen karma! —gritó lleno de júbilo.

CAPÍTULO 28

Casanova estaba de un humor excelente. Así cualquiera, claro que él, a diferencia de mí, no había dirigido nunca un programa de debate sobre la experimentación con animales. Yo sabía que, en comparación con un ensayo de la diabetes, una estancia en Guantánamo eran unas vacaciones con el Club Med.

Por eso yo temblaba de miedo mientras Casanova imaginaba que quizás incluso alcanzaría el nirvana.

Naturalmente, a mí también me atraía la perspectiva de acumular buen karma. Pero ¿dejándome inyectar insulina y otros preparados químicos durante semanas? Tendría fiebre, arritmias cardíacas y, al final, caería en un delírium trémens.

Sí, claro, ayudaría a personas enfermas. Pero ¿iba a dejar realmente que me torturaran hasta la muerte por una serie de gente que se había pasado la vida hinchándose de dulces?

¿Existía una alternativa? ¿Huir? ¿Siendo un conejillo?

Hay miles de especies animales que tendrían más posibilidades de huir de semejante situación. Yo ni siquiera había logrado salir de aquel simple laberinto.

Pero ¿no debería intentarlo al menos?

Mientras esperábamos a Bodo, sopesé los pros y los contras de una potencial huida, por muy imposible que fuera.

Pro: no me torturarían hasta la muerte.

Contra: no acumularía buen karma.

Pro: no me torturarían hasta la muerte.

Contra: quizás acumularía mal karma.

Pro: no me torturarían hasta la muerte.

Contra: con mal karma, quizás volvería a reencarnarme en hormiga.

Pro: ninguno de esos estúpidos argumentos sobre el karma podía vencer a «No me torturarían hasta la muerte».

La cosa estaba clara: intentaría huir. ¡Que se sometieran a las pruebas los propios diabéticos!

Pero, antes de que pudiera pensar un plan de fuga, Bodo entró en la sala.

—Bueno, bonitos, ya están a punto los ensayos —dijo contento.

Y yo pensé: «No siempre es bueno que a la gente le guste su trabajo.»

Bodo sacó un conejillo detrás de otro del laberinto y los puso en una jaula que había dejado en el suelo. Yo fui la última a la que cogió con sus dedos apestosos de tabaco, tanto que deberían recomendarle que se dedicara a la investigación del cáncer de pulmón.

Iba a meterme en la jaula donde ya estaban mis hermanos, tres de ellos mirando desconcertados y Casanova sonriendo rebosante de alegría. Comprendí que, a la que Bodo pasara el cerrojo de la jaula, no habría ninguna posibilidad de escapar. Y por eso le pegué un mordisco, tan fuerte como pude, en los dedos apestosos de nicotina.

Gritó y me soltó. Me estrellé contra las frías baldosas y, a pesar del increíble dolor, salí de allí pitando tan deprisa como podían llevarme mis piececitos.

—Madame, ¿qué hace? —gritó Casanova.

—¡Tenemos que largarnos!

—Pero ¿y el buen karma?

—¡A la mierda con el buen karma! —exclamé, y corrí para salvar el pellejo.

CAPÍTULO 29

Bodo aún se lamía el dedo mientras yo me precipitaba hacia la puerta abierta del laboratorio. Eché un vistazo y vi que mis hermanos seguían en la jaula, pensando qué deberían hacer. Sobre todo Casanova.

Bodo se agachó para cerrar la jaula:

—Ya tengo bastante con perseguir a uno.

Y entonces Casanova también le pegó un mordisco en los dedos.[1]

—AHHHH, ¡mierda de bichos! —maldijo en voz alta.

Mientras tanto, Casanova gritaba a nuestros hermanos:

—¡Vamos!

Salió de la jaula dando un brinco y los demás le imitaron. Los conejillos eran gregarios, igual que nosotros, los humanos.

Y cinco conejillos cruzaron pitando la puerta del laboratorio.

---

1. De las memorias de Casanova: Vi un inmenso temor a los ensayos en los ojos de madame Kim y pensé: «Me las he arreglado sin buen karma durante tantas vidas que no vendrá de una.»

Aún oí gritar a Bodo:

—¡Os atraparé!

Recorrimos a todo trapo un pasillo largo, vacío y blanco, y yo buscaba como una loca una escalera. Bodo salió corriendo detrás de nosotros, se guardó el manojo de llaves en el bolsillo y gritó:

—Como no os estéis quietos, os haré los experimentos sin anestesia. ¡Me importa un bledo lo que diga el reglamento!

Llegamos al final del pasillo, donde sólo había abierta una puerta. Puesto que Bodo resollaba detrás de nosotros, no teníamos alternativa.

—¡Adentro! —grité a los demás.

Cruzamos la puerta zumbados. Y fuimos a parar en medio de una pesadilla. En la sala había una jaula con cuatro monos: llevaban tiritas, vendajes y tenían partes del cuerpo rasuradas. Aquella visión me enfureció tanto que deseé con toda mi alma que Bodo y sus colegas no se reencarnaran en bacterias intestinales sino en animales de laboratorio.

—¡Ya os tengo! —gritó Bodo exultante.

Estaba en el umbral de la puerta. Los monos le vieron y, atemorizados, se apretujaron en las esquinas de la jaula; todos excepto un orangután con aire orgulloso, que llevaba una placa metálica en la cabeza.

—Podemos burlarlo —dijo Casanova—. No podrá atraparnos a todos.

—Pero sí a algunos —repliqué; no tenía ganas de que me pillara a mí precisamente.

Miré a mi alrededor y vi que la jaula de los monos estaba cerrada con llave. Pero también recordé el manojo de llaves que Bodo se había guardado en el bolsillo del pantalón.

—¿Sabéis abrir la jaula con la llave? —les grité.

—Yo he visto hacerlo muchas veces —respondió el orgulloso orangután.

Su voz sonó decidida; al parecer, aún no habían quebrantado su voluntad, y me pregunté si no sería un humano reencarnado. Y si lo era: ¿qué males habría cometido en su anterior vida?

—Necesitamos la llave —le dije a Casanova.

—¿Y cómo vamos a conseguirla?

—Cuando se agache para cogernos, usted le muerde donde más duele.

—Madame, no tengo demasiado interés en hundirme en la entrepierna de un hombre.

—¿Y qué tal su interés en que le torturen hasta la muerte?

—*Touché!* —asintió Casanova.

—¡Estáis perdidos! —amenazó Bodo, y se inclinó hacia nosotros.

Casanova se deslizó rápidamente dentro de una de las perneras de los pantalones de Bodo.

—¿Qué haces, bicho?

Los pantalones de Bodo se deformaron. Casanova trepó por los pelos de la pierna de Bodo hasta...

—¡AYYYYYYYY! —gritó Bodo, y cayó al suelo.[1]

Corrí hacia él, le saqué las llaves del bolsillo del pantalón con el hocico y las arrastré con todas mis fuerzas hacia la jaula. Tenía la piel empapada en sudor.

—¡AYYY! —seguía gritando Bodo: Casanova no aflojaba.

—Ya casi lo has conseguido —me animó el orangután con la placa metálica.

---

1.   De las memorias de Casanova: Aquélla fue también para mí una experiencia a la que podría haber renunciado con sumo placer.

Los otros monos también se deslizaron hacia la puerta de la jaula. En sus ojos observé una mezcla de sed de libertad y de hambre asesina.

Entretanto, Bodo maldecía e intentaba atrapar a Casanova.

Metí las llaves entre las rejas y el orangután las cogió rápidamente para abrir la jaula.

—¡Date prisa! —apremié.

—Una petición que no puedo sino apoyar —exclamó Casanova.

—Tranquilos —contestó el orangután.

Bodo atrapó al signore y le amenazó:

—Ha llegado tu hora.

Justo entonces se abrió la jaula. Los monos salieron. Aterrorizado, Bodo soltó a Casanova, el signore se estrelló contra las baldosas y resolló:

—No soy amigo de los rescates de última hora.

Bodo intentó huir hacia la puerta. Pero los monos fueron más rápidos y se abalanzaron sobre él entre espantosos aullidos.

—¡Dejadme, bichos! —gritó Bodo.

Pero los monos empezaron a pegarle. Fue brutal. Apropiado.

Salimos pitando del edificio hacia un bosque cercano. Tan lejos como nuestras patitas nos llevaron y nuestra forma física nos lo permitió. Al fin y al cabo, era la primera vez que nos movíamos en libertad y no estábamos acostumbrados a recorrer largas distancias. Finalmente, nos desplomamos agotados en un pequeño prado. Por fin fuera de peligro. Cuando recuperamos el aliento, comimos hierba. Y tengo que reconocerlo: era muchísimo más sabrosa que la mortadela de Konrad Adenauer.

Cuando volvimos a tener el estómago lleno, el conejillo escéptico, al que Alex había puesto el nombre de Número Uno, quiso saber:

—¿Y ahora qué hacemos?

—Lo mejor será llevaros con mamá —dije, puesto que yo quería ir a ver a mi hija —. Y para eso buscaremos una calle.

Los tres se alegraron de la posibilidad de ver de nuevo a su mamá y corrieron animados por el bosque. Yo también estaba increíblemente contenta de moverme por fin en libertad. Y mientras cruzábamos el bosque comprobé que mis hermanos, seguramente estimulados por la libertad, ya tenían muy formado el carácter. Número Uno, el escéptico, sospechaba que detrás de cada árbol había una amenaza. Número Dos, el gordo, no paraba de plantear su pregunta favorita: «Eso, ¿se puede comer?» («No, Número Dos, eso es una piedra.») Y Número Tres, la dulce, atosigaba a Casanova con preguntas sobre el tema «Diferencias entre machos y hembras y por qué precisamente esas diferencias proporcionan diversión a mansalva», que el signore contestaba con unas narraciones tremendamente bonitas. Yo también le escuchaba con atención y sentía nostalgia del sexo, alternando mis fantasías entre Alex y Daniel Kohn.

También descubrí que empezaba a querer a aquellas pequeñas criaturas curiosas. O sea que mamá cobaya tenía razón: aunque yo nunca lo hubiera considerado posible, llevaba realmente a los pequeñines en mi corazón. Y me imaginé al Papa bailando la *Hava naguila* en el Vaticano.

Al cabo de un rato llegamos a un área de servicio de la autopista. Se oía el ruido de fondo de los coches que pasaban cerca, cosa que trastornó a los demás conejillos, Casanova incluido. Pero aún les espantó más el camión que estaba aparcando.

—¿Un coche sin caballos? —preguntó Casanova asombrado—. ¿Y, además, feísimo?

Siempre me olvidaba de que el signore era de otra época y aún tenía que acostumbrarse a este milenio.

Del camión bajó un conductor robusto de unos treinta años, que llevaba una gorra de béisbol y, mientras meaba en unos matorrales, se puso a cantar el tema country *I show you how I love you* desafinando horrores. Vi que su camión llevaba un distintivo de Postdam y enseguida comprendí lo que aquello significaba: en aquel camión podíamos llegar a casa.

Hice señas a los conejillos para que me siguieran. Desde un bidón que alguien había dejado tirado delante del camión, saltamos hasta el estribo y desde allí hasta la cabina. Nos apretujamos debajo del asiento para que el camionero no nos descubriera. Poco después, el hombre subió al camión, se quitó los zapatos y los calcetines, y nosotros nos quedamos calladitos para que no se oyera ni un pío conejil. Nuestros ojos daban directamente a los pies descalzos, que apretaban el acelerador y el embrague, y yo maldije el buen olfato que tienen las cobayas.

El camionero, que seguía tarareando canciones country, no nos habría descubierto si no se le llega a caer un trocito de bocadillo. Vi en los ojos de Número Dos que iba a abalanzarse sobre las migas de pan y me interpuse en su camino antes de que pudiera salir de debajo del asiento. Por desgracia, eso provocó que Número Dos protestara bien alto:

—¡Déjame pasar!

El camionero oyó el chillido, miró debajo de su asiento y, del susto, estuvo a punto de causar el siguiente aviso de corte de carreteras en la radio de información del tránsito.

Paró en el arcén, nos sonrió y preguntó:

—¿Tenéis hambre?

En representación de mis hermanos, que no entendían la lengua de los humanos, moví la cabeza afirmativamente. Nos dio zanahoria de un túper y, para variar, estuvo bien encontrar a alguien que te daba comida sin antes martirizarte con descargas eléctricas como el chalado de mi marido. ¿O debería decir «el chalado de mi ex marido»?

Nos subimos al asiento del copiloto mientras el camionero se presentaba.

—Yo me llamo Elle. ¿Y vosotros?

En aquel instante me di cuenta de que los conejillos no tenían nombre, sólo el número que Alex les había puesto.

—Voy a poneros nombre —les dije.

Los conejillos, desde el uno hasta el tres, me miraron desconcertados.

—No sois números, sois conejillos —proclamé, con cierto tono de exaltación a lo Espartaco en la voz.

Al escéptico con el número uno, lo llamé Schopenhauer. A la dulce hembra que le había echado el ojo a Casanova, la llamé Marilyn. Y al gordo, que comía rebosante de vitalidad, le puse el nombre de Depardieu.

Los tres estaban muy contentos con sus nombres y, como respuesta a la pregunta, chillé al conductor:

—Nosotros somos Schopenhauer, Casanova, Marilyn, Depardieu y Kim.

Elle esbozó una sonrisa, puso en marcha el motor,

acarició con cariño antes de arrancar una foto que estaba pegada en el salpicadero y dijo:

—Mi familia estará contentísima con vosotros.

Desde la foto me miraba radiante una mujer gorda que habría necesitado asistir urgentemente a una reunión de grupo de Weight Watchers. Y tres niños gordos que habrían quedado de perlas en los carteles de una campaña sobre «La obesidad y sus desastrosos efectos». Pero: aquella familia, por mucho que físicamente estuviera pasada de rosca, parecía bastante más feliz que la mía.

Y el camionero era un hombre aún más feliz. Tenía una familia fantástica, un trabajo que le gustaba y las canciones country que tarareaba alegre todo el camino.

Aquel hombre no necesitaba ningún nirvana.

Tenía su vida.

Nunca habría pensado que algún día envidiaría a un camionero.

CAPÍTULO 30

El camión pasó por el barrio de Babelsberg, cuyas avenidas iluminadas por los últimos rayos del sol del día habrían parecido con toda seguridad una cursilada vistas en una fotografía. Pero como yo lo veía en vivo y en directo, me pareció maravilloso. Muy probablemente, también porque sabía que ya no estaba muy lejos de Lilly. Sólo tenía que saltar del camión en algún momento con los conejillos y luego correr hacia casa.

Elle paró en un semáforo en rojo y mientras yo, arrellanada en el salpicadero, contemplaba los árboles alumbrados por el sol poniente en todo su esplendor, un Porsche descapotable, color rojo fuego, se cruzó delante del camión. Lo miré a través del parabrisas y al volante iba... ¡Daniel Kohn!

Mi corazón de cobaya hizo enseguida pum-pum... Estaba tan emocionada de volver a verle. Después de las descargas eléctricas de Alex, Daniel Kohn aún me parecía más atractivo.

El caso era que seguía ejerciendo un enorme atractivo erótico sobre mí. Y tuve la esperanza, totalmente irracional, de que yo siguiera ejerciéndolo sobre él. No como conejillo de Indias, claro. Pero sí como la persona que una vez fui. Pensaría que yo era la mujer más erótica del mundo, aunque tuviera cartucheras.

Bajé los ojos, mis muslos de conejillo también eran gruesos. Y además, peludos; aquello habría sido una combinación mortal para una mujer.

Me enderecé y apoyé las patas en el parabrisas para poder ver mejor. Vi que Daniel Kohn no estaba solo. Nada solo. A su lado iba una rubia. Tenía un cuerpo de 90-60-90, de los que no suelen verse si no es en los reportajes sobre la vida nocturna en Saint-Tropez. Tendría unos veinticinco años, y su coeficiente intelectual no parecía ser mucho más elevado. Soltaba risitas a todo lo que Daniel decía. Seguro que incluso habría soltado risitas si él hubiera dicho: «En todo triángulo rectángulo, el cuadrado de la hipotenusa es igual a la suma de los cuadrados de los catetos.» O si le hubiera susurrado al oído: «Acabo de exhumar a tu abuela.»

Vi que Daniel Kohn sonreía con encanto a aquella mujer que no paraba de cacarear, igual que antes me había sonreído a mí, y mi corazón dejó de hacer pum-pum e hizo pfff.

Me sentí decepcionada y profundamente herida. Yo esperaba que Daniel llevaría una vida triste, dominada por un solo pensamiento: «Kim fue la mujer más maravillosa que jamás he conocido. Jamás encontraré a nadie como ella. Será mejor que me haga monje.»

Bueno, al parecer no era eso lo que Daniel pensaba. En cambio, dejaba que aquella Pamela Anderson para pobres le mordisqueara la oreja.

Me sentía deprimida y muy avergonzada por haber esperado que precisamente Daniel Kohn me echara de menos.

Pero... Pero quizás Daniel Kohn sí me echaba de menos. Quizás aquella mujer sólo era un medio para conseguir el fin de sobreponerse al dolor.

Exacto, Daniel Kohn no era el tipo de hombre que ingresa en un monasterio o siquiera muestra vestigios de melancolía. Él enterraría su dolor por mi muerte en lo más profundo de su corazón y se entregaría a una vida disoluta para llenar de alguna manera su vacío interior.

Sí, ésa era la explicación de por qué se paseaba por ahí con una titi como aquélla.

Mi corazón volvió a hacer pum-pum, pum-pum, pum-pum...

Entonces vi que Daniel le ponía la mano en la entrepierna.

Habría preferido la versión monjil del duelo.

La mano de Daniel se deslizó entonces hacia el borde de la falda de la rubia, que le mordisqueó la oreja aún más excitada.

Entonces lo reconocí: me estaba engañando a mí misma. No me echaba de menos.

Y me avergoncé no sólo de haber deseado que me añorara, sino también por haber sido tan tonta como para desearlo, aunque lo viera con otra mujer y los hechos hablaran en contra. Siempre pensé que era menos ingenua.

El semáforo se puso verde y el camión arrancó. Mis patas delanteras resbalaron en el parabrisas. No pude mantener el equilibrio, me caí del salpicadero y me estrellé contra el suelo, justo al lado de los pedales. Elle se había acostumbrado tanto a nosotros que no le importaba tener unos conejillos rodando entre sus pies descalzos.

Me levanté a duras penas, me lamí la pata dolorida y pensé: «Tengo que olvidar a Daniel Kohn de una vez por todas.»

Naturalmente, tenía muy claro que era imposible.

Elle paró en una gasolinera que estaba muy cerca de nuestra casa. Intenté quitarme a Daniel Kohn de la cabeza y concentrarme en la huida.

Cuando Elle abrió la puerta indiqué a mis hermanos que brincaran. Saltamos del camión. Elle se quedó atónito y gritó:

—Eh, ¿adónde vais?

Me supo mal no poder explicárselo. Realmente era un buen tipo, aunque le hiciera falta una buena pedicura.

Guié a los conejillos por las calles de Postdam, les dije cómo tenían que cruzar una calle para que no los atropellaran y, finalmente, llegamos a la avenida donde se encontraba nuestra casa.

Me dirigí hacia ella, feliz, llevando a remolque a Schopenhauer, a Marilyn, a Casanova y... ¡¿Y Depardieu?!

Aún no había llegado a la otra acera, cuando me di la vuelta y vi que Depardieu se había parado en medio del asfalto agrietado de la avenida porque allí crecía una margarita silvestre. Una única margarita silvestre, pequeña y fuera de lugar. Depardieu la mordisqueaba con la misma expresión de felicidad en la cara que tenía Buda en su prado de LSD. Con una diferencia: a Buda no se le acercaba un Renault Scenic a toda pastilla.

—¡Depardieu! —grité.

Ni a tiros: cuando mordisqueaba algo, se olvidaba del mundo.

—¡DEPARDIEU! —volví a gritar.

Entonces los demás, que ya estaban acuclillados en la otra acera, vieron lo que pasaba. La conductora, un ama de casa desesperada, era la única que no lo veía. Estaba demasiado ocupada mugiendo a sus hijos en los asientos de atrás.

—¡DEPARDIEU! —gritamos todos.

Pero él mordisqueaba y no oía nada. De repente, Casanova arrancó a correr para empujar a Depardieu y apartarlo del camino.[1]

Pensé: «¡Lo conseguirá! ¡Lo conseguirá! Lo conseguirá...»

No lo consiguió.

Casanova logró apartar a Depardieu, pero no pudo ayudarse a sí mismo y el Renault Scenic lo embistió. El signore voló por los aires y se estrelló en la calle, justo a mi lado.[2]

Casanova estaba muerto. Me quedé paralizada. Y eso no fue bueno. Porque por el otro lado venía un VW Polo. Se acercaba a toda velocidad directamente hacia mí. Demasiado deprisa para esquivarlo. En los últimos segundos que me quedaban, recé para que el conductor —un joven, marca «vendedor de seguros»— me viera a tiempo.

Mis oraciones fueron atendidas.

Me vio.

Lo reconocí en su cara.

¡Me estaba viendo!

Pero eso no me ayudó.

Porque él no frenaba por un humano reencarnado.

1. De las memorias de Casanova: Era mi anhelo acumular buen karma. Y, de paso, causarle buena impresión a la conejilla Marilyn.

2. De las memorias de Casanova: En el instante de la dolorosa muerte pensé: «Este buen karma no merecía tantas fatigas.»

CAPÍTULO 31

Mi último pensamiento fue: «Nunca me acostumbraré a esta mierda de morir.»

De nuevo siguió el numerito de «Toda mi vida pasa por delante de mis ojos»: Alex y Nina se ríen juntos de las mininas. Lilly me estrecha entre sus brazos. Alex me da descargas eléctricas. Yo grito: «¡A la mierda con el buen karma!» Les pongo nombre a los conejillos. Compruebo que Daniel Kohn no pierde el tiempo pensando en mí. Y que la vida familiar de un simple camionero es más feliz que la mía.

Entonces vino la luz.
Me sentí tan bien.
Tan protegida.
Tan feliz.
Lo de siempre.

Lo de siempre que nunca duraba mucho.

En el momento en que la luz volvió a rechazarme, me pregunté en qué me reencarnaría aquella vez.

Hay cosas mejores que comprobar que tienes ubres.

También hay cosas mejores que comprobar que te parieron en un establo apestoso. Pero, si encima el granjero mascula «*Fuck, this is a really shitty birth!*» y así compruebas que, definitivamente, no estás en Postdam, te pones de muy mal humor.

—¡¡¡Buda!!! —grité una vez más, aunque a los no iniciados en el tema les sonó más bien a «muuuu».

Y, como por encargo, una vaca gordísima se me acercó desde una esquina del establo meneando la cabeza.

—¡Hola, Kim!

—¿Dónde demonios estoy?

—En una granja de Yorkton.

—¿Yorkton?

—Provincia de Saskatchewan.

—¿Saskatchewan?

—Canadá.

—¡¿Canadá?!

—Norteamérica.

—¡¡¡Ya sé dónde está el puto Canadá!!!

—¿Entonces por qué preguntas? —dijo Buda sonriendo.

En mi opinión, su sentido del humor dejaba mucho que desear. Estaba tan enfadada con él que perdí el control y me dispuse a saltarle al cuello, pero yo era un ternero recién nacido que titubeaba tanto sobre sus patas que, a los tres pasos, caí de bruces en medio de la paja.

—¿Por qué dejaste que me atropellaran? —le pregunté con acritud después de escupir un poco de paja.

—Tú eres la responsable de lo que pasa en tu vida. Yo sólo me ocupo de las reencarnaciones.

«Mierda», pensé, «o sea ¡que yo también tengo la culpa de que me atropellaran!».

—¿Y por qué ahora soy una vaca?

—Porque has acumulado buen karma.

Me quedé sorprendida: ¿había acumulado buen karma?

—Pero... Pero me largué y no ayudé a los diabéticos adrede.

—Pero salvaste a los conejillos.

—Quería salvarme yo.

—Y les diste un nombre.

Me quedé pasmada.

—Y, con ello, autoconfianza.

No supe qué replicar.

—Y no actuaste por motivos egoístas, sino que lo hiciste de todo corazón.

Tenía razón.

—No eres tan mala persona —dijo Buda.

—Te lo he estado diciendo todo el tiempo, ¡maldita sea!

Escarbé en el suelo.

—Pues sigue así —replicó el Buda-vaca, que de nuevo ejecutó su truco patentado de «me esfumo en el aire».

Enseguida me puse a pensar en cómo podía irme a casa desde el puto Canadá. Siendo una ternera, lo tenía complicado para conseguir un vuelo económico Saskatchewan-Berlín en un mostrador del aeropuerto.

Cuanto más cavilaba, más claro lo tenía: sólo saldría de allí si acumulaba buen karma y volvía a morir.

CAPÍTULO 32

Vaca, lombriz, escarabajo de la patata, ardilla.

Fue una época durísima.

Tan lejos de casa, echaba de menos a Lilly. Y me preguntaba si volvería a verla.[1]

Pero la nostalgia del regreso a casa no fue mi único contratiempo. En mi primera semana de ternerita ya tuve problemas con el ranchero Carl. Parecía salido de un anuncio de Marlboro, siempre estaba de mal humor y avisaba de su llegada desde lo lejos con su tos crónica de fumador. Cuando quiso marcarnos con su distintivo, los demás becerros aullaron desesperados. Los torturó con el hierro candente y yo no podía soportar tantos alaridos de dolor. Cuando Carl se acercó a mí con aquel trasto al rojo

---

1. De las memorias de Casanova: Dos años. Pasaron dos años hasta que pude volver a ver a madame Kim. Gracias al rescate heroico de Depardieu acumulé buen karma y volví al mundo siendo gato. Como tal vivía en las inmediaciones del domicilio de monsieur Alex, con la constante esperanza de contemplar a madame Nina. Ese ser embriagador pasaba los fines de semana con monsieur Alex, al que amaba. Y cada vez que la veía, mi corazón extasiado latía con más fuerza. De ese modo fui a parar al triángulo amoroso más insólito en el que jamás me había encontrado. Lo cual ya es decir, puesto que yo ya había estado en muchísimos triángulos amorosos insólitos.

vivo, me decidí por un ataque preventivo: le propiné con fuerza una patada en la rodilla.

Carl maldijo en voz alta y volvió a acercárseme con el hierro candente. Pedí a los demás terneros que me ayudaran, igual que había hecho con el mono de la placa metálica en el laboratorio. Fue una auténtica rebelión. Carl salió corriendo despavorido del establo.

Al día siguiente nos sacrificaron, a mí y a los demás.

¿Que si acumulé buen karma con ello? No, en absoluto. Fue malo. Yo fui responsable de la muerte de los demás terneros.

Y así fue como descendí en la escalera de la reencarnación.

Volví a nacer como lombriz en Irlanda. Allí me retorcí, día sí, día también, sobre la tierra húmeda y supe qué quería decir ser hermafrodita. (Por ejemplo, no hay conflictos entre los sexos, con lo cual la vida resulta mucho más fácil.)

También supe qué significaba partirse cuando un cortacésped te pasa por encima.

Pero, por encima de todo, supe qué significa sentirse completamente impotente. No podía alejar a Nina y deseaba con fervor que Alex la desterrara de su vida.[1]

1. De las memorias de Casanova: Siendo gato, una noche observé que mademoiselle Nina, sentada junto a la chimenea encendida, se animó tanto al oír la risa del señor Alex que intentó besarlo. Alex la apartó sobresaltado. Mademoiselle rompió a llorar de forma desgarradora, salió precipitadamente de la casa y se adentró en la noche en su coche sin caballos. Alex pasó los días siguientes hablando en el salón con una cajita, cada vez más excitado. ¿Se había vuelto loco? ¿O aquella caja era una especie de aparato mágico con el que podías comunicarte en la distancia? Fuera lo que fuera aquel aparato, una tarde de lluvia

Sin embargo, no podía contar con que sucediera esto. Me controlé y me dispuse a acumular realmente buen karma. Mi única esperanza era volver a nacer algún día cerca de Postdam. Así es que acumulé buen karma enseñando a las lombrices a retorcerse para apartarse del camino de los cortacéspedes.

Siendo un escarabajo, con otros congéneres devoré un campo de patatas en Córcega. Allí me encontré con un escarabajo muy pequeño que hablaba francés y que en una vida anterior probablemente había sido Napoleón. Y acumulé buen karma al impedir, poniendo en peligro mi vida, que los escarabajos de la patata emprendieran una absurda guerra de exterminio contra los escarabajos sanjuaneros.

Siendo ardilla cerca de la frontera entre Alemania y Holanda, me di cuenta de lo maravilloso que es saltar de árbol en árbol. Y acumulé buen karma robando todos los días patatas chips y chocolate de los bungalows de un Center Parc. Con ello salvé a mis congéneres de morir de hambre en invierno (y a los turistas de que les aumentara el colesterol).

Y después de esa fase vaca-lombriz-escarabajo-ardilla, empezó mi última vida como animal.

---

mademoiselle Nina volvía a estar con él en el salón. Los dos se miraron un instante, luego se besaron apasionadamente y... yo desvié la mirada. No por vergüenza, pues siendo humano había contemplado suficientes veces los juegos amorosos de otros (y había sido un placer intervenir para ofrecerles mi apoyo). No, desvié la mirada por dolor, pues sabía que había perdido a mademoiselle Nina, al menos de momento.

CAPÍTULO 33

Desperté de nuevo ciega, pero al abrir la boca y gritar «Buda», esta vez no salió un «Iiii». Fue una especie de aullido: «Gauuuuuhhhhh.» Y a mi alrededor gimieron otros «Gauuuuuhhhhh». O sea que no era un conejillo de Indias. Tampoco una hormiga, una lombriz o una ardilla. Como tal acababa de morir. Un turista me había alcanzado de lleno en la cabeza con su móvil cuando iba a robarle sus patatas chips a la pimienta. Eso demostró dos cosas: los humanos encuentran monísimas a las ardillas sólo hasta que les crispan los nervios. Y hay gente incapaz de relajarse durante las vacaciones.

—¿Qué tal te va? —me preguntó una conocida voz de Papá Noel.

—Hola, Buda, me gustaría decir «cuánto tiempo sin verte», pero no veo nada.

—Eso puede cambiarse —respondió y, de repente, mis ojos funcionaron perfectamente.

Yo era un cachorro de perro, un beagle, y estaba con otros cachorros en un cestito. Y éste se encontraba en una perrera. Probablemente nos habían separado de la madre nada más nacer. Y aunque yo había querido ser perro, mi entusiasmo fue limitado: siempre me había parecido ridícula aquella moda esnob de tener un beagle.

—Si lo haces todo bien, ésta será la última vez que te reencarnas en animal —dijo Buda, que se me apareció como un beagle negro, marrón y blanco gordísimo y que parecía todavía más ridículo que un beagle corriente y moliente.

—¿La última vez...? —pregunté incrédula.

—Has acumulado mucho buen karma en tus vidas: has salvado hormigas, has devuelto conejillos a casa, has preservado a unas ardillas de morir de hambre. Y, aunque entretanto alguna vez has perdido buen karma, ahora tienes mucho en tu haber. Has conseguido más que en tu vida humana. Puedes sentirte orgullosa —dijo Buda.

Por un momento pensé que realmente podía sentirme orgullosa.

Pero sólo lo pensé. No lo sentí. Echaba de menos a Lilly. ¿Cuánto hacía que no la veía? ¿Siete meses? ¿Ocho meses? Con tantas vidas se pierde el sentido del tiempo.

—Casi dos años —dijo Buda.

—¿Dos años?

Se me paró el corazón. Eso... Eso significaba que Lilly tenía casi siete años y ya iba a primaria. Llevaba casi dos años sin su madre.

Yo estaba deshecha. Y sulfuradísima. Con Buda. Me había quitado a Lilly, se había encargado de que yo no estuviera cerca de ella.

—Tú eres la única responsable de tu vida —dijo sonriendo.

Me habría encantado darle una bofetada bajo mi propia responsabilidad. Pero yo era un cachorro y él, además de un perro gordo y adulto, era el maldito Buda. Seguro que podía convertirme en un maldito bidón para recoger el agua de la lluvia si se lo proponía.

—No maldigas tanto.

Y era un maldito lector de pensamientos.

—Sólo te queda una cosa por aprender —dijo Buda.

—¿Y vas a decirme cuál? —pregunté con un matiz de irritación en la voz.

Buda se limitó a sonreír dulcemente y no dijo nada.

—Esperaba esa respuesta —comenté, aún más irritada.

—Ya aprenderás tu lección —aclaró Buda, y giró su cuerpo de beagle hacia la puerta de la perrera.

En aquel momento todo volvió a quedar a oscuras. Me había quitado la facultad de ver. Y yo me pregunté a qué lección se referiría el beagle gordinflón.

CAPÍTULO 34

Durante las semanas siguientes, me criaron con biberones. Cuando fui lo bastante grande, huí de la perrera, corrí a la calle y salté a un autobús. Quería ir a casa, aunque no estaba nada segura de si Alex había podido mantenerla.

Bajé de un brinco en la parada correspondiente; hacía un tiempo desapacible. Ya estábamos en marzo, pero la primavera no daba señales de acercarse. La lluvia caía a cántaros sobre mi pelaje corto y yo empezaba a apestar a perro mojado. Pero no notaba el frío y tampoco me importaba el fuerte olor que despedía mi cuerpo porque veía mi casa iluminada bajo la lluvia.

Vi que la lluvia golpeaba los cristales de las ventanas.

Vi que la chimenea de la sala de estar estaba encendida.

Vi...

... que Nina miraba a Alex a los ojos.

¿Qué demonios hacía ella allí?

¿Qué le decía a Alex?

¿Por qué sacaba un anillo de un estuche?

Dios mío, ¡le estaba pidiendo matrimonio a Alex!

Eso... Eso... Eso... no lo hace una mujer...

Eso... Eso... Eso... me dolió...

Eso... Eso... Eso... había que impedirlo. ¡No podía convertirse en la mujer de Alex y, de rebote, en la madre de Lilly!

Los labios de Nina estaban formando las palabras «¿Quieres...?» cuando arranqué a correr. Hacia ella. Tan deprisa como pude.

A toda pastilla contra la puerta de la terraza.

¡Mierda de cristales antirreflectantes!

Retumbó una barbaridad. Tanto en mi cabeza como en el exterior. Alex se levantó de un salto, corrió hacia el cristal y abrió la puerta. Nina estaba estupefacta:

—¿De dónde ha salido ese perro?

—Ni idea —contestó Alex—, pero me parece que se ha hecho daño.

—¿No querrás que entre? —preguntó Nina.

—No puedo dejarlo fuera tal como está.

—Bah, seguro que se recupera rápido —dijo Nina, disponiéndose a cerrar de nuevo la puerta de la terraza.

Me apresuré a dejarme caer en el suelo, estiré las cuatro patas en el aire y respiré con dificultad:

—¡Grrlllllllll!

Fue una interpretación de beagle moribundo digna de un Oscar.

—Me parece que está fatal —dijo Alex—. Voy a entrarlo.

—Déjalo. ¡Si está enfermo, te contagiará! —pidió Nina: en su voz había verdadera preocupación por Alex.

—No puedo dejarlo ahí fuera —replicó Alex, y Nina se dio por vencida.

Alex me cogió en sus brazos fuertes y cruzamos el umbral. Si yo hubiera sido una persona, aquello habría tenido una gran carga romántica.

—Llamaré a un veterinario —dijo Alex, y se dirigió al teléfono.

Nina movió la cabeza con escepticismo. La cosa se le ponía fea.

Mi mirada cayó sobre el anillo con el que Nina iba a hacer su proposición. Pensé. Pero sólo durante un nanosegundo. Luego tuve claro lo que debía hacer.

Salté.

—El perro vuelve a estar en forma —dijo Nina.

Y al instante gritó:

—¡¡¡Y se está comiendo el anillo!!!

Hay cosas que saben mejor que un anillo de oro, pero ninguna comida me ha proporcionado nunca tanta satisfacción.

Alex miraba con asombro. Siempre tenía una expresión muy dulce en la cara cuando una situación lo confundía. Y gracias a mi olfato supersensible de sabueso comprobé también que olía increíblemente bien. Y no me refiero a su colonia, no, su olor natural era de los que quitan el hipo. Hay hombres que huelen bien. Hay hombres que tienen un olor fantástico. Y está Alex. Y, para mi olfato de perro, aún olía mejor que antes. Despedía un aroma tan seductor que olvidé las descargas eléctricas y el hecho de que Nina viviera con él. Me embriagaba. Menos mal que no estaba en celo.

—¿Cómo recuperaremos el anillo? —preguntó Nina espantada.

Para mi sorpresa, Alex soltó una risita y dijo:

—Esperaremos. Ya saldrá de manera natural.

—No sé si entonces el anillo me parecerá tan romántico —dijo Nina, y se fue hacia el dormitorio, profundamente decepcionada porque su petición había quedado aplazada.

Yo pensé contenta: «Las propuestas de matrimonio se paralizan hasta que a mi esfínter le dé la gana.»

—¿Y qué haremos ahora contigo? —me preguntó Alex.

Yo ladré: «Acogerme. Tan pronto como hayas echado a Nina con cajas destempladas.»

—No puedo dejarte bajo la lluvia —dijo Alex sonriendo y acariciándome la cabeza—. Túmbate junto a la chimenea. Y no hagas ruido. Mi hijita duerme.

Habría salido corriendo a ver a Lilly a su habitación, pero estaba completamente agotada de mi viaje, y por eso hice lo que me indicaban. El calor de la chimenea me secó el pelaje y me adormeció lentamente. Era agradable volver a estar en casa.

Me despertó un gemido.

—¡Dame más, Alex! —oí decir a Nina.

No supe qué me molestó más en ese instante: que los dos se reconciliaran haciendo el amor o que una mujer dijera «Dame más» en pleno fregado. Alex, como mínimo, era un nombre con el que aproximadamente podía combinarse «dame más». «¡Dame más, Tomás!», «Dame más, Damián» o «Dame más, cerdito» seguramente habría sonado mucho más estrafalario.

Nina gemía cada vez más fuerte. Me di cuenta de que un beagle también podía ponerse colorado. Y estaba deprimida porque Alex no había optado por el celibato tras mi muerte. Lo mismo que Daniel Kohn. Vaya, sí que era duradero mi efecto sobre los hombres.

Me habría encantado no oírlo. ¡Pero era imposible evitarlo con mi puto buen oído de perro!

Me entró rabia: ¿cómo podía Alex engañarme tan pronto? Sólo hacía dos años que estaba muerta. Vale, yo le había engañado con Daniel, y Alex aún estaba vivo. ¿Tenía derecho a cabrearme?

Pues claro, decidí, ¡lo suyo era diferente! Exacto, completamente diferente, porque... porque... (busqué un argumento). Porque... porque... en su caso era una especie de irreverencia. Exacto, irreverencia. Magnífica palabra. Moralmente, me confería mucho más valor a mí que a él.

Nina ya estaba a punto de llegar. O al menos lo hacía ver. Porque, en un momento de intimidad, Nina me había confesado que a menudo fingía los orgasmos: «Es mejor que decirle al hombre: "Anda, léete un buen libro sobre el tema." O bien: "Mejor sigo yo sola."»

Después de aquella conversación con Nina, yo misma intenté fingir un orgasmo en mi siguiente relación sexual frustrada. Fue en una cita con Robert, un estudiante de Derecho con quien el sexo venía a ser tan divertido como ponerse colirio en los ojos.

Por eso prefería mirar la tele. Una ojeada al reloj me reveló que en dos minutos empezaba Ally McBeal y me pareció que un orgasmo simulado era el medio más adecuado para poder enchufar a tiempo la caja tonta. Así pues, me empleé a fondo. Pero, al parecer, yo era peor actriz que Nina porque, al oír mis gemidos, Robert sólo preguntó: «¿Te ha dado un calambre en la pierna?»

Nina gritaba cada vez más. Y yo me temí seriamente que no estuviera interpretando. No pude soportarlo. Y por eso decidí actuar: abrí la puerta del dormitorio con el hocico y ladré: «Bájate ahora mismo de ahí. Debería darte vergüenza. Y a ti también, Alex. ¡Lo que estás haciendo es una irreverencia! ¡Una irreverencia total! ¡Y los irreverentes no son de recibo!»

Nina y Alex se pararon en medio del fregado y se quedaron mirando, estupefactos, al chucho que aullaba.

—¿Qué le pasa al perro? —preguntó Nina, y levantó atemorizada el cobertor para cubrirse los pechos, descaradamente firmes.

¿Cómo lo conseguía? Cuando yo era Kim Lange, ya podía hacer todos los ejercicios para fortalecer el pecho que quisiera (de hecho, no quería nunca, pero, cuando una está desesperada, a veces incluso llega a hacer deporte), que mis pechos no reaccionaban, de manera que muy a menudo me veía obligada a murmurar ante el espejo la frase «La ley de la gravedad es un despropósito».

—Lo echaré —dijo Alex, y se me acercó decidido.

Yo estaba tan furiosa con él que quería seguir mi instinto. Y mi instinto me aconsejaba: «¡Dale un mordisco en el trasero a ese tipo irreverente e infiel que experimenta con animales!»

Pero, antes de que pudiera morderle, se plantó en la puerta Lilly, a la que habían despertado mis aullidos. Estaba increíblemente alta. Una auténtica colegiala. Y fue impresionante verla así.

Me miró radiante:

—¡Me habéis comprado un perro para mi cumpleaños!

¡¿Era su cumpleaños?!

—¡Ya no soy demasiado pequeña para tener un perro! —celebró.

Me estrechó y empezaron a brotar lágrimas de mis ojos de perro. Era tan agradable volver a sentir a Lilly después de tantos años.

Alex y Nina se miraron desconcertados: si le explicaban a Lilly que yo no era su perro, le romperían el corazón.

Al cabo de un momento, Nina dijo:

—Lo tendremos a prueba.

Estaba claro que quería hacerle la pelota. Y así volver a conseguir puntos con Alex. Sin embargo, esta vez podía incluso convenirme.

—Ven —me dijo Lilly—, puedes dormir al lado de mi cama.

Se fue y yo me dispuse a seguirla. Pero Alex me cortó el camino, preocupado. Noté su intensa preocupación por si yo le hacía algo a la niña. Le miré profundamente a los ojos, intentando decirle: «No tengas miedo. Antes de hacerle daño a la niña, dejaría que un cortacéspedes volviera a partirme por la mitad.»

Pareció leer mi profundo amor por Lilly en mis ojos de perro y decidió confiar en mí:

—De acuerdo.

No esperé a que lo dijera dos veces y corrí detrás de Lilly. Cuando ya estábamos en su habitación, me dijo:

—Lo de que duermas al lado de mi cama sólo lo he dicho por papá. Puedes dormir debajo de mi manta.

Ladré, conforme, y me metí en la cama de un brinco.

Por fin volvía a estar junto a mi hija y a mirar las estrellas fluorescentes del techo. Pero, a diferencia de la última vez, cuando estuve con Lilly siendo una hormiga, apenas conseguía sentirme feliz. El dolor por no haberla podido ver en dos años era demasiado grande. Dos años de su vida que me había perdido. Y que jamás volverían.

Miré con profunda tristeza el despertador de Snoopy de Lilly: eran las doce y veinte. El día de su séptimo cumpleaños había acabado. También me lo había perdido. Y tampoco regresaría. A Lilly se le cerraron los párpados y se durmió. Oí su respiración lenta y tranquila, vi su dulce cara infantil. Y me lo prometí: ¡nunca más me perdería un cumpleaños suyo!

CAPÍTULO 35

A la mañana siguiente, conseguí que Lilly me diera zanahorias para desayunar: con todo el asunto de las reencarnaciones, incluso siendo perro me había convertido en una vegetariana convencida (que otros se comieran a Konrad Adenauer).

Mientras comíamos todos juntos, me enteré de algunas cosas: Nina había dejado la agencia de viajes de Hamburgo y había abierto una en Postdam. Alex había cumplido un sueño que acariciaba desde hacía años y había montado una tienda de bicicletas, y con el dinero que ganaba podía mantener la casa. Vender bicicletas era un sueño que siempre tuvo como alternativa a los estudios. Pero al nacer Lilly lo puso a congelar para ocuparse de la pequeña.

Sin embargo, el descubrimiento más interesante del día fue: yo era capaz de apretar el esfínter durante muchísimo tiempo.

—Hoy no iré a trabajar —dijo Nina.
　　—¿Y por qué no? —preguntó Alex.
　　—Espero el anillo —replicó ella.

—Ya saldrá automáticamente cuando sea —dijo Alex, sonriendo.

En cierto modo, parecía no tener prisa porque se repitiera la petición de matrimonio, y aquello me alegró.

Luego se preparó para llevar a Lilly a la escuela (Dios mío, ¡ya iba a primaria!) y abrir la tienda de bicis. Mostraba un brío que ya me habría gustado a mí notarle antes. Y viendo a ese Alex transformado y activo, me pasó por la cabeza un terrible pensamiento: ¡Nina le hacía bien!

Ya lo había dicho una vez la conejilla madre. Y, al pensar en ella, me acordé de Casanova. ¿Qué habría sido de él?[1]

Salí a la terraza y miré hacia el jardín, pero no se veía ninguna jaula. Ningún conejillo. Ningún signore.

Nina me siguió fuera. Se puso unos guantes de goma, cogió una silla de jardín, se sentó delante de mí y dijo con voz edulcorada:

—Venga, haz tus cositas.

Yo ladré: «Haz el favor de hablarme como es debido.»

Y empezó un ejercicio de paciencia de tres horas.

Mi cara de beagle se hinchó y se puso roja, y resollé: «Aaaaaguaaantaré siiiin prooooobleeeemaaa...»

Pero el tiempo jugaba a favor de las manos enguantadas de Nina: el anillo tenía que acabar saliendo. A la que cayó en la terraza, lo cogió. Y dijo suspirando:

1.   De las memorias de Casanova: Mademoiselle Nina regaló los conejillos a una vieja señora, cuyo domicilio estaba cerca. Siendo gato, visité a menudo a los animalitos para asegurarme de que estaban bien. Y para seducir a la gata que vivía allí. Yo amaba a mademoiselle Nina. Pero el amor no es motivo de abstinencia.

—Qué no haría yo por amor.

Mientras aún miraba frustrada a Nina, oí berrear una voz detrás de mí:

—Hola, ¿y ese perro?

Me di la vuelta. Era mi madre, que estaba cruzando la puerta del jardín. Me alegré de verla. Después de un par de años siendo un animal, te olvidas hasta de las animadversiones.

Corrí hacia ella, le salté encima y ladré contenta: «¡Guau-guau-guau!»

Martha me apartó de golpe:

—No me saltes encima, ¡chucho de las narices!

Qué reencuentro más alegre.

—El perro se presentó ayer en casa y ahora es de Lilly —explicó Nina.

—¿Y ese anillo? —preguntó Martha.

—Quiero hacerle una propuesta a Alex —explicó Nina.

—¿No vas a esperar a que Alex te lo pida? —quiso saber mi madre.

—No.

—¡Bien hecho! Él nunca dará el paso.

¿Bien hecho? No me lo podía creer. ¿A mi madre le parecía bien? ¿Estaba a favor de Nina? ¿Y, por lo tanto, en cierto modo contra mí?

Miré a Martha y lo corroboré: con algunas personas es más fácil olvidar las animadversiones si no las tienes cerca.

Nina acompañó a Martha a la casa y cerró la puerta de la terraza. A través del cristal vi lo bien que se entendían. Reían y se divertían, y yo estaba completamente perpleja:

¿era posible divertirse con mi madre? ¿Con una mujer que sólo ríe cuando alcanza un grado de alcoholemia de 1,3 en la sangre? ¿Es que Nina también le hacía bien a mi madre?

Caray, ¡aquella historia de «Nina le hace bien» me ponía de los nervios!

Cuando Alex llegó a casa a mediodía me preguntó:

—¿Qué te parece si vamos a dar una vuelta?

—¿Te llevas al perro y a mí me dejas aquí? —preguntó Nina.

—Quiero ir solo a visitar la tumba —respondió Alex, y yo tragué saliva: hablaba de mi tumba.

Nina lo comprendió y asintió sin palabras.

—¿Qué, vienes? —me preguntó Alex.

Estaba indecisa. Seguro que ver tu propia tumba no era el punto culminante de una ruta turística por la vida.

Alex me sonrió y, más animada, solté un gimoteo de aprobación y fui con él hacia el cementerio.

CAPÍTULO 36

Por el camino me quedó claro por qué Alex quería tenerme a su lado. Necesitaba a alguien con quien hablar. Alguien que no le interrumpiera con su cháchara. Alguien a quien pudiera confiarle sus mayores secretos. Vamos, un perro. Si hubiera tenido una ligera idea de quién era aquel perro, se habría callado.

—Sabes... —empezó, y se interrumpió al instante—. ¿Cómo te llamas?

¿Qué respuesta podía ladrarle?

—Te llamaré Tinka —dijo.

Podría vivir con ese nombre.

—Sabes, Tinka, hoy hace dos años que murió mi esposa.

Con mi ojo interior volví a ver la estación espacial de las narices abalanzándose sobre mí.

—Yo la quería mucho —dijo Alex.

¿Qué? ¿Al final aún me quería?

—Poco antes de que muriera, nuestro matrimonio estaba acabado. Ella ya no me quería. Y eso me destrozaba.

«¿Qué?», ladré. «¿Por qué nunca me dijiste nada?»

Alex me miró sorprendido:

—¿Te pasa algo?

Me apresuré a hacer ver que me interesaba mucho un árbol y que por eso había ladrado.

—Tendría que haber luchado por ella... —dijo Alex, y continuó caminando pensativo.

Ya habíamos llegado al cementerio; me di la vuelta y vi las huellas de nuestros pies sobre la fina capa de nieve. Aún hacía demasiado frío para la época y el tiempo había vuelto a empeorar. Del cielo caía una nieve húmeda que convertía definitivamente el cementerio en un lugar inhóspito.

«¿Por qué no luchaste?», ladré.

Pero, claro, no entendió la pregunta. Así es que se paró, respiró profundamente y dijo:

—La echo de menos. Muchísimo.

No me lo podía creer.

—¿Sabes por qué no luché por ella? —preguntó Alex.

«Sí, ¡maldita sea!», ladré.

—Tenía la sensación de que yo no era lo bastante bueno para ella.

Oh, Dios, ¿cómo se le ocurría pensar aquello?

—Ella tenía éxito. Y yo no rascaba bola.

Tragué saliva.

—Y siempre le echaba en cara que se ocupaba poco de Lilly y de mí. Pero, en el fondo, nunca dejaba de pensar que ella tenía éxito y yo no era nadie. Ridículo, ¿verdad? Tenía complejo de inferioridad frente a mi mujer.

Nunca me lo había dicho.

—Con Nina es diferente —explicó, y me sentí como si me hubiera partido un rayo—. Me anima, me apoya. Sin ella nunca habría abierto la tienda de bicicletas.

¿Por eso estaba con ella? ¿Porque así se sentía más seguro de sí mismo?

—Y me ha esperado mucho tiempo.

«¿Mucho tiempo?»

—No la besé hasta al cabo de un año y medio.

Sacudí la cabeza: para los observadores externos que sabían que nuestro matrimonio estaba acabado, puede que dieciocho meses fueran mucho tiempo. Pero, en mi opinión, debería haber esperado como mínimo dieciocho años. O mejor aún: ¡dieciocho vidas!

—Por eso estuvo bien que anoche llegaras tú. Porque iba a decir «no» a la propuesta de Nina. Tengo la sensación de traicionar a Kim si me caso con Nina.

«Eso es exactamente lo que haces», aullé.

—¿Entiendes lo que te digo? —preguntó Alex asombrado.

Yo me apresuré a sacudir la cabeza, negando.

Eso no fue inteligente.

Porque esa reacción me delató.

—¿De verdad me entiendes? —Alex no se lo podía creer.

No supe cómo reaccionar. Y decidí mover la cola con nerviosismo.

—Bah, empiezo a imaginar cosas —dijo Alex.

Continuó avanzando por el cementerio. Yo le seguía, planteándome un montón de preguntas: ¿Era culpa mía que nuestro matrimonio estuviera acabado? ¿Podría haberse salvado si yo hubiera sido más como Nina? ¿Era ella incluso la mujer más adecuada para él?

Pero la pregunta más importante que me vino a la cabeza fue: ¿Qué diantre hace Daniel Kohn en el cementerio?

Una pregunta que también se hizo Alex. Y se la espetó a Daniel Kohn:

—¿Qué hace usted aquí?

Daniel lo miró sorprendido; era evidente que Alex lo había arrancado de sus tristes pensamientos. La nieve había formado ya una pequeña capa sobre los hombros de Daniel. Debía de llevar un buen rato delante de mi tumba.

No tenía lápida, sólo una losa en la que se veía un sol y las palabras «Con amor eterno, tu familia».

Al verla, empecé a aullar con fuerza.

—¿Qué le pasa al perro? —preguntó Daniel.

—Ni idea, a veces pienso que es un animal muy especial. Y a veces pienso que, simplemente, está loco —respondió Alex.

Y yo pensé: «Tiene razón con las dos suposiciones.»

—¿Qué hace usted ante la tumba de mi esposa? —insistió Alex.

—¿Usted es el marido de Kim? —preguntó a su vez Daniel.

Nada en su rostro delató que se había acostado conmigo en la última noche de mi vida humana. Kohn ponía cara de póquer.

—Mi más sentido pésame —dijo sin darle la mano a Alex.

Y sin hacer caso de la pregunta.

Alex no replicó nada: si Alex no había sospechado hasta entonces que había habido algo entre Daniel y yo, ahora había llegado la hora. Sobre todo porque Daniel llevaba una rosa roja en la mano.

Increíble. Una rosa roja. A los hombres suele parecerles una cursilada. Pero a las mujeres, sobre todo a las mujeres muertas, nos parece conmovedor. Significaba: Daniel Kohn sentía algo por mí.

Así pues, en unos pocos minutos me enteré de que los dos hombres de mi vida humana me habían amado hasta el final.

Era bonito.

Desconcertante, pero bonito.

Lástima que, como beagle, no me sirviera de mucho.

Alex y Daniel se miraron a los ojos. Ambos sabían a qué atenerse. Daniel depositó la rosa solemnemente sobre la tumba, saludó a Alex con un gesto y se fue. Seguía siendo perro viejo. En cualquier caso, más listo que yo.

—Tinka, ¿tú crees que hubo algo entre ellos? —me preguntó Alex.

Negué sacudiendo con fuerza mi cabecita de beagle.

Pero, por lo visto, eso no logró disipar sus dudas. Alex no volvió a hablarme en todo el camino a casa.

Y lo supe: sus escrúpulos para rechazar la propuesta de Nina habían disminuido enormemente.

CAPÍTULO 37

En los días siguientes, vi a Nina y a Alex en acción. Prácticamente todo lo hacían juntos: tareas domésticas, salidas, compras. De ese modo pasaban más tiempo juntos en un día que Alex y yo en un trimestre. Nina también se ocupaba de Martha, que venía de visita cada dos por tres. Incluso intentaba enseñarle para que pudiera ayudarla en la agencia de viajes. Al principio no entendí por qué lo hacía, pero, poco a poco, lo fui comprendiendo: Nina quería a la vieja. Extraño, pero cierto. Por lo visto, se podía querer a mi madre.

Sin embargo, lo peor de todo era que Nina también pasaba mucho tiempo con Lilly. Incluso la ayudaba a hacer los deberes, con una paciencia increíble (yo misma, en su época de párvulos, nunca tuve aguante para enseñarle a hacerse un lazo de manera sensata y por eso sólo le compraba zapatos con velcro). Y hasta la hacía reír.

No puedo decir cuánto odiaba ya la idea de «Nina le hace bien».

Nina se proponía crear una pequeña familia como es debido.

Con mi familia.

Para ser amable con Lilly, incluso aceptó al perro en casa. Aunque no me soportaba. Lógico, yo me ocupaba de que su vida sexual se acercara a los límites de la frustración: cada vez que oía sus gemidos, me ponía a aullar en la puerta de su habitación. Tan fuerte que Nina no podía concentrarse en el sexo.

No era de extrañar, pues, que Nina me llamara Anticonceptivo cuando nadie más la oía.

Pero luego llegó el terrible día en que Alex y Nina anunciaron lo que yo ya presentía:

—¡Nos casamos!

Y mientras yo me atragantaba del susto con mi galleta para perros y pensaba entre carraspeos a quién mordía primero (a la sonriente Nina, al sonriente Alex o a mi madre, que casi lloraba de la emoción), Lilly salió corriendo de casa.

—¡Espera —le gritó Alex, y se dispuso a ir tras ella.

Pero Nina lo detuvo:

—Déjala. Necesita un momento para asimilarlo.

Alex asintió. Pero yo dejé que la galleta para perros continuara siendo una galleta para perros y corrí hacia el jardín. Lilly estaba sentada en el columpio, llorando. Me tendí a su lado, quería consolarla, y puse suavemente mi pata sobre su rodilla.

—Echo de menos a mi mami —dijo, y me estrechó.

Noté sus lágrimas sobre mi pelaje y gimoteé: «Mamá está contigo.»

Lilly levantó la mirada, me miró a los ojos y pareció entender. En todo caso, se tranquilizó y me acarició sin decir nada. Yo ladré: «Todo irá bien.»

—Pero sólo si hacemos algo —dijo una voz desde lo alto.

Levanté los ojos y vi un gato marrón con una mancha negra en el ojo derecho, sentado sobre una rama. Un gato que sonreía burlonamente.

Lilly entró en casa un poco más serena. Yo me quedé mirando emocionada al gato.

—¿Casanova...? —pregunté con cautela.

El gato replicó:

—¿Madame Kim?

Asentí. Él saltó del árbol. Corrimos muy deprisa el uno hacia el otro y nos abrazamos efusivamente, lo cual produjo un efecto bastante curioso, ya que un abrazo efusivo entre cuadrúpedos sólo funciona si estás tumbado en el suelo. A un espectador, que por suerte no había ninguno, seguramente le daría la impresión de estar viendo a un gato y un beagle que no sabían que eran sexualmente incompatibles.

Cuando acabamos de revolcarnos felices por el césped, empezamos a charlar y nos explicamos todo lo que nos había pasado en los dos últimos años. Yo le relaté mi vida como ternera, lombriz, escarabajo y ardilla. Y Casanova me contó que, al salvar a Depardieu, había acumulado suficiente buen karma para ascender a gato y desde entonces llevaba una buena vida:

—Vagabundear va conmigo.

—¿Y por qué no ha seguido acumulando buen karma? —quise saber.

—Creo que me faltaba su buena influencia —replicó sonriendo maliciosamente.

—¿Ha venido con la esperanza de verme?

—No —contestó Casanova, y eso me desilusionó un poco—. Mi corazón pertenece a mademoiselle Nina.

—Oh, por favor, ¡pero qué le encontráis a esa maldita idiota! —exploté.

—Mademoiselle Nina es maravillosa, encantadora, solícita...

—Hay preguntas de las que no se quiere obtener respuesta —refunfuñé.

—Entonces no contesto —replicó Casanova amablemente.

—Olvídese de Nina. No tiene ninguna posibilidad con ella —continué despotricando.

—¿Cómo se le ocurre una idea tan disparatada?

—Bueno, en primer lugar, ella quiere a Alex. En segundo lugar, ustedes dos proceden de siglos diferentes. Y en tercer lugar: ¡usted es un PUTO GATO!

Casanova respondió picado:

—En primer lugar, el amor supera todas las barreras. En segundo lugar, es posible que yo no sea siempre un gato. Y en tercer lugar: mademoiselle Nina no querría a monsieur Alex si supiera que yo existo.

—Tonterías. ¡Nina y Alex van a casarse! —le solté.

Esa noticia conmocionó al signore. Se le erizó el pelo y, defendiéndose con bravura, dijo:

—Mademoiselle Nina sólo piensa hacerlo porque no está al tanto de mi existencia.

Aullé con sorna.

El signore prosiguió:

—Y Alex no se casaría con Nina si supiera que usted aún vive.

—Sí, sí lo haría —repliqué con tristeza—. Sabe que le engañé con otro hombre.

—Eso no es motivo para no amar a alguien —dijo Casanova sonriendo.

—¿Qué? —pregunté con asombro.

—Créame, madame, me han amado muchas mujeres que sabían que no les era fiel. Y yo también he amado a muchas mujeres que me engañaban. Los celos no son un impedimento para el amor.

Me quedé atónita. Casanova tenía una manera enviable de arrimar las cuestiones morales sobre el amor a una perspectiva grata para él.

—¿O es que usted ama menos a monsieur Alex sólo porque practica el coito con Nina?

Me sentí confusa: la pregunta de si aún quería a mi marido me trastornó. No había vuelto a planteármela desde las descargas eléctricas en el laboratorio...

—Si impedimos la boda, tendremos una posibilidad de recuperar a nuestros amores.

—Pero yo no quiero recuperar a Alex —dije con la vehemencia de quien de repente se siente inseguro.

—¿Está segura? —preguntó.

—¡Sí! —repliqué aún con más vehemencia.

El gato Casanova se limitó a sonreír con aire de sabelotodo.

Me sentí descubierta y contraataqué:

—Eso da igual. Nunca se enamorarán de nosotros. ¡Somos animales!

—Puede que algún día volvamos a nacer como personas si acumulamos suficiente buen karma.

No iba desencaminado: Buda había dicho que aquélla podía ser mi última vida como animal. Y recordé mi fantasía de besar a los dieciocho años a un Alex cincuentón. Al imaginarlo, sentí un hormigueo en el estómago. ¿Tendría razón Casanova y yo quería recuperar a Alex?

En cualquier caso, tenía que admitir que me había ganado a pulso el apodo de Anticonceptivo porque estaba celosa de Nina.

Pero, por desgracia, la lógica de Casanova tenía un pequeño fallo:

—¡Si impedimos la boda, acumularemos mal karma! —objeté—. Y así nunca seremos humanos.

Casanova esbozó una sonrisa gatuna descarada:

—¿Cómo puedes acumular mal karma si haces algo por amor?

CAPÍTULO 38

Para torpedear una boda, no hay nada mejor que destrozar el traje de novia.

Nina se había encargado de que la ceremonia se celebrara primero en la iglesia: «La primera vez que diga "sí", no quiero que sea en un juzgado, sino en la iglesia y vestida de blanco», le había dicho a Alex, y también había convencido al sacerdote de seguir esa secuencia inusual de ceremonias.

El sol brillaba cuando la comitiva nupcial salió de casa. ¡Hasta el puto clima estaba de parte de Nina! Las flores primaverales olían divino. Pero Alex estaba aún más divino. Se dirigió con su fantástico esmoquin negro hacia la limusina blanca que había alquilado para la ocasión. Alex se había puesto pajarita (seguía fiel a su negativa a ponerse corbata) y llevaba del brazo a Lilly que, con su precioso vestido rosa, era probablemente la esparcidora de pétalos más dulce que se pudiera imaginar.

—Pareces una princesa —le dijo Alex, y le dio un beso.

Lilly sonrió radiante: por lo visto, había hecho las paces con el enlace.

¡Al contrario que yo!

La siguiente en salir de casa fue mi madre. Iba elegante, al menos dentro de sus posibilidades, con un traje pantalón azul y un nuevo peinado.

Y luego salió Nina.

—Oh, Dios mío, ¡qué maravillosa visión! —dijo Casanova.

Y yo pensé: «Mierda, ¡tiene razón!»

Nina estaba fantástica, el vestido blanco era discreto y resaltaba su figura de un modo realmente impertinente. Para poder llevar un vestido como aquél, la mayoría de las mujeres tendrían que estar abonadas a un centro de cirugía estética.

Me controlé y me concentré en mi tarea: puesto que Nina, sabiamente, no había querido que me llevaran a la iglesia, había llegado el gran momento «destruye-vestidos-de-novia».

No estaba segura de si quería recuperar a Alex, pero sabía perfectamente que no toleraría esa boda.

Me abalancé contra Nina. Ella me miró a los ojos, presintiendo lo que se avecinaba, y gritó:

—¡Oh, no! ¡Quitadme al perro de encima!

A mi madre no le hizo falta que se lo dijeran dos veces. Agarró el ramo de novia y me pegó con él:

—¡Toma esto! ¡Y esto! ¡Maldito chucho!

Dejé que me apartara, porque yo tan sólo era la distracción: en aquel momento, Casanova se lanzó sobre Nina desde una rama y desgarró el vestido con sus uñas de gato.

—¡Sacadme a esta bestia de encima! —gritó Nina.

Pero ya era demasiado tarde: el vestido tenía aspecto de haber caído en manos de Eduardo Manostijeras.

Todos se quedaron mirando a la novia desgarrada mientras Casanova y yo nos refugiábamos en el garaje y observábamos los acontecimientos posteriores desde una distancia segura. Me alegraba que nuestro plan hubiera funcionado.

Sin embargo, Casanova estaba muy callado.

—¿Qué ocurre? ¿No se alegra? —le pregunté.

—No me depara ninguna alegría hacerle daño a mademoiselle Nina —dijo.

—A mí, sí —dije sonriendo burlonamente, y miré a Nina, que se esforzaba por mantener la calma.

Por desgracia, se esforzó con éxito. Rechazó el abrazo de consuelo de Alex y dijo:

—Me da lo mismo mi aspecto. Lo que importa es que nos casemos.

Los dos se sonrieron tan cariñosamente que estuve a punto de vomitar.

Luego subieron a la limusina con Lilly y mi madre, y partieron a toda velocidad hacia la iglesia.

CAPÍTULO 39

—No hemos tenido éxito —constató Casanova.

—Realmente, no —repliqué.

Nos quedamos callados.

—¿Qué hacemos ahora?

—No rendirnos.

—Buena idea.

—¿Verdad que sí?

Seguimos callados.

—¿Y en qué consiste exactamente lo de no rendirnos? —preguntó.

—Bueno, a ese respecto, no tengo ni idea.

Volvimos a quedarnos callados.

—Tenemos que ir a la iglesia y luego ya veremos —decidí, y salimos corriendo.

Cuando llegamos jadeando a la iglesia, los invitados ya estaban dentro y no pudimos abrir la puerta. Casanova y yo decidimos separarnos y buscar una entrada. Él corrió para rodear la iglesia por la izquierda, y yo por la derecha. Encontré una puerta entreabierta, la empujé y me hallé delante de una escalera. A falta de alternativas, me precipité escalones arriba: fui a parar directamente a la tribuna, donde un organista barbudo jugaba al Tetris en el móvil mientras el sacerdote elevaba la pregunta decisiva de «¿Quieres...?».

Entonces deseé haberme reencarnado en gato, porque habría saltado como si nada a la nave de la iglesia y habría podido coger los anillos, sin los cuales la boda era imposible.

Pero no era un gato, sino un perro. Por lo tanto, no tenía huesos flexibles que amortiguaran la caída. No podía distinguir el altar. Mi extraordinario olfato tampoco me ayudaba mucho: no podía husmear a distancia y sólo me revelaba que el organista que estaba a mi espalda no creía en el uso del desodorante. Así pues, me resultaba totalmente imposible prever dónde aterrizaría si saltaba. Y la pregunta del sacerdote retumbaba con fuerza en mis oídos:

—Alex Weingart, ¿quieres a esta mujer como esposa?

La última vez que le hicieron esa pregunta a Alex, yo era la novia que estaba a su lado. Fue en la soleada iglesia de San Vincenzo, en Venecia, y estaba deslumbrante con su traje claro. Yo estaba tan supernerviosa que incluso contesté «sí» cuando no tocaba. El cura sonrió, chapurreó en alemán «Enseguida le tocará a usted» y continuó con la ceremonia. Cuando por fin contesté «Sí, quiero» en el momento adecuado y Alex me puso la alianza, fui la persona más feliz del mundo.

Nunca había querido a nadie tanto como a Alex en aquella época.

Él fue el amor de mi vida: podía decirlo con toda claridad, ya que mi vida había acabado hacia tiempo.

Ver ahora así a Alex y a Nina me abrió los ojos de golpe: Casanova tenía razón, aún sentía algo por él.

Y, de repente, unas lágrimas rodaron sobre mi pequeño hocico, ya de por sí húmedo.

El sacerdote miró a Alex. Ahora abriría la boca y pronunciaría la funesta aceptación.

Me sequé las lágrimas del hocico con la pata delantera, brinqué para subir a la balaustrada con el valor de los desesperados, tensé al máximo los músculos de las patas traseras —que en un beagle no es que estuvieran muy marcados— y salté.

Durante unos segundos me encontré en caída libre y tuve la esperanza de no morir a resultas de aquella acción.

Gracias a Dios no me rompí el cuello, sino que aterricé relativamente mullida encima de mi madre, que se puso a soltar tacos que seguramente nunca antes se habían oído en aquella iglesia. Pensé que en aquel instante el crucifijo se caería de vergüenza.

Mi acrobacia desató el infierno en la iglesia: los invitados hablaban excitados entre ellos, el sacerdote se interrumpió en medio de la frase y Nina masculló furiosa a Alex:

—¡Habíamos dejado al perro en casa!

Y en el tono de voz se percibió explícitamente en qué estaba pensando: «Tendríamos que haberlo abandonado en un área de servicio. A ser posible en Yemen del Sur.»

La única persona en toda la iglesia que se alegró de todo corazón de verme fue Lilly. La pequeña corrió hacia mí y dijo:

—Hola, Tinka, ¿qué haces tú aquí?

Y se dispuso a cogerme en brazos. Pero, aunque a mí también me habría gustado acurrucarme junto a ella, la esquivé y corrí hacia el altar. Me apoderé del estuche con los anillos y salí disparada.

—¡Detenedlo! —gritó Nina.

A Martha no hizo falta que se lo dijeran dos veces y salió corriendo detrás de mí. Yo era más rápida, pero la puerta estaba cerrada. Se trataba de un camino que acababa inevitablemente en un callejón sin salida. Mi madre ya estaba muy cerca. Yo tenía que frenar. Me atraparía en cualquier momento...

Entonces se abrió la puerta. Casanova estaba en cuclillas sobre el picaporte y me sonreía con malicia. Era un maestro en los rescates a última hora. Salí corriendo de la iglesia. Casanova me siguió. También mi madre y algunos invitados al convite. Pero no tenían ninguna posibilidad de atraparme y salvar los anillos porque, al contrario que a ellos, a mí no me importó cruzar a nado un río cercano.

CAPÍTULO 40

Por la noche regresé a casa, acompañada por Casanova. Antes habíamos enterrado los anillos en los alrededores. Al acercarnos a casa vi a Alex, todavía con el esmoquin, sentado en la terraza y mirando al vacío con frustración. No se veía a Nina por ninguna parte. Probablemente estaba dentro, llorando. Le indiqué a Casanova que esperara en el cobertizo y me acerqué a Alex con cautela.

Me miró. Sin rabia. Sólo cansancio.

Me senté a su lado.

—Hola —dijo, cansado.

«Hola», aullé a media voz.

—No tengo ni idea de qué pasa contigo —dijo—. Si no supiera que no puede ser, diría que eres Kim.

Se me paró el corazón.

—Reencarnada —completó la frase sonriendo débilmente.

No sabía qué ladrar.

—Si eres Kim, podrías menear la cola —dijo Alex, con una mezcla a partes iguales de amargura y socarronería.

¿Qué debía hacer? ¿Menear la cola? Y luego, ¿qué?

Antes de poder decidirme, continuó hablando:

—Si realmente fueras Kim, te perdonaría que me engañaras con aquel Kohn.

Desvié la mirada, avergonzada.

—Y te pediría que me dieras tu consentimiento para casarme con Nina.

«¡Jamás en la vida!», aullé.

Alex replicó:

—Me hace feliz. Con ella puedo vivir en el futuro. Contigo, sólo en los recuerdos.

Eso me descolocó.

—También te diría que Lilly necesita una madre. Nina se esfuerza mucho por serlo. No le he oído decir ni una mala palabra sobre la pequeña.

Yo tampoco, si tenía que ser franca.

—Y Lilly acabará aceptándola pronto.

Pensé en la radiante sonrisa de Lilly cuando Alex le hizo un cumplido sobre su vestido de esparcidora de pétalos de rosa.

Nina se llevaba mejor con Alex, mejor con mi madre: ¿sería también mejor madre para Lilly que yo?

Probablemente eso no sería muy difícil, pensé de repente deprimida.

—Pero, sobre todo —prosiguió Alex—, sobre todo, te pediría encarecidamente que me dejaras vivir mi vida. —Y, después de un profundo suspiro, añadió—: Pero tú no eres Kim.

Yo ladré precipitadamente: «¡Sí, sí lo soy! Y a lo mejor puedo reencarnarme en persona, y entonces podremos encontrarnos como muy tarde dentro de veinte años, y tú sólo tendrás cincuenta y dos, y yo veinte, y los dos nos reiremos de la diferencia de edad y podremos empezar de nuevo como es debido y evitaremos los errores que hemos cometido, y toda nuestra vida será tan bonita como antes, cuando nos casamos, y por eso vale la pena que me esperes tanto tiempo y... y... y... Y mientras ladro me doy cuenta de que eso no es una buena alternativa para ti. No puedes esperarme veinte años.»

Alex me observaba desconcertado.

«Y tampoco es realista», gemí con tristeza.

Miré la cara triste de Alex. Y comprendí que no tenía derecho a torpedearle la vida.

Y también supe cuál era la lección que, según Buda, aún tenía que aprender:

Los muertos también tienen que saber desprenderse de las cosas.

Llevé a Alex hasta los anillos.

CAPÍTULO 41

Esta vez, la ceremonia transcurrió sin grandes impedimentos. Casanova se puso hecho una furia cuando se enteró de que le había devuelto los anillos a Alex, y pretendía impedir la boda solo. Pero no lo hizo, sobre todo porque le mezclé unas cuantas píldoras de Martha en la comida.[1]

Alex me llevó a la boda, a pesar de las protestas de Nina. Naturalmente, no creía en serio que yo era su mujer Kim reencarnada, pero consideraba que yo ya formaba parte de la familia.

Así pues, vi cómo Alex y Nina subían al altar. La novia estaba preciosa con su vestido arreglado.

Oí cómo el sacerdote volvía a hacerles la pregunta del «Quieres».

Primero contestó Alex: «¡Sí, quiero!»

Luego Nina susurró: «Sí, quiero... de todo corazón.»

Lo miraba completamente enamorada.

En aquel momento lo tuve claro: Nina aprovecharía su oportunidad y disfrutaría de una vida familiar feliz.

---

1.   De las memorias de Casanova: Nunca he visto tantos colores vivos después de una comida.

Una oportunidad que yo también tuve cuando era humana.

Y que no aproveché.

Había malgastado mi vida humana.

Y al llegar a esa conclusión se produjo un crac.

Bueno, no se produjo realmente un crac, pero ¿cómo describir el ruido que hace el corazón al romperse?

A lo mejor así: es el ruido más espantoso que existe.

Y el dolor más brutal, con mucho.

Un dolor mortal.

CAPÍTULO 42

Siempre pensé que lo de «morir porque te han roto el corazón» era un mito, igual que «el único amor verdadero». Pero yo me desplomé de verdad ante el altar. Y, como para un perro sólo se pide una ambulancia con desfibrilador en contadísimas ocasiones, la palmé en la misma iglesia. Con ello, durante unos minutos le di una nota trágica (en mi opinión, no del todo improcedente) a la boda.

Mi vida pasó de nuevo ante mí, pero intenté no mirar, porque volver a ver cómo Alex y Nina se casaban era más de lo que podía soportar. Sin embargo, es increíblemente difícil cerrar un ojo espiritual. Para ser más exactos: es completamente imposible. Y por eso tuve que volver a sufrir aquel momento fatídico, con infarto incluido.

Y entonces vi la luz.
Cada vez más clara.
Era maravillosa.

Tuve la esperanza de que esa vez me acogería definitivamente...

Naturalmente, no lo hizo.

Me desperté en una sala de un blanco radiante. ¿O era un paisaje blanco? No podía distinguir en absoluto dónde estaban las paredes o el techo.

Y aquel paisaje, aquella sala, aquel planeta —o lo que fuera— estaba completamente vacío. Nada, no se veía nada de nada, excepto aquel blanco resplandeciente que templaba el alma.

Estaba completamente sola.

Y entonces me percaté de algo increíble: yacía desnuda... con mi cuerpo humano.

Después de tanto tiempo, lo sentí raro.

Tan... Tan... limitado.

Mis piernas no eran tan ágiles como las de un conejillo de Indias, mi oído no era tan fino como el de un perro, ni mis brazos tan fuertes como los de una hormiga.

—¿Hola? —grité.

Ninguna respuesta.

—¡¿Hola?!

De nuevo ninguna respuesta.

—¿Es esto el nirvana?

Entonces pensé: «Pues si es esto, no es muy impresionante que digamos.»

—No, esto no es el nirvana —me dijo una voz agradable, harto conocida.

Miré a un lado: de repente, Buda estaba junto a mí. Se me apareció en forma de humano. Un humano extraordinariamente gordo. Y a mi sensibilidad estética le habría parecido muy bien que se hubiera puesto alguna prenda de vestir.

Especialmente en los bajos.

—Si esto no es el nirvana —pregunté, evitando que mi mirada cayera por debajo de su ombligo—, ¿entonces qué es?

—Bueno —respondió Buda—, es el vestíbulo del nirvana.

—Ah —respondí con uno de esos «ahs» que, traducidos, significan realmente «No entiendo absolutamente nada».

Buda tenía de nuevo una sonrisa bienaventurada en la cara y, a esas alturas, yo ya estaba firmemente convencida de que se lo pasaba en grande dando galletas de la suerte enigmáticas.

—Éste es el lugar donde hablo con las personas antes de que vayan hacia el nirvana.

—¿Ahora entraré en el nirvana?

Buda asintió.

—Pero yo todavía no soy una persona serena, en paz consigo misma. Alguien que viva en armonía con el mundo y ame a todas las personas del mundo, sin importar quién o qué son.

—Acumular karma consiste única y exclusivamente en ayudar a otros seres. Y eso has hecho.

—Pero no he sido precisamente una Madre Teresa... —relativicé.

—Eso no puedo juzgarlo yo. La Madre Teresa era competencia de otro —puntualizó Buda.

Mis pensamientos formaron un signo de interrogación en mi cabeza.

—La vida posterior está organizada de manera diferenciada —comenzó a aclarar Buda—. Las almas de los creyentes cristianos son administradas por Jesús, las de los creyentes islámicos por Mahoma, etcétera.

—¿Etcétera...? —pregunté desconcertada.

—Bueno, por ejemplo, los que creen en el dios escandinavo Odín, van a Valhala.

—¿Quién cree hoy en día en Odín? —pregunté.

—Casi nadie. Y, créeme, el pobre está muy deprimido.

Desconcertada, imaginé a Odín explicando sus penas en una cena con Jesús y Buda, y pensando seriamente en contratar a un experto en relaciones públicas para volver a popularizar la fe en él.

—La vida posterior a la muerte que recibe todo el mundo depende de lo que creía —concluyó el gordo de Buda desnudo; y me pareció justo.

Todo aquello planteaba una sola cuestión:

—Yo nunca he creído en el nirvana. Entonces, ¿por qué estoy aquí?

—Yo soy el responsable de las almas que creen en el budismo y también de todas las almas que no creen en nada —respondió Buda.

—¿Y por qué?

—Porque, conmigo, los que no creen no pueden ser castigados por no creer.

Eso era convincente. Si Buda se ocupaba de todos los aconfesionales, los demás señores no se enfrentaban a la desagradable situación de tener que condenar almas sólo porque no eran creyentes.

—¿Estás preparada para el nirvana? —preguntó Buda.

Probablemente se trataba de una pregunta retórica. Seguro que pensaba que yo entonaría un «¡Pues claro!», pero no estaba segura. Pensé en la gente que significaba algo para mí: seguro que Alex sería feliz sin mí, pero...

—¿Qué pasará con Lilly? ¿Será feliz con Nina? —pregunté.

—Eso ya no es cosa tuya.

—¿No es cosa mía?

—No es cosa tuya —dijo sonriendo el hombre gordo desnudo.

—¡Es mi hija! —insistí.

—Pero no es cosa tuya, porque ahora mismo entrarás en el nirvana.

Tragué saliva.

—Allí sentirás una felicidad eterna.

Eso quería yo. Mucho. Y también me lo había ganado, al menos era lo que opinaba Buda. Y él era una reconocida autoridad en la materia.

—No recordarás nada más de tus muchas vidas anteriores —dijo Buda, y añadió—: Olvidarás todo el dolor.

Olvidar el dolor, la felicidad eterna: no existe un trato mejor.

Por eso asentí y dije:

—¡Estoy lista!

Y entonces vi la luz.

Cada vez más clara.

Era maravillosa.

Esta vez lo sabía: podría entregarme a ella, no volvería a rechazarme. Esta vez, no.

La luz me envolvía.

Dulce.

Cálida.

Amorosa.

La abracé y me fundí en ella.

Me sentía tan bien.

Tan protegida.

Tan feliz.

Mi yo empezó a diluirse. Mis recuerdos se desvanecían: las penas de mi infancia, el dolor por la boda de Alex y Nina, el amor por Lilly...

¡Lilly! ¿Por qué Buda se había bloqueado cuando le pregunté si sería feliz con Nina? ¡Algo no encajaba!

No podía entrar en el nirvana sin que Buda me asegurara que Lilly sería feliz. Yo era su madre y no podía dejarla sola si era infeliz. ¡Por ningún premio del mundo, ni siquiera si ese premio era la felicidad eterna!

Y luché con todas mis fuerzas contra el nirvana.

Pero el viejo nirvana contraatacó.

Haciéndose cada vez más dulce.

Cada vez más amoroso.

No quería desprenderse de mí. Yo cumplía los criterios de admisión y no se me permitía abandonar el club.

Nunca había presenciado lo convincente que puede ser luchar con las armas de la dulzura y el amor como hacía el nirvana.

Me concentré en Lilly: en sus ojos tristes, en su suave piel infantil, en su voz dulce...

El nirvana no tenía ni la más remota posibilidad contra el amor por mi hija.

Rechacé el nirvana, igual que tantas veces había hecho él conmigo.

¡Así sabría qué se sentía!

Cuando desperté, volvía a estar tumbada en el vestíbulo del nirvana. Y conmigo se encontraba Buda, muy confuso:

—Nunca nadie había rechazado el nirvana.

—Nirvana-banana. ¡No quiero dejar sola a mi hija!

—Pero ella tiene que vivir su vida sola.

—Sólo si me prometes que será feliz sin mí.

—No puedo prometértelo —dijo Buda.

—¿Qué le pasará? —pregunté alarmada.

—Te echará de menos —admitió, después de vacilar un poco.

—Pero Nina pasa más tiempo con ella del que yo pasé nunca.

—Eso sí..., ¡pero ella no es su madre biológica!

Si tenía tentaciones de entrar en el nirvana, en aquel momento se evaporaron.

—¡Tengo que ir con ella!

—Es la vida de Lilly.

—Déjame regresar al mundo como perro —dije enfadada.

—No puede ser, has acumulado demasiado buen karma.

—Si te pego un mordisco en la mano, seguro que pierdo un poco —repliqué, e intenté morder a Buda.

Naturalmente, no le hinqué el diente, porque ni él ni yo éramos de naturaleza material en aquel vestíbulo del nirvana.

—Tampoco me había querido morder nunca nadie —dijo Buda asombrado.

—Me extraña —rezongué.

—Realmente no quieres entrar en el nirvana —constató, y ese hecho lo desconcertó muchísimo.

—Y tú, con tanto pesquis, deberías reflexionar sobre si acumularás buen karma enviando a alguien allí dentro contra su voluntad.

Ese argumento pareció tocarle la fibra sensible.

Buda respiró hondo. Al acabar, dijo:

—De acuerdo.

—¿De acuerdo?

—De acuerdo.

—«De acuerdo» suena bien —opiné y, después de pensar un momento, añadí—: ¿Y qué significa exactamente? ¿Volveré al mundo reencarnada en perro?

—No.

—¿En conejillo de Indias?

—No.

—¡Oh, no, por favor, otra vez en hormiga, no!

—Volverás al mundo como persona.

—Yo... Yo... ¿me reencarnaré en mí misma?

No me lo podía creer. Era demasiado maravilloso para ser cierto. Es lo que ocurre con las cosas que son demasiado maravillosas para ser ciertas, que son demasiado maravillosas para ser ciertas.

—No, Kim Lange está muerta —aclaró Buda—, y no puede resucitar sin más.

—¿Por qué no?

—En primer lugar, porque eso conmocionaría a toda la gente que te conoce.

—¿Y en segundo lugar?

—En segundo lugar, hace tiempo que tu cuerpo se descompone. Está medio podrido, los gusanos ya devoran las cuencas de los...

—Es suficiente —dije—. ¡Me resulta demasiado plástico!

—Tu alma renacerá en el cuerpo de una mujer que se está muriendo en este momento —anunció—. Una oportunidad como ésta, sólo te la proporcionaré una vez.

Y eso fue lo último que le oí decir antes de esfumarme de nuevo en el aire.

CAPÍTULO 43

Desperté tendida en una moqueta blanda, mirando un techo empapelado de color rosa. Noté sabor a pizza (hawaiana) en la boca e intenté incorporarme. No me resultó nada fácil, ya que tenía la sensación de pesar como una ballena.

Me miré los brazos y me di cuenta de que no sólo eran humanos, sino que consistían en unos michelines que habrían sido un honor para cualquier luchador de sumo. Me senté y comprobé que los michelines de los brazos tenían muchos parientes en la barriga y en las piernas. Y esos parientes queridos se desparramaban por todas partes, porque el cuerpo femenino donde me hallaba sólo llevaba ropa interior.

Ropa interior rosa.

Con dibujitos de la pata Daisy.

Miré la moqueta, que era del mismo rosa que el techo, y vi la pizza hawaiana, con el queso y el relleno hacia abajo. Era evidente que el cuerpo de mujer en el que me encontraba se había desplomado en el suelo con la comida.

Intenté levantarme y entonces comprobé lo mucho que pesaba ese nuevo cuerpo: casi dos veces y media más que el antiguo, que yo ya consideraba demasiado gordo y que ahora, visto en retrospectiva, me parecía ligero como una pluma. (Si hubiera sabido antes qué significa estar realmente gorda, cuatro kilos de sobrepeso no me habrían costado tantos ataques de frustración.)

Icé toda mi masa resollando. En mi vida había deseado tanto una burbuja de oxígeno.

Vi un espejo colgado en una de las paredes rosas, me arrastré hacia él y miré. Al otro lado me observaba una mujer extraordinariamente gorda que, aunque con papada, tenía una cara muy afable, francamente cordial. Era un placer mirarla y transmitía un buen humor fantástico. A pesar de sus gustos singulares y de su físico gordo, tenía un aspecto tan afectuoso que de algún modo deseabas que fuera tu mejor amiga.

Continué mirando a mi alrededor para averiguar más cosas de la persona en cuyo cuerpo habitaba ahora mi alma. El piso consistía en una sola habitación con unos pocos muebles, todos de Ikea, o sea, de pacotilla.

Sobre la mesa, al lado de una revista de televisión, había una factura de teléfono a nombre de Maria Schneider. Maria: un bonito nombre, incluso había acariciado la idea de ponérselo a Lilly.

«Lilly», pensé. ¡Con aquel cuerpo podía ir a ver a Lilly y hablar con ella! Estaba emocionadísima y noté que esa euforia le hacía daño a mi corazón. No sólo metafóricamente, sino también realmente: noté unas punzadas.

Me apoyé en la cómoda de pacotilla y confié en que no se rompería bajo mi peso. Entonces vi que en la pared había un póster, en un marco de baratijo, que mostraba a Robbie Williams con el torso semidesnudo. Contemplar aquel póster seguramente fue lo más erótico que Maria había vivido en los últimos años.

Y, con los ojos clavados en un Robbie semidesnudo, constaté que también era lo más erótico que me había pasado a mí en los últimos dos años.

Seguí revolviéndolo todo y encontré pastillas para el corazón. Y, de repente, comprendí: la pobre Maria probablemente acababa de morir de un infarto. La pizza pegada en la moqueta rosa reforzó mis sospechas.

¿Qué habría sido del alma de Maria?

Después de haber visto su rostro afable, esperaba que hubiera entrado en el nirvana en mi lugar.

Me tragué una pastilla para las punzadas en el corazón, jadeé con dificultad, me senté en el sofá y me pregunté qué debería hacer en primer lugar. En aquel momento, alguien metió una llave en la cerradura de la puerta. Llena de espanto, la oí girar lentamente y, antes de que pudiera imaginar lo que se avecinaba, la puerta se abrió.

Entró un cuarentón con una azotea que al menos hacía quince años que no estaba coronada con pelo.

Me miró.

Y yo me quedé helada. Sentada en el viejo sofá verde. Vestida tan sólo con ropa interior rosa. Con dibujitos de la pata Daisy.

—¿Va todo bien? —preguntó, y su voz sonó afable.

—De maravilla —contesté con una sonrisa forzada.

Me dirigió una mirada de duda, vio la pizza y yo me apresuré a explicarle:

—Me he caído con ella.

—Está bien —replicó, y se puso a recogerla.

—No tienes por qué hacerlo —dije.

—No pasa nada —replicó, y siguió limpiando.

Era tan atento que me recordó a Alex, con la diferencia de que aquel hombre se parecía tanto a Brad Pitt como yo en aquel momento a Michelle Hunziker. Y, aunque me pareció muy agradable, quería librarme de él lo antes posible. No quería que se diera cuenta de que yo, en lo que respecta a alma y espíritu, no era Maria.

—Te lo agradezco, pero me gustaría que te fueras —dije.

—¿Qué? —preguntó el hombre muy sorprendido.

—No me encuentro bien y me gustaría estar sola. Vete a casa. Ya te llamaré la semana que viene, seguro que entonces ya estaré mejor.

—Yo vivo aquí —replicó desconcertado.

Me quedé boquiabierta.

—Y estamos casados.

Miré a mi alrededor y comprobé que en la cama había realmente dos almohadas. Yo, que siendo presentadora de televisión había hecho muchos programas sobre los planes de ayuda social y, después, con una copa de champán en la mano, había filosofado con los políticos sobre la falta de principios de rendimiento en nuestra sociedad, no reconocía una vivienda social cuando me hallaba dentro.

—Ejem..., sí..., perdón —balbuceé y, para ganar tiempo, bebí un sorbo de agua de un vaso que estaba sobre la mesa.

—¿Seguro que va todo bien, Maria?

—Sí, sí, estoy bien.

Bebí otro sorbo y me obligué a sonreír, con lo cual pareció animarse:

—He comprado los condones. Si todavía te apetece, podemos hacerlo ya.

Del susto, le escupí toda el agua en la cara.

—Ahhhh —dijo.

«Ahhh», pensé yo ante la idea de practicar el sexo con aquel desconocido y en un cuerpo desconocido.

Sea como fuere, me había equivocado por completo al suponer que una mujer tan gorda no podía beneficiarse a un hombre. ¿Cómo dice el refrán? «Siempre hay un roto para un descosido...»

Mientras el roto de Maria se secaba la cara con la manga de la camisa, preguntó:

—¿Ya no te apetece? Antes estabas muy caliente.

—Pero ahora estoy fría —me apresuré a responder—. Y... y... y me apetece salir a pasear. Al aire libre.

Me levanté de la cama, arrastré mi cuerpo jadeante hasta la cómoda y saqué algo de ropa para ponerme.

No es fácil vestirse deprisa cuando se está en un cuerpo obeso, pero la visión de la caja de condones aceleró mis movimientos. Con tantas prisas, escogí un conjunto que consistía en un jersey verde y un pantalón de chándal rosa.

El roto de Maria observaba desvalido y, si la situación no hubiera sido tan perentoria, seguramente lo habría compadecido: la transformación de una mujer caliente en una mujer huidiza no debía de ser fácil de entender, por no hablar de digerir.

El Roto me preguntó tímidamente:

—¿Quieres que te acom...?

—¡No! —le corté, y salí del piso sin darle tiempo a cerrar la boca.

Después de bajar resollando las escaleras del bloque y de cruzar la puerta y adentrarme en el anochecer primaveral, tuve que descansar para recobrar el aliento. Sudaba como si estuviera en una sauna compartida con incordios que no paraban de gritar: «¡Más vapor!»

Después de respirar profundamente, miré a mi alrededor: bloques de pisos de protección oficial, miraras donde miraras. Además, me di cuenta de que no había casi nadie en la calle y de que unos carteles pegados en un pirulí anunciaban un partido de fútbol del Hamburgo SV.

¿Hamburgo SV?

Nunca había entendido mucho de fútbol, pero una cosa tenía clara: si en aquella ciudad se anunciaba con tanta pompa al Hamburgo SV, era incuestionable que no me encontraba en Postdam.

Intenté tranquilizarme: al fin y al cabo, no estaba en un hormiguero, ni en Canadá, ni en un laboratorio de animales. A partir de ahí, seguro que no tendría problemas en llegar a Postdam. Un billete de tren y, ¡zas!, allí me planto.

Desgraciadamente, en los bolsillos del pantalón de chándal no había dinero. Y no quería volver con el hombre de los condones.

Quince minutos más tarde me encontraba en una entrada de autopista cercana, y puse el dedo. Sólo para constatar que ningún conductor se paraba por una mujer obesa con pantalón de chándal. Me pregunté si la ley contra la discriminación incluía algún párrafo sobre esos casos.

Horas después, abatida, con las articulaciones doloridas y unos andrajos empapados en sudor, dejé de luchar conmigo misma y regresé «a casa». Demasiado reventada para seguir teniendo miedo del apetito sexual del Roto.

Me abrió la puerta, me observó preocupado y estaba a punto de preguntarme por mi estado, pero lo corté.

—Voy a estirarme. Y, como me toques, te saltaré encima y te dejaré más plano que un lenguado.

Luego me tumbé en la cama y enseguida caí en un sueño sin sueños.

Unos segundos más tarde —al menos, eso me pareció—, sonó la radio despertador. Oí vociferar a un presentador de radio totalmente pasado de rosca: «Son las cinco de la mañana en 101 FM, la emisora con los mejores *hits* de los ochenta, de los noventa y de la actualidad.»

De un tiempo a esa parte, me preguntaba qué drogas estimulantes, perjudiciales para el cerebro, tomaban los presentadores de radio, y pensaba que sería genial que un día uno de ellos dijera, en honor a la verdad: «Somos tan sosos como vosotros.» Pero estaba demasiado cansada para parar el despertador. O incluso para abrir los ojos.

—Maria, tienes que levantarte —dijo el Roto con dulzura, y me sacudió el cuerpo ligeramente.

—No... tengo... que... —murmuré.

—Llegarás tarde al trabajo —replicó en un tono que revelaba que, en ese asunto, no cedería.

Así pues, me levanté y recordé que necesitaba dinero para el billete de tren a Postdam.

—¿Dónde está mi billetera?

—¿Billetera? —preguntó el Roto—. ¿Desde cuándo eres tan fina?

—¿Dónde está mi monedero? —corregí.

—Está vacío.

—Pero tendremos cincuenta euros, ¿no? —repliqué irritada.

—Sí, claro —dijo—, justo al lado de las piedras preciosas.

Torcí el gesto.

—Estamos pelados, Maria. Los últimos 1,99 los gastamos en la pizza —dijo señalando la moqueta que él había limpiado en mi ausencia.

Miré al Roto a los ojos y los tenía tan tristes que comprendí: realmente, no teníamos nada.

—Pero hoy te dan la paga de la semana —intentó animarme—. Aunque para cobrar tendrás que ir al trabajo. Puntual. O tu jefe volverá a enfadarse.

Bueno, pensé, iría al trabajo, cogería el dinero y saldría pitando hacia la estación. El plan sólo tenía una pequeña pega: no tenía ni idea de dónde trabajaba.

—¿Me acompañas? —le pregunté al Roto.

—Siempre lo hago —respondió con una sonrisa afable.

Aquella barriada se parecía mucho al barrio de bloques prefabricados donde me había criado: columpios y juegos destrozados en plazas abandonadas, fachadas llenas de grafitis increíblemente malos y gente con un aspecto que contrastaba al máximo con las personas sexy y felices de los carteles publicitarios que se veían por todas partes. Muchos tenían una cara triste que decía: «Bebo aguardiente del fuerte porque soy capaz de valorar con realismo mis posibilidades en el mercado laboral.»

La cara afable de Maria que me había observado desde el espejo era diferente. Era más tierna. No se había endurecido lo más mínimo. Permitía suponer que, a pesar de la falta de dinero, tenía esperanzas.

Quería saber más cosas de ella.

Pero ¿cómo averiguas cosas de una persona de la que los demás piensan que eres tú misma?

Con una caída de ojos romántica.

Volví la cabeza sonriendo hacia el Roto, cuyo nombre seguía sin saber, y le pregunté:

—¡Dime qué te gusta de mí!

Se quedó perplejo de que Maria fuera de nuevo tan amable. Y tan aliviado que enseguida empezó a parlotear:

—Eres la persona más optimista que conozco. Cuando llueve, dices que enseguida volverá a salir el sol. Cuando la gente es injusta contigo, les perdonas y crees que el universo lo compensará todo...

Lo que llega a hacer el universo o, mejor dicho, Buda, pensé en calidad de mujer experta en reencarnaciones.

—Siempre eres sincera y... —añadió con una sonrisa—, ¡eres una máquina en la cama!

Eso no me lo había dicho nunca ningún hombre.

¿Por qué no?

¿No lo era?

¿Quería realmente saber la verdad al respecto?

En cualquier caso, después de aquella proclama estaba claro que el alma de Maria se encontraba en el nirvana. Y me alegré sinceramente por ella.

Miré a los ojos brillantes del Roto y me pregunté si no debería decirle la verdad. Pero, si le revelaba que yo era Kim Lange, me haría encerrar en un centro psiquiátrico, si tuviera el dinero para pagar las cuotas médicas, claro.

Y aunque me creyera si le decía que su gran amor había muerto, ¿habría sido correcto romperle así el corazón? Yo ya había experimentado hasta qué punto es mortal un corazón roto cuando era un beagle.

—¿Por qué me miras tan triste? —me preguntó preocupado.

—No es nada —respondí, y me esforcé por sonreír.

Se le veía en la cara que había notado que no era sincera. Y por eso desvié enseguida la mirada y continué caminando deprisa.

—Stop —dijo.

Yo continué caminando.

—Por Dios, Maria, ¡te has pasado el chiringuito!

Me detuve, me di la vuelta y vi un puesto con el letrero «Perritos Calientes Hans». Dentro había un hombre gordo entrado en años, con unos ojos frente a los cuales los de Kim Jong-il habrían parecido piadosos. Llevaba un delantal blanco, donde «blanco» era un concepto relativo de narices si se consideraban las manchas resecas de ketchup y mostaza. Aquel hombre era sin duda el perrito caliente Hans en persona, y pensé que pasarte la vida llamándote Perrito Caliente Hans tiene que ser un destino muy duro.

Sin embargo, el destino todavía era más duro si tenías que trabajar para un hombre llamado Perrito Caliente Hans.

—¡Maria! —gritó Perrito Caliente Hans con un tono de voz rudo.

En las series de televisión, los hombres como Hans son siempre «broncas con corazón», pero en la vida real no hay «broncas con corazón», sino «broncas» a secas. Que aquel broncas tampoco tenía corazón, quedó claro cuando le dije:

—Estoy enferma y no puedo trabajar. Dame la paga.

Me miró con cara de incredulidad, como si le hubiera dicho un disparate, por ejemplo: «Yo no soy Maria, sino Kim Lange, la presentadora de televisión muerta.»

Él se limitó a replicar:

—Mueve tu culo gordo y ponte a trabajar de una vez antes de que me cabree.

—Pero es que estoy enferma... —intenté seguir mintiendo.

El Roto me susurró al oído:

—Anda, ve, o te echará y se quedará con tu sueldo.

—Eso sería ilegal —contesté en un susurro.

—¿Tienes pasta para denunciarlo?

Suspiré y empecé con mi nuevo trabajo de vendedora de fritangas.

CAPÍTULO 44

Cuando la ajetreada vida de la televisión te trae de cabeza, siempre de reunión en reunión, de programa en programa, de intriga en intriga, piensas: «Uf, ¡qué bien viviría con un trabajo sencillo! Seguro que no tendría estrés.» Pero luego, cuando tienes un trabajo sencillo como el mío en el chiringuito de Hans, sólo piensas una cosa sobre los deseos de antaño, y es: «¡Vaya mierda!»

Estar de pie en aquel chiringuito era un infierno: al cabo de diez minutos, ya me dolían las articulaciones y me preguntaba cómo había conseguido Maria resistir aquello a diario.

La grasa que usábamos para las patatas fritas era del año de la pera y la plancha estaba tan mugrienta que seguramente ya se había desarrollado vida inteligente en su suciedad. Preferí no imaginar quién se habría reencarnado allí en bacilo. Y, claro, yo no era capaz de asar una salchicha como es debido: la primera fue a parar a la basura, carbonizada.

—¿Por qué tiras la salchicha? —preguntó Perrito Caliente Hans, trinando.

—Hummm..., déjame pensar, ¿porque está casi negra? —contesté con cierta ironía en la voz.

—¡Vuelve a ponerla en la plancha!

—¡Pero si seguro que es cancerosa!

—¿Sabes qué me importa a mí eso?

—¿Un carajo?

—Exacto. Y ahora recógela y ponla en la plancha.

—¿Y la palabra mágica?

—¡Aligera!

—Habrá que practicar lo de las palabras mágicas —dije.

Pesqué aquella asquerosidad del cubo de la basura, la tiré encima de la plancha y me pregunté: «¿Cuántas cosas desagradables me pasarán aquí todavía?»

Al cabo de una hora y pico recibí la respuesta. Un parado de unos veinticinco años, rapado y con cazadora bomber y botas Martens, se quejó de que la ensalada de patata era incomestible. (Lo cual no era de extrañar, ya que Perrito Caliente Hans no se dejaba influir por cosas tan tontas como la fecha de caducidad.)

—Esta ensalada es más asquerosa que tú, sebosa —dijo el tiparraco.

—Mejor sebosa que débil mental —contraataqué.

Me indignó que se burlara del cuerpo de Maria, que había sido una mujer tan cordial. (Aún no me había entrado en la cabeza que ahora era mi cuerpo.)

El tipo entornó los ojos, amenazador:

—No sé qué has querido decir con lo de débil mental, ¡pero te voy a partir la cara!

Puesto que no me imaginaba que fuera realmente capaz de pegar a una mujer, dije:

—¡Va, ven!

No fue una buena idea.

—Vale —dijo.

—¿Vale? —pregunté con un mal presentimiento.

—Ajá —replicó, y abrió la puerta del chiringuito con la firme intención de pegarme: en aquella zona, la caballerosidad dejaba mucho que desear.[1]

Miré a Perrito Caliente Hans con la esperanza de que me ayudaría, pero desvió la mirada cobardemente y murmuró algo así como: «Yo de ti me disculparía.»

El Roto se había ido hacía rato (a Perrito Caliente Hans no le gustaba que rondara por allí) y, por lo tanto, me encontraba sola frente al tiparraco agresivo.

Gracias a Dios, en un chiringuito como aquél había muchas cosas útiles: botes de ketchup, una fregona y tenazas.

Cogí instintivamente el bote y le eché un buen chorro de ketchup al curry en los ojos.

—¡Te mataré, zorra!

Yo no tenía el más mínimo interés en que me mataran. Por eso cogí la fregona y se la clavé con todo mi —considerable— peso en la barriga. El skin cayó al suelo profiriendo un grito sordo. Cogí las tenazas, se las puse en la entrepierna y lo amenacé:

—Si no te largas ahora mismo, no podrás darle descendencia al Führer.

El skin asintió con la cabeza:

—Perdona —dijo, y emprendió la huida.

Miré a Perrito Caliente Hans, que estaba visiblemente impresionado. Con las tenazas y el bote de ketchup en la mano, le pregunté:

—¿Quieres ser el siguiente?

1.   De las memorias de Casanova: Para ser exactos, aquél era un siglo en el que la caballerosidad dejaba mucho que desear.

Perrito Caliente Hans meneó la cabeza.

—Pues dame mi dinero.

Precisamente eso fue lo que hizo, y yo me fui del chiringuito con ciento cuarenta y tres euros y treinta y ocho céntimos.

Le oí murmurar a mis espaldas «Mañana la echo», pero lo ignoré. No pensaba regresar nunca más a aquel local.

CAPÍTULO 45

Me dirigí a la parada de autobús más cercana y eché un vistazo al laberíntico plano de la ciudad para encontrar el camino a la estación. Sin embargo, cuando noté que cada vez más gente se apartaba de mí para guardar una distancia de seguridad porque apestaba a fritanga, pensé si no sería mejor dar un rodeo y pasar por la ducha. Pero, si iba «a casa» a ducharme, a lo mejor encontraba al Roto, y eso sí que no lo quería. No quería verle los ojos cuando se diera cuenta de que su querida Maria estaba a punto de salir de su vida. Pensaría que ella ya no lo amaba.

¿Qué era más duro? ¿Saber que alguien ya no te quiere? ¿O que ese alguien había muerto, pero su alma se hallaba feliz en el nirvana?

Cuando llegó el autobús, no subí. Cogí otro y me fui a casa del Roto.

Me abrió la puerta y se quedó sorprendido:

—¿Cómo es que ya estás de vuelta?

—Es una historia muy larga —dije—. Una historia larguísima.

—Bueno, te escucho —contestó el Roto.

Titubeé.

—¿Maria...?

El Roto se sentía más confuso a cada segundo que yo esperaba a decir algo.

No quería dejarlo por más tiempo en la incertidumbre, iba a explicárselo todo. Pero, al abrir la boca, me puse a cantar:

—«Un pajarillo se va a casar en el bosquecillo, tiroriro, tiroriro, tiroriro.»

El Roto me miraba perplejo.

Y yo aún estaba mucho más perpleja, porque yo no había querido decir eso, sino: «Yo soy Kim Lange. Mi alma está ahora en el cuerpo de Maria...»

Lo intenté otra vez, pero volví a cantar:

—«Los novios se casarán, pregona el gavilán, tiroriro, tiroriro, tiroriro.»

¡Era cosa de brujas!

El Roto estaba totalmente desconcertado.

Desesperada, quise gritar la verdad, pero sólo conseguí berrear:

—«El cuco muy divertido le hace a la novia el vestido.»

Era inútil.

Por lo visto, Buda había intervenido en los centros del habla de mi cerebro para que no pudiera confesar a nadie quién era yo.

Con todo, no cejé, cogí papel y lápiz y me dispuse a anotar toda la verdad sobre mí, sobre Maria y sobre el nirvana.

Pero, cuando acabé de escribir, sobre el papel sólo se leía: «Los músicos, gansos y patos, harán pasar buenos ratos.»

Y también había dibujado las notas correspondientes.

Nunca me había gustado aquella canción tonta.

Y menos aún me gustaba Buda. No sólo había intervenido en los centros del habla de mi cerebro, sino en todas mis facultades de comunicación. Y me pareció sumamente injusto que dejara a oscuras al Roto sobre la verdad, sólo para que yo no aireara mis conocimientos sobre el más allá.

Pensé compulsivamente en qué debía hacer. No quería que el Roto pensara que su Maria lo abandonaba.

Y finalmente encontré un modo para indicárselo sin hablarle del nirvana.

—¿Cómo te llamas? —le pregunté.

—¿Qué? —preguntó el Roto desconcertado.

—No tengo ni idea de cómo te llamas.

—¿Has perdido la cabeza? —dijo reprimiendo una risa nerviosa.

—Nunca he oído tu nombre —expliqué.

El Roto estaba perplejo.

—Mírame a los ojos —le pedí.

Se me acercó.

—Profundamente.

Lo hizo.

Y vio que le decía la verdad.

Y que en el cuerpo de Maria vivía otra alma.

Aunque no pudiera comprender racionalmente ni el porqué ni el cómo, en aquel momento supo en sus adentros que había perdido a su gran amor.

Y, con profunda tristeza, dijo:

—Me llamo Thomas.

CAPÍTULO 46

Incluso cuando ya estaba sentada en el Intercity con destino a Postdam, no podía dejar de pensar en Thomas. Esperaba que pudiera apañárselas después de haberse quedado solo de repente. No se merecía lo que le había pasado.

Nadie se merece la muerte de un ser querido.

—¿Tiene dos billetes? —preguntó una voz.

Volví la vista a un lado y vi a un revisor con bigote y un pendiente. Dos pecados de estilo imperdonables de una tacada, sólo le faltaba el peinado de quinqui.

—¿Qué insinúa? —pregunté.

—Bueno, usted está muy gorda y no puede sentarse nadie a su lado —dijo sonriendo burlonamente.

—Es usted más gracioso que un dolor de muelas —repliqué calmada.

El revisor dejó de sonreír al instante, me picó el billete y yo me quedé sola el resto del viaje. Ningún viajero quiso embutirse a mi lado.

Yo no estaba acostumbrada a aquello. Antes, siendo Kim Lange, lo normal era que la gente se volviera a mirarme. Las mujeres me envidiaban y los hombres admiraban mis pechos (no es que fueran impresionantes, pero pertenecían a una cara famosa). Todo eso era tan desagradable como placentero. Ahora, los miembros de ambos sexos me miraban con desprecio, y eso sólo era desagradable.

Para ahorrarme las miradas de repugnancia de los demás, me dediqué a contemplar el paisaje que desfilaba ante mí. Me pregunté si las vacas de los prados serían personas reencarnadas. O qué movería a la gente a construirse una casa familiar en una explanada justo al lado de las vías del tren. Y, finalmente, cómo debería reencontrarme con mi familia y cómo reaccionarían cuando canturreara «Los músicos, gansos y patos, harán pasar buenos ratos».

Al llegar a Postdam decidí buscar alojamiento para pasar la noche. Sólo podía permitirme uno de aquellos hoteles baratos en las afueras de la ciudad en los que todas las habitaciones tienen cabina WC-ducha autolimpiable, todo en uno. No pegué ojo en toda la noche. Por un lado, porque tenía hambre (en las zonas industriales no hay tiendas abiertas de noche) y, por otro lado, porque los jóvenes alojados en el piso de abajo celebraban una fiesta con alcohol, radiocasete a todo volumen y un frenético tirar-hasta-la-cama-por-la-ventana. Y, puesto que, en esos hoteles, de noche no hay nadie en recepción, podían hacer lo que les viniera en gana.

Así pues, me entretuve mirando por la ventana la zona industrial, fríamente iluminada de noche. Vi un gato agazapado en la calle. Tenía claro que no era Casanova, pero automáticamente pensé en él. Seguro que aún estaba enfadado conmigo porque me había encargado de que Nina pudiera casarse con Alex.[1]

Pensé en qué debería hacer: ¿Ir a ver a Alex y a Lilly? ¿Acercarme a ellos como una desconocida?

Y ¿cómo?

Decidí empezar por lo más urgente, es decir, buscar trabajo; al fin y al cabo, apenas tenía un chavo. Y no quería merodear por casa siendo una sin techo desastrada, y mucho menos encontrarme así con Lilly.

A la mañana siguiente me agencié un periódico, busqué ofertas de trabajo y tropecé con lo que algunas personas llaman destino, y otras, casualidad.

Hay distintos tipos de casualidades: casualidades que se presentan como una catástrofe, pero luego se transforman en algo bueno; casualidades que se presentan como algo bueno y luego se convierten en catástrofe, y casualidades ante las que te quedas con la boca abierta durante mucho rato.

Llamé por un anuncio en el que pedían una mujer de la limpieza —tenía claro que con aquel cuerpo no conseguiría empleo en mi antigua profesión de presentadora— y la agencia intermediaria me envió a una dirección que sólo estaba a tres calles de mi antigua casa.

Pero ésa no fue la casualidad que me dejó con la boca abierta.

En el camino de entrada de la finca, una mansión de

---

1. De las memorias de Casanova: Cuando me di cuenta de que la boda se había celebrado sin mí, maldije a madame Kim con toda mi alma. Hasta que me enteré de que había muerto. Entonces me moderé y me dije: «Le está bien empleado.»

cuatrocientos metros cuadrados construida dos siglos atrás, me encontré a mi antiguo jefe, Carstens.

Tampoco fue ésa la casualidad que me dejó con la boca abierta.

Naturalmente, Carstens no me reconoció, sólo me saludó con un ligero gesto, se subió a su Mercedes Cabrio y se fue a toda velocidad.

Me acerqué a la puerta. En la mansión no había ninguna placa, seguramente el propietario acababa de mudarse. Llamé a la puerta con la aldaba maciza. Atronó. Al cabo de un rato de espera, la puerta se abrió. Chirriaba. Y vi a... Daniel Kohn.

¡Ésa fue la casualidad que me dejó con la boca abierta!

Y no estuve segura de si ésa no sería una casualidad que desembocaría en catástrofe.

—Buenos días, usted debe de ser la señora de la limpieza —dijo Daniel Kohn.

Yo seguía con la boca abierta.

—En este momento, usted tendría que decir «sí» —comentó sonriendo.

Yo no dije nada.

—No es usted muy habladora, ¿verdad?

Me di cuenta de que tenía que decir algo, hice acopio de todas mis fuerzas y balbuceé:

—Frmmml...

Estaba demasiado sorprendida para formar una palabra sensata.

—Pase, por favor —invitó Daniel.

Me enseñó la mansión; acababa de comprarla porque tenía un nuevo empleo: el mío. Carstens le había ofrecido presentar mi programa de debate después de haber probado suerte durante dos años con toda una serie de sucesoras que no conseguían llegarle a la suela del zapato a Kim Lange.

—Mi enhorabuena —le felicité.

—Ya puede hablar —replicó Daniel.

—Si me esfuerzo mucho.

Daniel sonrió y se dirigió al piso de arriba por la escalera de caracol. Mientras yo subía los escalones detrás de él, mis ojos se clavaban directamente en su culo prieto. Recordé nuestra noche de sexo, lo fantástica que había sido, y por un segundo me pregunté si quizás él y yo... No, eso era absurdo: ¿presentador famoso se enrolla con mujer gorda de la limpieza? Un titular como ése no suele leerse en la prensa amarilla.

Además: yo había redescubierto mi amor por Alex. ¿Por qué fantaseaba entonces con Daniel Kohn?

Madre mía, pasas dos años reencarnándote, acumulas buen karma, lo pierdes, acumulas más y todo eso no cambia nada en lo que respecta a controlar tus sentimientos. ¡No podía ser verdad!

Al llegar arriba, tuve que tomar aliento. Daniel me ofreció un refresco del bar que tenía en su dormitorio. El cuarto tenía un aire discreto de guarida amorosa: un futón soberbio, un impresionante equipo de música Bang &Olufson y un precioso espejo antiguo en un sitio muy estratégico.

—¿Está segura de que está en condiciones de limpiar? —preguntó Daniel Kohn con escepticismo, puesto que yo seguía jadeando.

Yo también me lo pregunté: ¿iba a limpiar el dormitorio donde Daniel Kohn se miraba al espejo con cualquier rubia? ¡No!

Pero ¿iba a quedarme sin trabajo y a ser una sin techo?

Y, puesto que un «¡No, no, no y otra vez no!» vence claramente a un «¡No!», acepté el empleo y me convertí en la mujer de la limpieza de Daniel Kohn.

CAPÍTULO 47

Daniel pagaba generosamente. Alquilé un pisito de un solo ambiente en la otra punta de la ciudad y lo amueblé con sencillez (cama, cómoda, nada de Ikea). Todos los días iba a casa de Daniel Kohn, limpiaba, le planchaba la ropa y me asombraba de cuántas mujeres distintas entraban y salían de su casa. Y de que todas eran, en palabras del buen capitán Haddock, «residuos de ectoplasma».

Fue una época agotadora, físicamente —tenía que seguir tomando las pastillas de Maria para el corazón—, y, sobre todo, anímicamente: seguía sin tener la más remota idea de cómo provocar un encuentro con mi pequeña Lilly y con Alex. Cada día que aplazaba la confrontación, mi inseguridad aumentaba. Sí, a veces incluso me descubría preguntándome si no habría sido mejor entrar en el nirvana.

Esos tristes pensamientos me rondaban por la cabeza cuando llamé a la puerta de Daniel Kohn. Pasó un buen rato hasta que me abrió con aspecto de estar hecho polvo. Iba en camiseta. Sin afeitar y, saltaba a la vista, totalmente deprimido.

Lo miré fijamente y le pregunté:

—¿Qué le ocurre? Parece que...

—¿... se me hayan comido?

—Y lo hayan escupido después —rematé.

Sonrió cansado y me indicó que pasara.

Mientras cruzábamos el vestíbulo de su mansión, dijo:

—Las cuotas de audiencia de mi primer programa han sido malas.

—¿Muy malas? —pregunté.

—No. Apocalípticamente malas —replicó, y añadió—: Los espectadores siguen echando de menos a Kim Lange y no aceptan a nadie que no sea ella.

Sonreí, aquello me halagaba.

—¿Qué le hace sonreír? —preguntó ligeramente picado.

—Nada, nada —respondí—. ¿Puedo ver el programa?

—¿Por qué?

—A lo mejor puedo darle un par de consejos.

Daniel se lo pensó, se le notaba medio divertido, medio curioso, y eso dio como resultado un «De acuerdo».

Así pues, miramos su programa, que antes fue el mío. Seis políticos discutían sobre el tema «Pensiones: ¿realidad o ficción?» y me sorprendió que algo tan absurdo me hubiera importado tanto antes: seis idiotas robando un tiempo precioso a los televidentes con sus palabras huecas.

Al cabo de tan sólo cinco minutos, empecé a bostezar con fuerza.

—Seguro que los telespectadores también reaccionaron así —suspiró Daniel.

—Eso o se pusieron de tan mal humor que empezaron a tirarle cosas al televisor —dije con una sonrisa burlona.

—Y bien. ¿Tiene algún consejo para mí? —quiso saber Daniel.

—Sí, lo tengo. Haga algo diferente.

—¿Algo diferente?

—Usted tiene mucho talento. Haga algo diferente y no esa porquería. Algo donde pueda demostrar su valía.

—Me encantaría...

—¿Pero?

—No tengo ni idea de qué podría ser.

—¿Qué tal reportajes sobre viajes? —propuse: al fin y al cabo, en mi periplo por la reencarnación había viajado por medio mundo.

El cansancio desapareció de golpe y porrazo de los ojos de Daniel. La idea le entusiasmó. Le había tocado la fibra.

En aquel instante llamaron a la puerta.

Daniel salió del salón para abrir.

—Daniiii —oí decir a una voz chillona: era una de sus amigas rubias.

—Ahora no puedo —oí decir a Daniel.

—¿Qué? —chilló la mujer.

—Yo... Tengo una visita importante —mintió.

No me lo podía creer: ¿Daniel Kohn echaba a una rubia para seguir hablando conmigo?

—Pero Dani...

—No puedo.

—¿Ni siquiera si me visto con dos cositas y nada más? —preguntó ella.

—¿Qué cositas? —quiso saber Kohn.

—Fresas y nata.

Noté que Daniel vacilaba: su corazón quería hablar conmigo sobre una nueva carrera más completa. Su libido quería fresas con nata.

Y, puesto que noté que su libido estaba a punto de ganar, me acerqué y dije:

—Tengo un par de ideas más sobre los reportajes.

La joven, embutida en un top que podía causar accidentes de tráfico, se quedó pasmada:

—¿No quieres verme... por ésta?

—No te hace la competencia —intentó tranquilizarla Daniel. Y esa respuesta no me gustó nada.

—Pero me echas por ella —protestó.

Daniel asintió.

—Me voy —dijo la chica—. ¡Y me llevo las fresas!

Daniel la miró un instante, luego dio media vuelta, me miró y dijo, impasible:

—Y bien, ¿qué ideas son ésas?

Estuvimos charlando todo el día sobre un montón de cosas fantásticas que se podrían hacer. Rodamos mentalmente reportajes sobre faquires en la India, sobre los paraísos de los aborígenes y los rituales con drogas de los indios del Amazonas. Imaginamos cómo sería un viaje por el continente perdido de la Atlántida o cómo se podría reconstruir la expedición de Admundsen a la Antártida. Resumiendo, Daniel y yo viajamos por todo el mundo y sólo nos movimos una vez del sofá del salón para abrirle la puerta al pizzero.

Fue un día maravilloso y, al final, Daniel Kohn incluso me llevó a casa a través de la intensa lluvia.

Gracias a mi corpulencia, estábamos muy apretados en su Porsche y era inevitable que cada vez que cambiaba de marcha me tocara. Y eso me provocaba agradables escalofríos. Era la primera vez que me sentía mujer dentro de mi nuevo cuerpo.

Cuando paramos delante de mi bloque de pisos, Daniel dijo:

—No es muy acogedor.

—Bah, hay cosas peores —respondí, y recordé el hormiguero.

—Seguro que usted le encuentra a todo su lado bueno —dijo Daniel sonriendo burlonamente.

Estaba asombrada: nadie me había dicho nunca que yo veía el lado bueno de las cosas. ¿De verdad había cambiado con tantas vivencias? ¿Me parecería un poco a Maria?

—Hacía años que no me lo pasaba tan bien charlando con alguien —dijo Daniel.

—Yo también —repliqué; al fin y al cabo, durante los últimos dos años había conversado única y exclusivamente con animales.

Me miró.

Lo miré.

El contacto visual, la estrechez del Porsche, normalmente habrían sido una fórmula ideal para un primer beso.

Pero, claro, aquello era absurdo: nunca nos daríamos un beso.

Con todo, Daniel continuaba mirándome a los ojos.

Eso me desconcertó.

Y a él también.

Y, de repente, se sintió completamente confuso.

—¿Qué ocurre? —pregunté.

—¿No... no nos conocemos de antes?

Daniel había visto mi alma en mis ojos. Quería decirle que yo era Kim Lange. Sabía que Buda había manipulado mi centro del habla para que nadie se enterara, pero... Pero a lo mejor funcionaba. ¿Y si me concentraba al máximo? Exacto, eso podría funcionar. Le diría que yo era Kim Lange, la mujer con la que se había acostado la noche en que murió. La mujer en cuya tumba había depositado una rosa.

Abrí la boca, me concentré con todas mis fuerzas y canté con mucho sentimiento: «El pájaro carpintero hace la cama donde dormirá la dama.»

Daniel me miró perplejo:

—¿Es una indirecta?

Negué con la cabeza, salí a toda prisa del Porsche, corrí a mi habitación y decidí que no saldría de la cama en los próximos años.

CAPÍTULO 48

A la mañana siguiente llamaron a la puerta. Me quedé en la cama. Era un lugar fantástico.

—Soy yo, Daniel Kohn.

Permanecí tumbada, estupefacta.

—Quiero enseñarle una cosa.

—¡Un momento! —exclamé.

Me vestí, me tomé una pastilla para el corazón y me pregunté qué querría enseñarme Daniel Kohn.

Abrí la puerta y me tendió un papel.

—Ejem, ¿qué es?

—¡Es un borrador para la nueva serie de reportajes! He pasado media noche trabajando en él.

Los ojos le brillaban como a un niño pequeño. Nunca había pensado que su cara, por lo general tan encantadoramente impasible, pudiera resplandecer tanto.

—¿Quiere leerlo? —preguntó.

—¿Tengo elección? —dije sonriendo.

—Pues claro que no.

Cogí el borrador y lo leí. Contenía muchas cosas que se nos habían ocurrido el día antes. Incluidas la Atlántida y la Antártida. Se trataba de una serie de programas que a mí también me habría gustado hacer.

—¡Es genial!

—Y mucho mejor que la porquería que estoy haciendo ahora.

—Sin duda —dije con una sonrisa burlona.

—Y, si funciona, usted será mi ayudante.

Sonreí y, evidentemente, no le creí una palabra.

Daniel me convenció de que fuera con él a Berlín, a los estudios de televisión. Una hora en coche, tan juntos y apretujados, me llevó a crear fantasías sexuales. Todavía eran muy imprecisas, puesto que en ellas mi cuerpo de Kim Lange alternaba continuamente con el de Maria.

Visiblemente emocionado, Daniel me pidió que esperara fuera, entró corriendo en los estudios y salió sonriendo al cabo de un rato.

—Esa sonrisa me dice que ha tenido éxito —dije.

—Me he librado del programa de debate y he conseguido la serie de reportajes.

—Felicidades.

—Y a usted le dan el puesto de ayudante.

Hablaba en serio.

—Vamos a brindar por nuestros nuevos trabajos —propuso, de muy buen humor.

Nos dirigimos a toda velocidad a su mansión, subimos al bar (¿ya he mencionado que estaba en su dormitorio?) y sacó una botella de champán que tenía más años que los dos juntos.

—La guardaba para una ocasión especial.

Descorchó el champán y lo sirvió. Y yo confié en que el alcohol fuera compatible con mis pastillas.

—Por usted —dijo, sinceramente agradecido de que le hubiera abierto un nuevo camino en la vida.

—Por usted —repliqué.

Bebimos, y el viejo champán tenía un sabor tan asqueroso que tuvimos que tragárnoslo de golpe.

Después del sobresalto inicial, nos reímos a carcajadas. Era el primer ataque de risa que tenía desde hacía años. Nos desternillamos hasta que las lágrimas nos rodaron por las mejillas.

Era tan fuerte que tuve que sentarme en el futón. Él se dejó caer a mi lado.

Nos miramos a los ojos.

Profundamente.

Me vio el alma.

—Yo la conozco de alguna parte —dijo, confuso y cariñoso.

—«Tiroriro, tiroriro, tiroriro» —tarareé.

Y entonces nos besamos.

CAPÍTULO 49

Al cabo de unos segundos, estábamos desnudos y revolcándonos. Antes siempre me había avergonzado un poco de mi celulitis, tenía la sensación de que mi cuerpo no era perfecto ni lo bastante atractivo. Ahora me encontraba en un cuerpo que realmente ninguna revista femenina consideraría perfecto, y me importaba un bledo. Después de pasar dos años en cuerpos de animales, estaba contenta de volver a ser una persona. Una persona que practicaba el sexo. Con Daniel Kohn.

Y tampoco a él parecía importarle mi sobrepeso. En el sexo conmigo se comportaba según el lema: lánzate y disfruta. Por un lado, porque percibía mi alma; por otro —como descubrí más tarde—, conmigo se dio cuenta de que las modelos de Rubens le resultaban más sensuales que las rubitas delgadas con las que solía acostarse. («¡Te clavan los huesos y te haces daño!»)

Si las revistas femeninas llegaran a descubrir que los hombres como Kohn no encuentran atractivas a las mujeres delgadas, los pilares de las redacciones se verían sacudidos.

En cualquier caso, el sexo fue como la otra vez, la noche de mi primera muerte, maravilloso. Y él estuvo fantástico.

¡Pero no fue supercalifragilisticoexpialidoso!

No es que Daniel no se empleara a fondo. Para ser exactos, casi había llegado a la categoría de olímpico. Es que yo aún pensaba en Alex. Y en lo que sentía por él.

No tenía mala conciencia hacia mi antiguo marido. La noche era demasiado hermosa para la mala conciencia. Y, además, Alex había hecho el amor con Nina muchas más veces que yo con Daniel.

Pero pensaba en él constantemente. Aunque sólo fuera porque Daniel no olía tan bien como Alex. Al principio lo achaqué a que ya no tenía olfato de perro y quizás por eso Daniel no podía oler tan bien, pero luego supe que me engañaba: Alex tenía simplemente un olor más sensual que Daniel.

Mientras Daniel y yo bebíamos champán en un respiro (esta vez, de una cosecha más reciente), me miró y dijo:

—Ha sido genial.

—Sí... —repliqué.

—Lo has dicho como si hubiera un «pero».

Negué con la cabeza. No quería hablarle de Alex.

—No me gustan los peros —dijo Daniel, que notaba que algo fallaba.

Estuvimos callados un rato.

—Lástima, pensaba que podría haber algo entre nosotros —dijo Daniel, rompiendo el silencio.

—¿Cuándo lo has pensado? —pregunté, llena de curiosidad: que pensara algo así de mí... Inconcebible. Tan inconcebible como que acabáramos de hacer el amor.

—Bueno, en algún momento entre el beso y tu tercer orgasmo —replicó con todo su encanto.

—¿En serio quieres estar con una mujer de la limpieza?

—Ahora eres mi ayudante.

Daniel hablaba realmente en serio.

Eso me desconcertó mucho.

Pero ¿por qué no podía intentarlo con Daniel? Era mejor que estar sola y él sentía algo por mí, por muy absurdo que sonara.

Me sentía bastante confusa.

Daniel volvió a besarme. Y otra vez. Y una vez más. Me cubrió el cuello de besos. Y volvimos a acostarnos. Y entonces pensé un poco menos en el olor de Alex.

CAPÍTULO 50

En un momento como aquél, el detective Thomas Magnum diría: «Sé lo que estáis pensando...» Yo quería recuperar a mi familia, claro. ¿Pero hasta qué punto era eso realista? No moví un dedo para acercarme a ellos. Era mucho más cómodo quedarse con Daniel. Y después del ajetreo de los dos últimos años, me había ganado un poco de comodidad, ¿no? Bah, tonterías, ¡me había ganado una sobredosis de comodidad! ¡Toda una vida!

Me dejé mimar por Daniel, todas las noches hacía el amor con él y, con mi sueldo de asistente, pedí hora en el Rico's Excellence Spa para un masaje de relax.

Rico estaba en el mostrador de mármol de la entrada, mirándome con asombro: la gente con un volumen corporal como el mío no iba nunca a su templo del lujo.

—Daniel Kohn ha pedido hora para mí —dije, no sin cierto orgullo, porque, caray, ¡uno de los tíos más buenos de toda Alemania era mi novio!

—¿Es usted... su hermana mayor? —preguntó Rico desconcertado.

Me quedé conmocionada y de mala uva. Sin pensarlo dos veces, contesté:

—¡Ya le daré yo «hermana mayor»!

—Está claro que no lo es.

—Por si quiere saberlo, ¡soy su novia! —dije cabreada. Rico se dio la vuelta a toda prisa.

Por detrás, vi que se tapaba la dentadura blanca y radiante con el puño, y oí un ligero resoplido. Luchaba por reprimir la risa.

Y yo luché por reprimir el deseo de pegarle una patada en el trasero a aquel cachas.

Cuando Rico se hubo tranquilizado, se dio la vuelta, me miró y dijo:

—Perdón. —Se dio la vuelta de nuevo y resopló bien alto—: Novia...

Entonces le pegué una patada en el trasero al cachas. Demasiado por un masaje de relax.

Furiosa, cogí el tranvía para ir a casa de Daniel. Me cabreaba mucho que tipos como Rico amargaran la vida a personas como yo o Maria. Me habría encantado arrancarle el corazón, cortarlo a pedacitos, luego ponerlo en un mortero, hacerlo picadillo y dárselo de comer a un perro, al que luego arrollaría con una apisonadora.

En el dormitorio le expliqué a Daniel toda la historia. Esperaba que él se enfadara tanto como yo y que juntos imaginaríamos más sistemas de tortura para Rico. Pero en vez de hacer propuestas sobre los temas «descuartizar», «crucificar», «enrodar» y «una combinación de los antes mencionados», se limitó a preguntar:

—¿De verdad se ha reído cuando le has dicho que eres mi novia?

—¡Sí!

—Hmmmm —dijo Daniel.

Hmmmm no era precisamente el apoyo que yo había deseado.

—¿No lo crees capaz? —pregunté.

—Sí, claro, pero...

—¿Pero?

No podía comprenderlo. ¡En una respuesta a aquella pregunta un «pero» no pintaba nada!

—Es sólo que... Bueno, hasta ahora siempre he ido con mujeres diferentes...

—¡Floreros! —refunfuñé dolida.

Daniel era conocido por ir siempre acompañado de las mujeres más guapas. Si ahora, de repente, aparecían fotos nuestras, seguro que se publicarían titulares como: «¿Tiene Daniel Kohn problemas de vista?», «Me gusta lo gordo» o «¿Por qué no una luchadora de sumo?». El titular más positivo probablemente sería: «¡Genial! ¡Daniel Kohn no le hace ascos a nada!» Unas fotos donde saliéramos los dos juntos dañarían su fama, y en aquel momento acababa de comprenderlo. Y eso me enfureció y me entristeció a la vez.

—No tiene nada que ver con los floreros —intentó aplacar Daniel.

—¿O sea que me llevarás a todas partes y me presentarás como tu novia? —pregunté, pinchando.

Daniel titubeó durante una décima de segundo. No debería haberlo hecho. El titubeo es la confesión de los hombres.

—No te parezco lo bastante presentable —constaté.

—¡No digas tonterías!

—Pues demuéstramelo.

—¿Y qué quieres que haga? —preguntó exasperado.

—Llévame contigo a la entrega de los Premios TV de este año. Como tu novia. ¡Visible para todo el mundo!

Daniel titubeó durante bastante más rato que una décima de segundo.

Y cuanto más titubeaba, más desaparecía mi rabia y más la sustituía el miedo a que dijera: «No, no quiero que nadie me vea contigo.»

¿Qué le contestaría entonces? «¡Hasta la vista, baby!» o «Bueno, lo que importa es que estemos juntos. Da igual si estás de mi parte o no. No me importa mi dignidad. ¿Quién necesita una dignidad tan tonta?».

Daniel se decidió finalmente y dijo:

—Vendrás conmigo. Y también te presentaré oficialmente como mi novia.

Mi dignidad y yo nos alegramos mucho.

CAPÍTULO 51

En vez de ir al Hyatt, Daniel buscó un hotel precioso en las afueras de Colonia. Nos quedamos repanchingados en la cama de matrimonio hasta que llegó el recadero con mi nuevo vestido de Versace. Daniel lo había encargado a medida. Claro que no podía compararse con el que había lucido cuando era Kim Lange. Para ser exactos, se parecía más a una instalación de Christo.

Pero notar la tela suave sobre la piel, la ilusión de ir a los Premios TV, saber que volvería a ver a la jauría de los medios... ¡me provocaba un hormigueo enorme en el estómago!

Una parte de mí se imaginaba bajando con Daniel de la limusina y que cientos de fotógrafos disparaban miles de fotos de la nueva y fantástica pareja. Otra parte se imaginaba que, como futura esposa de Daniel Kohn, sería lo bastante famosa para tener la oportunidad de conseguir un programa propio. Y una parte bastante pequeña de mí se asombraba del optimismo de las dos primeras partes.

Giré sobre mi propio eje en toda mi abundancia para enseñarle el vestido a Daniel:

—¿Qué te parece?

—Está bien —dijo, un poco ausente.

—Lo dices como si estuvieras enganchado al Valium, con el mismo entusiasmo.

—No, está bien, de verdad.

Forzó una sonrisa que pareció poco convincente. Estaba pensando en algo. Pero una parte de mí decía: «¡Qué más da!» Otra parte de mí se tapó los oídos y cantó: «Lalalala... Seguro que a Daniel no le pasa nada. Y menos aún por mis ínfimas cualidades de mujer de bandera. ¡Seguiremos juntos!» Y la tercera, la parte más pequeña de mí, era testigo mudo de aquellas manifestaciones tan lejanas a la realidad.

Daniel se encerró en el cuarto de baño y yo me quedé sola en la habitación del hotel. Hice zapping, fui a parar a la televisión de pago y me pregunté: «¿Quién demonios paga veintidós euros por una película porno titulada *El sueño de Carmen. Flamenco con ocho rabos*?»

Apagué la tele enseguida y me senté en la cama.

Y sentada allí, sola, tuve un *déjà-vu* de tercer grado: dos años atrás, antes de la entrega de los Premios TV, también estaba sentada sola en un hotel con un vestido nuevo y tenía remordimientos por Lilly.

Ahora volvía a tenerlos.

De hecho, los tenía siempre, pero los reprimía con todas mis fuerzas entre los brazos de Daniel. También tenía remordimientos por Alex. Incluso por el estrambótico Buda. Seguro que no me había enviado a ese cuerpo para que soñara con labrarme una carrera en televisión y viviera con Daniel.

Pero Daniel salió de la ducha mientras lo pensaba. Y estaba imponente. Ante aquel fantástico desnudo, perdí mis remordimientos por Buda.

Pero no por Lilly y Alex.

En el trayecto en la limusina, Daniel estuvo muy callado y no paraba de toquetearse la corbata con nerviosismo. Era evidente que tenía miedo de su aparición pública en mi compañía, y de las burlas y guasas que eso le supondría.

Yo también estaba callada: no paraba de pensar en Lilly. No podía reprimirlo más. Mi corazón suspiraba por ella. Mucho más que por la comodidad. Mucho más que por una carrera televisiva. Y mucho más aún que por una lluvia de flashes al lado de un hombre al que le resultaba embarazoso estar junto a mí.

A medida que nos acercábamos a la sala donde se celebraría la entrega de los premios, el silencio nervioso de Daniel se iba haciendo más elocuente. Tendría que haberme enfadado con él, haber creado fantasías en las que él se acercaba a un castillo y yo lo esperaba ansiosa en las almenas... con aceite hirviendo.

Pero sólo me sentía muy triste. Por mí. Porque había querido tomar el camino fácil y emprender una vida con Kohn en vez de hacer acopio de valor y buscar a mi familia.

La limusina se detuvo. Teníamos que bajar enseguida y someternos a la lluvia de flashes. Daniel me miró, intentó sonreír. Lo intentó. Las comisuras de sus labios apenas alcanzaron la posición horizontal.

Yo no me esforcé por sonreír.

—¿No van a bajar? —preguntó el chófer.

Daniel titubeó.

Yo también. Noté perfectamente que me encontraba en una encrucijada: si salía, me quedaba con Daniel. Y me decidía en contra de Alex. Y en contra de Lilly.

—¿No vienes? —me preguntó.

Una parte de mí gritó: «¡Adéntrate de nuevo en tu querida lluvia de flashes!» Otra parte gritó: «Y haz el amor con Daniel Kohn el resto de tu vida.» Pero la tercera parte pronunció en voz muy baja las palabras que acallaron a las otras dos: «Pero entonces nosotras tres nunca seremos felices.»

—No —contesté a Daniel.

—¿No?

—No.

—Sólo oigo «no».

—Seguramente porque es lo que he dicho.

Daniel calló.

—Las demás limusinas esperan —apremió el chófer.

Y, efectivamente, detrás de nosotros se había formado una cola de unos doce coches, en los cuales iban famosos que no esperaban nada con más ganas que dejarse fotografiar por la prensa. En una limusina me pareció reconocer a una famosa señora televisiva que extendía el dedo corazón hacia nosotros en un gesto muy poco apropiado para una dama.

—No tenemos futuro —le dije a Daniel, muy a pesar mío.

Y me dolió que no replicara nada.

—Baja —le pedí.

—Entonces... ¿no volveremos a vernos?

No respondí nada.

—Quien calla, otorga —dijo con tristeza, y salió.

Se adentró solo y manteniendo la compostura en la tormenta de flashes. Observé un instante cómo miraba a las cámaras sonriendo con profesionalidad. Luego le dije al chófer:

—Arranque, por favor.

CAPÍTULO 52

Cuando llegué a mi cuchitril de Postdam por la noche, me tiré en la cama muy frustrada. No fue una buena idea. Se rompió.

Y mientras estaba tumbada sobre la cama rota, contemplando el techo, empapelado en plan chapuza por el inquilino anterior, me pregunté cómo podría acercarme a mi familia.

Difícilmente se daría otra casualidad como la que me había conducido a Daniel Kohn. Y tampoco me apetecía, por ejemplo, limpiar la ducha donde Alex y Nina se lo habían pasado en grande.

Pero ¿no podría haber otro trabajo para mí? Eran vacaciones de verano, y Alex y Nina tenían que ir a trabajar. ¿Quién cuidaría a Lilly?

—¡Abuela! —gritó Lilly—. ¡Date prisa! —Lilly salió de casa con una bolsa de deporte en la mano—. ¡Llegaremos tarde al partido!

—Una vieja no es un tren expreso —exclamó mi madre, a la que ninguna metáfora pasada de rosca le parecía lo bastante absurda, y salió trotando de casa.

Yo me había escondido en la acera de enfrente, detrás de un Fiat Panda: todo un mérito teniendo en cuenta mi volumen.

Las dos caminaron hacia la parada del autobús. Las seguí con la mirada. Así pues, Martha se ocupaba de la pequeña. ¿Cómo podía Alex confiarle a Lilly? Puestos a hacer, la podría haber dejado bajo la tutela de Rasputín. (¿Era posible que mi madre fuera Rasputín reencarnado? Bueno, eso explicaría el consumo de alcohol.)

Llegó el autobús y yo salí de detrás del Fiat. ¡No podía dejar sola a mi hija con aquella vieja! No estaba muy lejos de la parada, puede que a unos 250 metros. Arranqué a correr.

Jadeaba, resoplaba, resollaba, iba con el culo a rastras. Aún tenía 200 metros por delante.

Deseé recuperar mis patas de conejillo o mis patas de beagle o, mejor aún, el puto deportivo de Daniel Kohn.

Sudaba, chorreaba, babeaba. Aún quedaban 160 metros.

Tropecé, agité los brazos, caí. Todavía 158 metros y tres cuartos.[1]

El conductor del autobús se apresuró a bajar y corrió hacia mí:

—¿Necesita ayuda?

Quise decirle «Sí, por favor», pero sólo resollé «Grrrr-hhh», lo cual viene a expresar prácticamente lo mismo.

El conductor ya estaba junto a mí:

—Venga, la ayudaré a levantarse.

1. De las memorias de Casanova: Desde un árbol observé que una mujer gorda, de la que no sospechaba en absoluto que se tratara de madame Kim, se desplomaba. Pero no le di más vueltas: tenía hondas penas de amor a causa de mademoiselle Nina y, por tanto, era el único gato en este mundo que vivía como un perro.

Un instante después, dijo:

—Mierda, ¡mi espalda!

Pasó un rato hasta que el hombre consiguió levantarme.

—¿Se encuentra bien? —preguntó Lilly, que también había bajado del autobús.

No pude evitar sonreír. Al verla, olvidé mi respiración débil, las punzadas en el corazón y el hecho de que, después de aquel *sprint*, apestaba como una manada de nutrias. Respondí a la sonrisa de Lilly y canturreé con sentimiento:

—«El pavo con su gran cola...»

—¿Cómo se le ocurre cantarle esas porquerías a mi nieta? —me increpó mi madre, y eso que ella nunca me había ni siquiera tarareado canciones infantiles y, en cambio, solía cantarme el *Do you think I'm sexy* de Rod Steward.

La miré débilmente mientras se llevaba a Lilly hacia el autobús. El conductor las siguió, frotándose la riñonada, y murmuró:

—Esto es lo que se consigue por ayudar a la gente.

Él no sabía que acababa de acumular buen karma y que había reducido las posibilidades de despertar un día en un hormiguero.

Yo también subí al autobús. Mi madre se llevó a Lilly a un asiento lejos de mí. Pero yo no la perdí de vista. No quería saltarme la parada en la que se bajaran. Y me quedé muy sorprendida: mi madre jugaba a piedra-papel-tijera con Lilly para pasar el rato. ¿Era realmente mi madre? La que conmigo a lo sumo jugaba a «¿En qué mano tengo el cigarrillo?».

Las dos se apearon cerca de un campo de fútbol. Las seguí a una distancia prudencial. Al llegar al campo de deporte, los otros críos saludaron efusivamente a Lilly, la mayoría eran niños: a esa edad, seguramente jugaban en equipos mixtos. Mi madre saludó a los demás padres:

—¡Hoy los nuestros les darán una patada en el culo!

Me estremecí, pensé que les resultaría desagradable el comentario. Pero, en realidad, las respuestas fueron frases del mismo estilo:

—Y les darán por el saco.

Al parecer, iban fuertes. ¿Y mi pequeña y delicada Lilly estaba en medio? Me dio miedo. Pero, tan pronto como pitaron el inicio del partido, mi hija dejó de parecer tan delicada. Saltaba, luchaba y daba el callo: la niñita que no podía dormirse de noche sin su peluche se había convertido en una mezcla de Pippi Calzaslargas y Berti Vogts (gracias a Dios, era mucho más guapa). ¿Y si con aquella dureza intentaba compensar la pérdida de su madre?

En cualquier caso, mi madre la animaba con energía, gritando: «¡Derríbalo!», «¡Cárgate a ese inútil!» y «¡Son una pandilla de mariquitas!». Así, no era de extrañar que Martha no fuera demasiado popular entre los padres de los contrincantes.

Y entonces le hicieron una entrada brutal a Lilly por detrás y la derribaron. Fue un niño que, encima, se reía. Aquel desgraciado le había pegado una patada a mi hija y yo quería sacudirle hasta que se le cayeran los dientes de leche. Pero, antes de que pudiera decir nada, mi madre gritó:

—¿A qué viene eso, mamón?

—Sólo tiene siete años —intentó calmar los ánimos el árbitro.

—Y si no se anda con cuidado no cumplirá los ocho —replicó mi madre.

Mientras el árbitro buscaba una respuesta adecuada, el entrenador de los visitantes se plantó delante de Martha. Un toro lleno de tatuajes que parecían hechos por un chino borracho a cuatro euros ochenta la pieza.

—¡Cierra el pico, vieja! —ladró.

—¡Ciérralo tú, idiota! —replicó mi madre.

—¿A quién has llamado idiota? —quiso saber el entrenador, y se le acercó con ademanes amenazadores.

—A ti, ¡encefalograma plano!

Me quedé impresionada. Podía reprocharle muchas cosas a mi madre, y lo había hecho más que de sobra durante toda mi vida, pero era valiente. No la habrían amilanado ni Krttx ni los que experimentaban con animales ni ningún cowboy canadiense. Y en aquel instante pensé una cosa sorprendente: el carácter intrépido lo había heredado de ella. O sea, no todo lo que me había dado era imperfecto.

—Porque hay niños, que, si no, te arreaba un tortazo —dijo el tatuado, y se alejó.

Comparado con eso, el resto del partido transcurrió pacíficamente. Los niños del equipo contrario le tenían tanto respeto a Martha que limitaron al mínimo el número de faltas a mi hija. Yo ya no miraba a Lilly, sino que observaba con más exactitud a la señorona furiosa: iba hecha un desastre, como siempre, pero su cara parecía más saludable. ¿Ya no bebía? ¿Tan bien le había ido Nina?

Acabaría por tener migraña con esas ideas de «Nina le hace bien».

Al acabar el partido, los niños desaparecieron para cambiarse y yo me acerqué a Martha, que esperaba fuera.

—¿No es usted la del autobús? —quiso saber.

—Sí, trabajo en el club —mentí, y pregunté, haciéndome la inocente—: ¿Qué, brindamos por la victoria?

—No, yo no bebo.

—¿Ni un poquito? —pregunté sorprendida.

—¡No! —replicó enseguida, y yo callé.

Me miró a los ojos y, de golpe, pareció confusa. Debió de ver mi alma, igual que Daniel Kohn. Instantes después, preguntó:

—¿No nos conocemos?

Pensé que sería demasiado absurdo responder tarareando *La boda de los pájaros* y por eso lo dejé correr y continué callada.

Pero Martha se relajó; verme el alma pareció provocar que se me abriera:

—Hace dos años que no bebo.

Por Nina, pensé, quizás debería mantenerme alejada de la vida de mi familia.

Martha prosiguió:

—El médico ya me lo había advertido antes: si sigue bebiendo tanto, la diñará. Pero la muerte no me preocupaba. La vida era una mierda y tenía que emborracharme. Pero luego murió mi hija. Y de repente comprendí que realmente te puedes morir. Y me da un miedo del carajo morirme.

Al menos mi muerte había tenido algo bueno. Y el cambio de conducta de Martha no tenía nada que ver con Nina.

—Bueno, y ahora cuido a la hija de mi hija.

Martha quería enmendar todo lo que había hecho mal conmigo.

Y yo quería enmendar todo lo que había hecho mal con Lilly.

Parece ser que la muerte también puede revitalizar a las personas.

CAPÍTULO 53

Por la noche volví a tumbarme en la cama rota. La voluntad de mi madre me había impresionado. Y me reconfortaba que no todas las cosas positivas en la vida de mi familia tuvieran que ver con Nina. Aparte de eso, no había avanzado un solo paso: ¿cómo podía irrumpir en la vida de mi familia? Hacer de niñera habría sido genial. Pero, para ello, tendría que retirar a mi madre de la circulación.

Esa misma mañana se me habrían ocurrido un montón de fantasías que no me habrían hecho ganar nada de buen karma: le habría puesto la zancadilla a Martha en las escaleras o habría incitado a los padres del equipo contrario a que le enseñaran lo que realmente era una entrada dura.

Pero ya no albergaba sentimientos negativos. Su comportamiento me tranquilizaba (vale, quizás no que llamara «mamón» a un niño pequeño). Y, por primera vez en mi vida, tenía la sensación de que tenía algo que agradecerle.

Así pues, debía buscar un modo agradable de retirar a mi madre de la circulación durante un tiempo.

—Abuela, ¡si haces de portera tienes que tirarte al suelo! ¡Como Olli Kahn!

—Yo no soy Olli Kahn. No sé pararlas tan bien. ¡Pero soy más guapa! —refunfuñó mi madre, que parecía muy cansada: por lo visto, ya había tenido que parar un montón de balones.

Entré en el jardín y dije:

—¡Hola!¹

—¿Qué hace usted aquí? —preguntó mi madre sorprendida.

—Ayer vi que usted vivía aquí. Y me gustaría volver a hablar con usted. A solas.

Mi madre se dirigió a Lilly:

—Anda, entra un momento y trae agua.

—¡Pero si no tengo sed!

—¿Ni para una Coca-Cola?

—¿Coca-Cola? ¡Genial!

Lilly salió corriendo. Y es que los niños son como las autoridades italianas: si quieres algo de ellos, tienes que sobornarlos.

—¿Qué quiere? —preguntó Martha con desconfianza cuando Lilly ya no podía oírnos.

—Usted lo ha pasado muy mal en los últimos años —dije.

—Vaya, y yo sin saberlo —replicó Martha lacónica.

—¿Ha pensado alguna vez en irse de vacaciones para reponerse un poco?

—A menudo —suspiró—. La madrastra de la pequeña tiene una agencia de viajes. ¿Sabe adónde me gustaría ir?

---

1. De las memorias de Casanova: Desde mi árbol vi otra vez a la dama gorda. Pero me resultó indiferente. Yo estaba demasiado ocupado componiendo poemas sobre mis penas de amor. Se titulaban: «Tormento», «Eterno tormento» y «Llamadme Tántalo».

—Usted dirá.

—A la República Dominicana.

—¿Y por qué no se va de vacaciones?

—¿Y quién se ocupará de Lilly? Sus padres trabajan.

—Yo estaría interesada —repliqué sonriendo con malicia.

—Pero usted ya trabaja en el club.

—Ah, lo he dejado —dije, estirando aún más la mentirijilla del club.

—No sé —titubeó Martha—. No me gusta dejar a la niña sola.

—Sería por poco tiempo.

Martha no acababa de estar convencida.

—Dicen que en la República Dominicana hay unas playas preciosas —dije para hacerle la boca agua.

—Y hombres guapos —dijo Martha sonriendo.

—Y hombres guapos —dije, devolviéndole la sonrisa.

Sí, las dos nos sonreíamos de verdad.

La primera vez desde... no sé desde cuándo.

CAPÍTULO 54

Nina y Alex se sorprendieron de los planes de mi madre para irse de vacaciones, pero Martha no se dejó disuadir. Yo la había convencido en una larga conversación de que unas vacaciones le sentarían bien, y también se las deseaba de todo corazón. Lo había pasado muy mal en la vida y se había ganado de sobra una recompensa por su nuevo estilo de vida.

Evidentemente, Nina y Alex se mostraron reticentes a contratar de niñera a una mujer que no tenía referencias, y al principio se negaron a darme el empleo. Pusieron un anuncio en el periódico. Se presentaron, entre otros: una mujer de nacionalidad indefinida que no hablaba alemán, un estudiante de matemáticas que estaba en su decimocuarto curso y una mujer que presumía de su antigua profesión de «bailarina de revista».

La gorda de Maria se convirtió de repente en una alternativa bastante buena.

Durante las cuatro semanas siguientes sería la niñera de Lilly. Así pues, disponía de cuatro semanas para destruir el matrimonio de Alex y Nina.

Según mis cálculos, tendría la oportunidad de reconquistar a mi familia. Hacía tiempo que había redescubierto mis sentimientos por Alex y ya no me parecía tan improbable que Alex pudiese enamorarse de mí si Nina desaparecía del mapa. Si había funcionado con un hombre como Daniel Kohn...

Está claro que destruir un matrimonio no es algo con lo que se acumule buen karma. Lo tenía muy claro: si tenía éxito, después de morir seguramente iría a parar de nuevo a una jaula de conejillos de Indias. O al zoo de Berlín como rinoceronte hembra, con seis rinocerontes macho, todos castrados. Pero me daba igual. Ahora no me interesaba mi vida futura. Ahora se trataba de mi vida actual. ¡Y de la de Lilly!

La destrucción de un matrimonio se lleva a cabo en cuatro fases.

Fase uno: Observar al enemigo

Primero me integré, como corresponde a una niñera, en la vida cotidiana de la casa que antes había sido mía. Y observé cómo estaba el patio en lo tocante a la calidad de la relación entre Alex y Nina. ¿Hasta qué punto su amor era real?

Vi que Alex y Nina se besaban antes de que ella se fuera a trabajar. Vi que bromeaban. Y que él la seguía deseoso con la mirada.

Y todo aquello era muy alentador.

¿Por qué? Bueno, cuando nosotros éramos unos recién casados, los besos de despedida nunca duraban menos de un cuarto de hora y no pocas veces acababan con sexo. Cuando bromeábamos, nos cogían ataques de risa nerviosa que duraban minutos y que no pocas veces acababan también con sexo. Y, cuando yo me iba de casa, él no me seguía deseoso con la mirada, sino que me retenía y..., exacto, hacía el amor conmigo.

Con Nina nunca había sexo después de un beso de despedida. Si reían, era sólo durante un tiempo razonable y siempre sin sexo a continuación. Y la mirada deseosa de Alex terminaba con el cierre de la puerta de casa, sin nada de sexo.

Aquel amor no era tan fuerte como el nuestro de antes. Podía destruirlo. Si hasta había logrado cargarme el nuestro.

Y, mientras observaba al enemigo, jugaba con Lilly.

—¿Sabes jugar al fútbol? —fue una de las primeras cosas que me preguntó.

—No, pero puedo jugar en la portería. Es muy difícil colarle un gol a alguien de mi tamaño.

A Lilly se le escapó una sonrisa.

Y empezamos a jugar al fútbol.

Lilly chutaba a más no poder y yo paraba a más no poder. Era divertidísimo. Siendo Kim Lange, nunca me había divertido tanto con la pequeña, porque siempre iba con prisas de cita en cita. Por primera vez, siendo Maria podía jugar despreocupadamente con mi propia hija, sin estar pensando constantemente en el trabajo. (¿A quién invito al próximo programa? ¿Qué tema elijo? ¿A quién le echaré la culpa si la audiencia es mala?)

Estaba empapada en sudor, pero no me importaba lo más mínimo. Ni siquiera mi corazón. Jugar al fútbol con una Lilly sonriente conseguía que dentro de mí se segregaran hormonas de la felicidad que, por lo visto, hacían más efecto que las pastillas. Y Lilly también se lo pasaba en grande.

—Tú eres más simpática que la tonta de Nina —dijo Lilly luego, mientras organizábamos una competición de comer crepes con Nutella.

—¿No te gusta Nina? —pregunté sorprendida. Por lo visto, Nina no le hacía tanto bien a la pequeña como yo pensaba.

—Nina es aburrida —refunfuñó Lilly, y hablaba con el corazón, aunque yo habría utilizado otro adjetivo y no «aburrida»—. Es caca de vaca.

Ah, con qué acierto manejaba mi hija las palabras. Sonreí tan ampliamente que, a mi lado, una sonrisa de caballo parecería la de un suicida en potencia.

—No tiene gracia —dijo Lilly, triste—. Nina no me quiere.

La sonrisa se me cayó de la cara y, avergonzada, tuve que admitirlo: no se trataba de si Nina era «caca de vaca» o no. Se trataba de mi hija.

Cogí a la pequeña en brazos, la estreché contra mi cuerpo sudado de luchadora de sumo y decidí abordar la segunda fase.

Fase dos: Provocar celos

Para provocar celos entre amantes, primero hay que preparar el terreno verbalmente:

—Lilly me ha dicho que su madre murió —le dije a Nina como quien no quiere la cosa mientras la ayudaba a tender la ropa en el jardín.

—Sí.

—Tuvo que ser duro. También para su marido.

—Pasó mucho tiempo hasta que me abrió su corazón.

—Hmmmm —dije, preñando la expresión de significado para que notara claramente que iba con segundas intenciones.

—¿Qué quiere decir con ese «hmmmm»? —preguntó Nina, que había picado el anzuelo.

—Nada, nada —dije.

—Dígamelo.

Como todo el mundo, Nina no podía soportar que alguien se guardara algo que le concernía a ella.

—Sí, bueno... ¿Nunca tiene la sensación de ser un simple consuelo? —pregunté, esta vez muy directa.

—No. ¡No la tengo! —respondió Nina con acritud.

—Mi hermana se casó con un viudo —mentí—. Lo mimó, le ayudó a recuperarse anímicamente, y luego él se fue con otra y...

—Su hermana no me interesa —contestó Nina con un tono de voz que significaba: ¡Una palabra más y la estrangulo con la cuerda del tendedero!

Me callé y pasamos los diez minutos siguientes colgando la ropa en silencio. Entonces llegó el momento adecuado para sacar de la chaqueta mojada de Alex una caja de condones que yo había puesto a escondidas antes de lavarla.

—Oh, también se habrán lavado —dije inocente.

—Alex... no usa condones —balbuceó Nina.

—¿No es su chaqueta? —pregunté, más inocente aún.

Nina estaba confusa.

—Seguro que todo se aclara —dije servicial.

Sabía que una sola caja de condones no la llevaría a pensar que Alex le era infiel. Hacía falta un buen montón de indicios. Y, claro, no podía dejar que los relacionara todos conmigo o despertaría sospechas. Así pues, necesitaba un cómplice. Por ejemplo, un gato.

—¡Hola, Casanova! —exclamé cuando, después de mucho buscarlo, por fin encontré al gato en lo alto de un árbol: estaba en una rama y parecía muy deprimido—.[1] ¡Soy yo, Kim!

Casanova despertó de su letargo.[2] Y maulló contento.

—Las personas no podemos entender lo que las personas que se han reencarnado en animales dicen o ladran o maúllan. Pero tú... Tú puedes entenderme —le dije—. Tengo un plan. Así es que escúchame atentamente...

No fue difícil motivar a Casanova: seguía enamorado de Nina. Y, por lo visto, mi «Plan Destruye Matrimonios» le dio ánimos para seguir viviendo. Trepó, tal como yo le había indicado, a la valla que rodeaba nuestra finca. Cuando Alex llegó a casa del trabajo, el signore le saltó encima de los hombros. Alex gritó, espantado. Pero Casanova no reculó y le mordió en el cuello. Chupó y chupó. Y cuando por fin aflojó, Alex tenía un fantástico chupetón.[3]

1. De las memorias de Casanova: A aquellas alturas, maldecía que el suicidio por penas de amor no tuviera sentido. Desgraciadamente, renacemos.

2. De las memorias de Casanova: Cuando madame Kim se dio a conocer, pensé: «Esa dama habría sido demasiado rubensiana incluso para Rubens.»

3. De las memorias de Casanova: Yo no era amante de la homosexualidad y me pasé una hora enjuagándome la boca con agua de un charco.

Cuando Nina, que estaba en la cocina, vio el chupetón, quedó afectada.

—¿Y eso? —preguntó, sin sospechar que yo escuchaba la conversación desde el pasillo.

—Ha sido ese gato salvaje que te destrozó el vestido. Me ha saltado encima.

—Ajá.

—¿No me crees?

Nina probablemente quería creerle, pero parecía insegura: seguro que por lo de los condones, aunque no lo mencionó.

Alex miró a Nina y sonrió.

—Te quiero a ti. Sólo a ti.

Eso me sentó como una puñalada. Hay frases que no te gustan cuando se las dicen a otros.

Al cabo de un momento, Nina asintió pensativa. Entonces Alex volvió a sonreír, salió de la cocina, pasó por delante de mí en el pasillo sin saludarme y se fue a la ducha para lavarse el aceite de bici y el olor a gato.

Yo entré a hurtadillas en la cocina y pillé a Nina en un momento de debilidad.

—Ama a otra —dijo, esforzándose por contener las lágrimas.

Aquello me conmocionó: ¿Alex amaba a otra? ¿No hacía falta que me inventara un lío? ¿Qué estaba ocurriendo? ¿Ya tenía una competidora? ¿Una clienta de la tienda? ¿Una ciclista, quizás? ¿Que a lo mejor también se dopaba en la cama?

—¿A quién? —pregunté, desconcertada y agitada.

Nina puso cara de espanto porque se le habían escapado aquellas palabras, y no supo cómo reaccionar.

—Ya sé que no me incumbe, pero si necesita un hombro donde llorar... —me ofrecí hipócritamente.

Lo consideró un momento. Luego contestó:

—Ama a su esposa muerta.

—Gracias a Dios —dije suspirando.

Nina me miró desconcertada.

—Ejem, quiero decir que... lo siento, claro.

—Siempre la amó más que a mí, y sigue haciéndolo —explicó Nina.

Me costó horrores reprimir una sonrisa.

—¡Y eso que era una estúpida egoísta!

Me costó horrores reprimir las ganas de abofetearla.

—No sabía apreciar la vida maravillosa que tenía.

Me costó horrores reprimir las ganas de confirmárselo con tristeza.

—Y ahora yo tengo que vivir a su sombra —dijo Nina sollozando.

Me costó horrores reprimir las ganas de darle un abrazo para consolarla.

Fase tres: Tomarse un descanso

Por de pronto, a la semana siguiente suspendí las «Acciones Destruye Matrimonios». Sólo saboteé las relaciones sexuales, manipulando el termómetro electrónico anticonceptivo de Nina de manera que la luz roja se encendiera durante más días de lo habitual.

Experimenté una sensación que jamás en la vida había considerado posible: sentí compasión de Nina.

Ahora, que por primera vez desde hacía años podía estar tan cerca de mi familia, veía lo dura que era su vida estando casada con un viudo. Nina se esforzaba por contentar a todo el mundo. Y Alex se esforzaba por no mostrarle nunca que me echaba de menos. Pero ella sabía que lo hacía. Igual que Lilly. Y cuando no la miraban, yo podía observar que la pena se reflejaba en los ojos de Nina.

En esa época, el gato Casanova venía a verme una y otra vez, maullando a más no poder. Estaba furioso porque yo no organizaba nada más.

A la única persona a la que realmente le iba bien era... a mi madre. Me envió la siguiente postal desde la República Dominicana:

Querida Maria:

Esto es fantástico. ¡He conocido a un hombre muy simpático! ¡Julio! Le saco un palmo. Para ser sincera, al principio pensé: «Hombre pequeño, pito pequeño.» Pero es increíble: tiene una cosa con la que se puede derrumbar todo Tokio. Y sabe usarla. Nunca me sentí tan embriagada sin estar borracha. ¡Nos hemos enamorado! Alargaré las vacaciones un poco más.

Gracias de todo corazón.

Tuya,

Martha

Después de enseñarle la postal, Alex me llevó aparte a la cocina y dijo:

—Parece que la necesitaremos unos días más.

Iba a contestarle, pero no pronuncié palabra. Alex estaba tan cerca de mí que volví a notar lo bien que olía. Incluso para mi olfato humano era maravilloso.

—¿Ocurre algo? —preguntó.

Sí, ¡me lanzaría sobre ti, aunque luego no pudieras respirar!

—No, no —dije.

Y entonces, después de las semanas que llevaba en su casa, me miró por primera vez a los ojos.

—Nos conocemos —afirmó asombrado.

No preguntó «¿Nos conocemos de alguna parte?», como hizo Daniel Kohn cuando vio mi alma. O como mi madre. No, Alex lo afirmó claramente: «Nos conocemos.»

Estaba seguro. ¡Parecía notar mi alma con más intensidad que nadie!

Evidentemente, no podía comprender qué era exactamente lo que notaba. Pero todos los sentimientos que tuvo por mí se reavivaron, eso pude reconocerlo.

Mis sentimientos también se reavivaron ardientemente, con la diferencia de que yo sabía exactamente por qué.

Alex empezó a temblar.

Yo había empezado a hacerlo antes.

Saltaron chispas entre nosotros.

En una situación como aquélla podía pasar cualquier cosa.

Entonces Nina gritó arriba:

—¡Mierda, otra vez rojo!

Y el hechizo se rompió.

Fase cuatro: Cambiar el plan radicalmente

Endilgar chupetones y condones, manipular termómetros electrónicos: todo eso no eran más que jueguecitos tontos. ¡Lo había reconocido gracias a la reacción de Alex! Tenía que poner toda la carne en el asador. O, mejor dicho, conseguir que Alex pusiera toda la carne en el asador. La mía. Sin indirectas. Sin trucos.

Así pues, tenía que crear de nuevo una situación en la que pudiera pasar cualquier cosa. Pero, ¿cómo?

Mientras jugaba con Lilly, no paraba de cavilar sobre la cuestión. Tan intensamente que no me di cuenta de que

Lilly había chutado a puerta. Y el balón me dio de lleno en la cara.

—¡Ay! —grité.

—Te sale sangre por la nariz, Maria —dijo Lilly afectada.

—Tí, tí —gangueé, mientras el dolor se hacía insoportable: ¿Me había roto la nariz?

—¿Quiere que la ayude a detener la hemorragia? —preguntó Alex, que acababa de entrar por la puerta del jardín.

—Tí, graciaj —murmuré; la nariz me dolía una barbaridad.

—Lo siento mucho —dijo Lilly, con cara de culpable.

—No ej nada —gangueé—. En terio.

Hice un esfuerzo por sonreír. Eso me causó aún más dolor. Pero seguí sonriendo. No quería que Lilly tuviera sentimientos de culpa. Le acaricié la cabeza. Pareció tranquilizarse y yo entré en casa con Alex, mientras ella seguía en el jardín chutando el balón contra el cobertizo.

—Es usted muy cariñosa con Lilly —dijo Alex agradecido.

—Lilly ej una niña muy ejpecial —respondí.

Una vez en la cocina, Alex me ofreció una silla y yo decidí aprovechar la situación a pesar del dolor.

—Ujted ejtuvo cajado con Kim Lange, ¿no? —pregunté.

—Sí —asintió, y sacó una bolsa de congelados del congelador.

—Tiene que jer ejtraño ejtar cajado con alguien tan famojo.

—«Duro» sería más acertado.

Me puso la bolsa de congelados encima de la nariz. El dolor martilleante se alivió un poco.

—Jeguro que no tenía musho tiempo para la familia.

—Tiene que mantener la nariz en alto —dijo Alex: estaba claro que no quería entrar en el tema.

—Ejtoy jegura de que Kim Lange ahora viviría de otra manera —quería que lo supiera.

—¿Y qué la hace estar tan «segura»? —preguntó Alex, picado.

—En la vida de dejpuéj de la muerte te daj cuenta de lo que ej importante en la vida de antej de la muerte.

—Vaya, es usted muy espiritual —dijo con sorna.

No respondí. Yo no era espiritual, yo tenía datos empíricos concretos.

—Para Nina no hay nada más importante que la familia —dijo Alex, reprimiendo el enfado—. Estoy muy bien con ella. No tengo que pensar en lo que mi mujer pensaría en la vida después de la muerte, que, dicho sea de paso, en mi opinión no existe.

Zas, toma puyazo. Alex no quería seguir hablando del tema.

Yo sí.

—¿La'ja de menoj?

—¿La'ja de menoj? —preguntó Alex.

No me había entendido. ¡Maldita nariz!

—¿La'ja de menoj?

—¿La'ja?

—¡La'ja!

—¿La'ja?

—¡LA ESHA! MALDITO GANGUEO —dije en voz bien alta.

Alex se sobresaltó.

—Dijculpe —dije en voz baja.

—¿Si la echo de menos? —preguntó confuso.

Asentí. Él también asintió después de titubear un poco:

—Todos los días deseo que aún estuviera aquí...

Por primera vez vi que se sentía profundamente triste. Y yo no podía lanzarle «¡Estoy aquí! ¡Estoy viva!».

Pero...

... podía besarle.

Me acerqué a él. Con mis labios grandes y gruesos.

Él estaba visiblemente confundido, turbado.

Y me miró de nuevo a los ojos.

Mis labios tocaron los suyos.

Y los suyos respondieron a mi beso. Al parecer, su cerebro se había desconectado. Sólo lo guiaba el corazón.

Fue el beso más intenso de toda mi vida: sentí un hormigueo en la espalda, me dio un vuelco el corazón, todo mi cuerpo se electrizó... ¡Fue maravilloso!

Lástima que Nina entrara en la cocina.

Fase cinco (Sí, ya sé, yo también pensaba que sólo habría cuatro fases): ¡A pringar!

Nina no podía dar crédito a sus ojos: Alex la engañaba. Con una mujer que pesaba tres veces más que ella.

—Alex —balbuceó perpleja.

Alex se separó de mis labios regordetes («regordete» era una manera agradable de describirlos).

—¿Qué haces...?

Estaba claro que el cerebro de Nina no era capaz de procesar aquello.

Y el cerebro de Alex tampoco.

—No... No lo sé.

—¿El chupetón te lo hizo ella?

—No, el gato..., ya te lo dije...

—¿Y los condones también te los dio el gato, no? —dijo Nina profundamente herida, y sacó de un cajón la caja de condones lavada—. Los encontré en tu chaqueta.

—No... No los había visto nunca —balbuceó Alex.

Nina le dedicó una mirada despectiva y se fue. No lloró, pero se notaba que estaba a punto de hacerlo.

—Nina —gritó Alex.

—Déjala —le pedí.

Yo quería que se quedara conmigo. ¡Tanto!

Pero él me miró de muy mala uva, como si yo lo hubiera embrujado, y dijo:

—Usted lo ha tramado todo. Con lo del gato y los condones...

Me resultaba difícil desmentirlo.

—¿Qué juego enfermizo se trae entre manos?

Y tampoco podía decirle la verdad. ¡Maldito Buda!

—¡Está despedida! —ladró Alex, aún furioso, y salió corriendo detrás de Nina.

Las cosas no habían ido ni mucho menos como yo esperaba.

Pasé la noche dando vueltas, sin poder dormir. Gracias al beso, por fin había reconocido que yo sólo quería a Alex. Con Daniel Kohn, la cosa era ardiente, excitante, era una aventura.

Pero con Alex... Aquello era verdadero amor.

¡Por fin había puesto en orden mis sentimientos!

Lástima que Alex me hubiera enviado al carajo y me hubiera despedido. No tenía trabajo ni dinero, y no podía volver a ver a Lilly.

Al día siguiente volví a la casa. No tenía ningún plan, pero sí la esperanza de que Alex a lo mejor se habría calmado. Pero no estaba. Tampoco Lilly. Y menos aún Nina. Las puertas estaban cerradas. Las ventanas también. ¿Qué pasaba allí?

—Casanova —llamé, y me saltó encima desde un árbol—. ¿Adónde han ido? —le pregunté nerviosa.

Al menos, ya no tenía la nariz tan hinchada y podía hablar de nuevo con claridad.

—Miau, miauuuuu, miaaaau —contestó el signore.

No sirvió de mucho.

—Miau, miaaaau, miauuu —continuó maullando, mientras saltaba frenético a mi alrededor.

Aquella comunicación interespecies era como para volverse loca.

El signore cavilaba, caminando arriba y abajo, y pareció que se le ocurría una idea. Empezó a cavar.

—¿Quieres desenterrar algo?

Me dirigió una mirada severa y continuó cavando.[1] La última vez que lo había visto cavar, él todavía era una hormiga y quería...

—¿Quieres huir? —pregunté desconcertada.

Él movió con nerviosismo sus ojos de gato.

—Vale, vale, es una tontería. Pero una vez cavaste para escapar de los calabozos del hormiguero y, cuando aún eras un hombre, de la cárcel de los Plomos...

—¡Miau!

Levantó la cola y me miró con determinación.

—¿Cárcel de los Plomos? ¿Qué pasa con la cárcel de los Plomos?

Me miró impaciente. Y entonces, por fin, caí en la cuenta. ¡Ya sabía dónde estaba mi familia!

1.   De las memorias de Casanova: Cuando eres un animal te das perfecta cuenta de lo duros de mollera que son los humanos.

CAPÍTULO 55

—¿Venecia? —dijo Daniel Kohn mirándome con cara de incredulidad porque me había plantado en la puerta de su mansión con Casanova ronroneando sobre mis hombros—. ¿Me mandas a freír espárragos y ahora quieres que te dé dinero para ir a Venecia?

—Eso está..., ejem..., bastante bien resumido —repliqué con una sonrisa lo más afable posible.

—¿Y por qué tendría que hacerlo?

—Porque me va la vida.

—Y seguro que no me equivoco si pienso que no vas a decirme por qué te va la vida en ello.

—No te equivocas.

A Daniel no le gustó la respuesta, pero no pensaba explicarle que iba detrás de un hombre que se había ido de improviso de vacaciones a Venecia para reconciliarse con Nina, y se había llevado a Lilly. Al principio me desconcertó un poco que los dos hubieran escogido precisamente aquella ciudad, hasta que comprendí que yo no fui la única que se enamoró en ella de Alex, sino que Nina también lo hizo.

—Por favor —dije, implorando un poco.

—No te daré el dinero —replicó Daniel.

Tragué saliva.

—Bueno, perdona...

Y me di la vuelta para irme.

—Pero será un placer acompañarte a Venecia.

Volví a darme la vuelta deprisa. Daniel sonreía con malicia. Quería saber qué pasaba, y acompañarme a Venecia era la única posibilidad de poder descubrir algo.

Tuve que sopesarlo: ¿aceptaba la oferta de Daniel y una situación ya complicada se complicaría aún más, o bien dejaba que Alex y Nina hicieran sus vacaciones de reconciliación, lo cual podría provocar que siguieran juntos y que desterraran para siempre de sus vidas a la gorda de Maria?

Casanova me arañó en el hombro de manera incuestionable. Para él, la cosa estaba clara. Y para mí también:

—¡Vamos!

El Porsche de Daniel corría a doscientos por hora a través de la noche hacia Italia. Al principio, Casanova se sintió intimidado por la velocidad, luego impresionado y, al final, se durmió entre mis pies. Al atravesar los Alpes pensé en cuándo volvería a preguntarme Daniel de qué iba todo aquello. Pero no preguntó. Se puso a hablar por teléfono para cancelar sus citas con un par de chicas porque en los próximos días tenía que asistir a una «conferencia imprevista», y ellas se quedaron muy desilusionadas. A la tercera llamada, constaté algo irritada:

—Pues no has tardado mucho en consolarte.

—¿Te molesta?

—No —dije, bastante fastidiada.

—Te molesta.

—No me molesta —desmentí y me enfadé porque él tenía razón: hería mi orgullo.

—Quien algo niega, algo esconde —dijo con una sonrisa de ligón.

—No tengo nada que esconder.

—Has vuelto a negar.

—No niego nada.

—Otra negación.

—Me vuelves loca.

—Ya lo sé —dijo Daniel con una sonrisa aún más amplia, y aceleró.

Descendíamos por las montañas trazando serpentinas. A doscientos por hora. Se me cortó la respiración. Se me aceleró el pulso. Mi corazón gritó: «¡Necesito una pastilla, ya!» Abrí la caja, me tragué con avidez una cápsula roja y comprobé espantada que sólo me quedaba una píldora.

—¿Quieres que vaya más despacio? —preguntó Daniel, compasivo.

—No —contesté después de pensarlo un momento—. Quiero llegar a Venecia lo antes posible.

Y Daniel pisó a fondo el acelerador.

Los últimos kilómetros hacia la ciudad de las góndolas no los recorrimos en coche, claro, sino en un taxi acuático. Deslizarse a toda velocidad por el mar hacia aquella maravillosa ciudad, con un hombre tan atractivo como Daniel Kohn al lado, notar la espuma de las olas en la piel y olfatear el aire de «*Hands up, baby, hands up... On a holiday, on a holiday!*» fue increíble para mí, pero Casanova tenía verdaderas lágrimas de emoción en los ojos.[1]

1.   De las memorias de Casanova: Después de más de doscientos años, regresaba a casa. En aquel momento no podía sospechar que, en las próximas veinticuatro horas, un miembro de nuestro ilustre grupo de viajeros perecería.

CAPÍTULO 56

Daniel había reservado habitación en un exquisito hotelito de lujo, un antiguo *palazzo*[1] situado a tan sólo diez minutos de la plaza de San Marcos. En el fastuoso vestíbulo había tres magníficos cuadros antiguos colgados, que mostraban a unos nobles ociosos del Renacimiento, y una mesita con dos sillas preciosas de más de trescientos años de antigüedad, en las que no me atreví a sentarme porque no tenía seguro de responsabilidad civil.

Nos acercamos a la recepción y no pude creer lo que oí:

—¿Qué significa que nos dan una suite para dos personas? —pregunté.

—No les quedan habitaciones individuales —dijo Daniel sonriendo, y no se tomó la molestia de disimular sus intenciones de acabar en la cama conmigo.

—¡Pues vamos a otro hotel!

—A mí me gusta éste.

—¡Pues yo me voy a otro!

1.   De las memorias de Casanova: De joven, yo frecuentaba aquel *palazzo*. Allí perdí muchas cosas hermosas: un valioso anillo, una pipa de marfil tallada a mano, la virginidad...

289

—¿Y con qué dinero?

Era evidente que Daniel se estaba divirtiendo.

Entorné los ojos:

—Que te quede claro que no me pondrás un dedo encima.

—Si tú consigues no ponerme los tuyos encima... —dijo sonriendo con descaro.

Estaba convencidísimo, y yo recordé que hacía tiempo que no tenía relaciones sexuales y que una noche con él siempre era ardiente, excitante, una aventura...

Casanova me arañó en los muslos; al parecer, había visto el deseo en mis ojos y quería que centrara mi atención en lo fundamental.

—Antes tengo que ir a buscar a alguien —le dije a Daniel, y lo dejé allí con el equipaje.

Luego me encontré delante del hotel, con Casanova sobre los hombros, y sin tener idea de nada: ¿cómo iba a encontrar a Alex y a Lilly entre aquella muchedumbre de turistas?

Caminé durante horas por las callejuelas y los puentes de Venecia, buscando bajo un calor agobiante. El sudor me chorreaba por la frente y yo atropellaba a los turistas: aquellos malditos puentes eran demasiado estrechos. A los atropellados no les hacía mucha gracia, y oí que me decían «foca sebosa» en todos los idiomas conocidos de las Naciones Unidas. Finalmente, me di por vencida: ¡así no tenía ninguna posibilidad de encontrar a mi familia!

Regresé jadeando al hotel, demasiado cansada para hacer nada más. Pero Casanova continuó buscando a Nina, su gran amor. Daniel me esperaba en la habitación y me preguntó amablemente:

—¿Qué? ¿Lo has conseguido?

Yo le dirigí una mirada vacía.

—Esto suena a que no.

Me metí en la ducha. Cuando por fin salí, al cabo de dos horas, me puse mi pijama gigante y sólo quería una cosa: irme a la cama. Pero Daniel ya estaba tumbado en ella.

—Yo pago la habitación y no pienso dormir en el suelo —dijo sonriendo.

—Tú quieres sexo —constaté.

—Sí que nos lo tenemos creído.

Estaba cansada, echaba de menos a mi familia y no tenía ganas de jueguecitos. Me tiré en la cama y dije:

—Quiero dormir.

Daniel empezó a darme un masaje en la nuca como respuesta.

—¡Para! —ordené.

—No hablas en serio.

Vale, tenía razón: un poco de masaje, ¿qué tenía de malo? Sentaba bien, tan bien.

Y oía a los gondoleros fuera, en el canal, cantando *Volare*. En circunstancias normales, aquella cantinela enervante me habría puesto tensa, pero Daniel ya había empezado a besarme en la nuca.

Unos cuantos besos, ¿qué tenían de malo?

Daniel empezó a subirme el borde del pijama con suavidad para darme masajes en la espalda. Luché conmigo misma, no hacía falta ser Nostradamus para saber en qué acabaría aquello. ¿Debía permitirlo?

Un poco de sexo, ¿qué tenía de malo?

Un montón de cosas, claro, si realmente quieres recuperar a tu familia..., pero era tan agradable...

Y entonces cedí por fin y dije:

—Bah, ¡qué caray!

Y me lancé lascivamente sobre él.

—Upfffffs —gimió Daniel.

Ignoré el gemido y empezamos a besuquearnos. Salvajemente.

Yo suspiraba feliz. También porque Daniel era el Yehudi Menuhin de las interpretaciones con lengua. Seguramente habríamos hecho algo en los treinta y dos segundos siguientes si... si..., bueno, si Casanova no hubiera entrado por el balcón y me hubiera saltado a la espalda con las uñas afiladas.

—Ahhh, ¿te has vuelto majara? —le espeté.

El signore se limitó a señalarme la puerta con la pata.

—Sea lo que sea, ya habrá tiempo —gruñí.

Casanova sacudió la cabeza.

—El gato, ¿te entiende?

Daniel no podía creerlo.

Casanova corrió hacia la puerta y la arañó. Quería que se la abriera. Entonces comprendí por fin: el signore tenía una pista.[1] Me vestí en un santiamén mientras Daniel decía, sólo medio en broma:

—Me siento utilizado.

No le hice caso, abrí la puerta y seguí al signore. Aunque no sola, ya que Daniel también se vistió.

—¡Tú te quedas aquí! —le dije.

—Ni hablar —replicó, y corrió detrás de mí.

---

1. De las memorias de Casanova: En Venecia hay una enorme cantidad de gatos, y una gata muy fea había visto a Lilly. Pero la horrible criatura sólo quiso desvelar el lugar donde se encontraba la niña a cambio de mis favores sexuales. Lo asumí: se trataba de un momento en el que un gato debe hacer lo que debe hacer un gato.

Los tres nos adentramos en la noche veneciana. No tenía ni idea de cómo podría explicarle a Alex por qué llevaba a Daniel a remolque. Y no menos complicado: ¿cómo iba a explicarle a Daniel que buscaba precisamente a Alex, el viudo de Kim Lange, a la que él también había amado? Seguro que no bastaría con un «tiroriro».

Casanova nos guió por una callejuela muy angosta, que pasaba junto a un canal que olía a «los ciudadanos de Venecia necesitan urgentemente mejoras en el sistema de alcantarillado» y desembocaba en una pequeña plaza, detrás de la cual empezaba el mar abierto. No se veía un alma, ningún turista se habría alejado tanto del centro a esas horas. Y en medio de la plaza, iluminada por la luna llena, las estrellas y la luz tenue de unas farolas, se alzaba la iglesia de San Vincenzo.

La iglesia donde Alex y yo nos habíamos casado.

En la iglesia habían colgado un cartel con el aviso: «*Vietato l'accesso! Pericolo di vita!*» Puesto que lo único que yo sabía decir en italiano era «*Uno espresso per favore*», no entendí qué significaba aquello, pero relacionándolo con las cintas de señalización caídas y sabiendo que la iglesia ya estaba medio ruinosa cuando nos casamos, deduje que no era una idea demasiado brillante entrar dentro. Naturalmente, el gato Casanova sí lo hizo. Pasó zumbando por debajo de la cinta, cruzó por las losas levantadas y entró por la puerta entreabierta de la iglesia.

Suspiré, levanté la cinta y me agaché para pasar por debajo.

—¿Vas a entrar? —preguntó Daniel con escepticismo.

—No, voy a hacer gimnasia rítmica con la cinta —dije respondona.

—Ahí pone que hay peligro de muerte —señaló.

—Habría preferido no saberlo —comenté irritada, y me dirigí hacia la iglesia.

Daniel suspiró.

—Lo sabía —dijo, y me siguió.

Al entrar en la iglesia, la luz de la luna llena penetraba por las antiguas vidrieras de colores y dotaba al edificio de una agradable atmósfera de noche de verano.

La iglesia era maravillosamente sencilla; siglos atrás, allí no iba ningún dux veneciano, sino gente normal, por eso Alex y yo la encontrábamos tan romántica. Pero ahora estaba ruinosa y por todas partes había andamios que parecían abandonados desde hacía tiempo. Por lo visto, la Administración local había decidido que no valía la pena invertir en aquella iglesia y que era mejor gastar el dinero en folletos impresos en papel cuché.

Contemplé el altar y fue como una especie de viaje mental en el tiempo: me vi, siendo Kim, junto a Alex, que me ponía el anillo, y recordé el beso que me dio... Los recuerdos eran maravillosos y se confundieron con el dolor que me provocaba que Alex estuviera con Nina hasta estallar en un silencioso sollozo de tristeza.

—Chist —dijo Daniel.

—No te permito que me prohíbas llorar —le espeté.

—No es eso... Escucha.

Agucé el oído y..., efectivamente, se oía algo: un pequeño ronquido rítmico. Lo habría reconocido en cualquier parte del mundo, pues había disfrutado de él tanto siendo perro como siendo hormiga.

—¡Lilly!

—¿Quién es Lilly? —preguntó Daniel.

No contesté y corrí hacia el ruido.

—Poco a poco me voy acostumbrando a no recibir respuestas —comentó Daniel lacónico, y me siguió a través de los bancos de la iglesia hasta llegar al primero.

Allí estaba Lilly, acurrucada y roncando suavemente. La luz de la luna llena caía directamente sobre su dulce rostro.

Me senté a su lado y le acaricié las mejillas suaves:

—Hola, pequeña, despierta.

Abrió los ojos.

—¿Mmmmaria? —murmuró.

—Sí, ¿qué haces aquí?

—Mi mamá y mi papá se casaron aquí.

Sonreí, profundamente conmovida, mientras la levantaba del banco.

—¿Quiénes son tu papá y tu mamá? —preguntó Daniel.

Y, antes de que pudiera taparle la boca con la mano, Lilly respondió:

—Alex y Kim Lange.

Se quedó tan boquiabierto que la mandíbula le cayó hasta la altura de la pantorrilla.

Me miró.

—Ee... —fue el primer sonido que consiguió articular al cabo de un rato, y el segundo tampoco fue mucho más articulado—: ¿Eee...?

En aquel instante, Casanova maulló muy contento. Y yo me lo tomé como una señal de aviso, puesto que el hecho de que maullara así sólo podía significar una cosa...

—Lilly, nos has dado un buen susto. Irte así, sin más, hasta hemos avisado a la policía...

Era Nina.

—¿Qué hace usted aquí, Maria?

Y también Alex.

Alex vio entonces que Daniel Kohn también estaba presente:

—¡¡¿Y qué hace usted aquí?!!

—Eeee —balbuceó de nuevo Daniel.

La presencia de Alex pareció provocar una fusión nuclear en los procesadores de su cerebro. Levantó la vista y me miró, igual que hizo Alex. No cabía duda de que los dos querían una explicación.

Por primera vez me habría gustado ser una hormiga.

—¿Has traído tú a esa mujer? —preguntó Nina a Alex con una mezcla de celos y ansias asesinas.

Y entonces me habría gustado disponer de ácido fórmico.

—Yo... no la he traído —contestó Alex confuso.

—¿La ha traído usted? —preguntó Nina a Daniel, que asintió débilmente.

—Pero es absurdo —despotricó Nina—. ¿Qué hace un famoso como usted con una mujer Michelin?

Y entonces me habría gustado tener un lanzacohetes.

—Yo... yo no entiendo nada —balbuceó Alex.

—Yo sí —dijo Daniel.

Todos lo miramos. Alex. Lilly. Nina. Yo. El gato Casanova.

—¿Y bien? ¡Estoy intrigadísima! —dijo Nina, que fue la primera en recuperar el habla.

—Bueno, puede parecer un disparate —empezó a explicar Daniel—, pero... Ella ama al marido de Kim... Y yo la amo a ella... Igual que amé a Kim... Y ella aparece en nuestras vidas..., aunque realmente es una mujer de la limpieza de Hamburgo...

—Y bien, ¿piensa aclararnos algo de una vez? —preguntó Nina irritada.

—Sí —replicó Daniel—, sólo puede haber una explicación para todo esto...

—¿Y cuál es? —era evidente que el tartamudeo de Daniel estaba crispando a Nina.

—Maria... Maria... es... Kim.

Ahora fueron unas cuantas mandíbulas las que cayeron hasta la altura de la pantorrilla. La de Nina. La de Alex. La mía.

En cambio, Casanova se lamía la pata con deleite. Y Lilly me miraba esperanzada.

—Renacida... o reencarnada... o algo por el estilo —continuó balbuceando Daniel—. ¿Qué... qué otra explicación puede haber para toda esta locura?

—Vamos, Alex, no tenemos por qué escuchar estas tonterías —dijo Nina.

Cogió a Alex por la manga e intentó llevárselo de allí. Pero Alex se quedó quieto.

—¡Alex! —insistió Nina, pero él sólo me miraba a mí.

—¿Es verdad? —me preguntó.

—Tú... ¿no irás a creértelo? —inquirió Nina.

—Lo explicaría todo... —dijo Alex.

—¿Os han administrado psicofármacos? —preguntó Nina: estaba cabreada y era de esperar que en cualquier momento le saldría espuma blanca por la boca.

—¿Y bien? —me preguntó Alex—. ¿Tiene razón?

¿Qué podía decir? Miré a Lilly, que me observaba con los ojos radiantes:

—¿Eres mi mamá?

—«El gorrión, que es un pillo, le regala a la novia el anillo» —canturreé débilmente.

—Siempre le pasa lo mismo —constató Daniel.

—¡Porque está peor de la azotea que esta iglesia! —concluyó Nina.

Miré a Alex desesperada, me señalé la boca y le di a entender que no podía hablar.

—¿No puedes hablar de ello? Si no puedes hablar, asiente con la cabeza —dijo Alex—. ¿Eres Kim?

Asentir. Una idea genial. No tenía que decir nada. Ni escribir. Sólo asentir. Eso no podía impedírmelo Buda, ¿no?

Así pues, intenté asentir, ¡pero mi cabeza empezó a dar vueltas en círculo! Y cuanto más desesperadamente luchaba por evitarlo, más deprisa giraba.

—¿Intenta batir un récord? —preguntó Nina secamente mientras los dos hombres y Lilly se mostraban al menos tan decepcionados como yo por mi reacción.

(Si algún día vuelvo a encontrarme con Buda, por decirlo con palabras de mi madre, le daré una patada en el culo.)

—¡Vámonos! —decidió Nina.

Pero Alex no le hizo caso y continuó mirándome lleno de esperanza.

—¡Vámonos! —insistió Nina.

Me pareció ver realmente las primeras burbujas de espuma blanca saliéndole por la boca.

Alex la miró confuso. Pero antes de que pudiera balbucir algo, Lilly gritó:

—¡No!

—¡Ahora no empieces tú a fastidiar! —espumeó Nina—. Nos hemos pasado medio día buscándote y tenemos los pies destrozados de tanto caminar...

—¡Tú no eres quién para decirme nada! —le espetó Lilly, y salió corriendo hacia el altar, después de cruzar otra cinta de señalización.

—Lilly, ¡ven aquí ahora mismo! —gritó Nina.

—¡Me quedo aquí! —exclamó la pequeña, y empezó a trepar por uno de los inestables andamios.

—¡Lilly! —gritamos Alex y yo al unísono.

Nos miramos un instante, nos hicimos una breve seña con la cabeza porque, como padres, nos sentíamos unidos en nuestra preocupación, y salimos corriendo tras la pequeña.

—¡Baja de ahí! —le gritó Alex a Lilly.

Pero la niña siguió trepando. No le importaba que el andamio temblara alarmantemente.

—No bajaré hasta que no sepa si eres mi mami.

¿Cómo podía demostrárselo?

No podía. Y la decepcionaría. Mucho. Lilly se puso a llorar. Ya estaba sentada en lo alto del andamio.

—Voy a buscarla —dijo Alex con determinación.

—No creo que el andamio pueda resistir tu peso —dije preocupada.

—El tuyo, seguro que no —gritó Nina insolente.

Me di la vuelta para mirarla. Un lanzacohetes ya no me habría bastado.

—Tú eres la única que pesa poco y puede subir —repliqué.

Nina titubeó, miró a la sollozante Lilly.

—Maria tiene razón —dijo Alex.

—¡No estoy cansada de vivir!

—¡Se trata de Lilly! —Alex no podía comprender que Nina dudara.

—¡Baja de ahí! —gritó Nina con fuerza.

—¡No le grites! —masculló Alex antes de que pudiera mascullar yo.

—¡No me grites! —replicó Nina herida.

—Quiero a mi mamá —dijo Lilly llorando.

Me dolió en el corazón.

—¡Ayúdala! —pidió Alex a Nina.

Ella miró hacia arriba. La ascensión le pareció claramente demasiado arriesgada.

—Iré a buscar a la policía o a los bomberos o... —contestó, y se apresuró hacia una de las salidas laterales.

Casanova salió corriendo tras ella, maulló y dio un salto para interponerse en su camino. Como un salvaje. Quería retenerla. ¿Por Lilly?

—¡Lárgate, bicho! —maldijo Nina.

Pero Casanova no se retiró.

—¡Lárgate!

Le dio una patada asesina en la que puso toda su rabia por Alex, por mí y por la situación.[1] Casanova voló unos metros por el aire y se estrelló contra uno de los bancos de la iglesia.

Yo miré furiosa a Nina. Entonces vi que, encima de la salida lateral por la que quería marcharse, también había un andamio, y parecía aún más inestable que el de Lilly. Y entonces también supe por qué el signore había ido tras ella: había visto algo que Nina, con toda su rabia, no había notado: ¡era sumamente peligroso pasar por aquella salida! Si abría la puerta, ésta golpearía uno de los puntales y el andamio le caería encima. Nina quedaría sepultada. ¡Casanova quería salvarle la vida!

En ese momento, yo tendría que haberla avisado.

Pero, en vez de hacerlo, me pasaron por la cabeza un montón de pensamientos. Una parte de mí decía: «Si Nina muere, Alex quedará definitivamente libre.» Y otra parte decía: «Entonces podremos vivir nuestra vida como queramos.» Pero la tercera parte, escéptica, señaló: «¡Hola, se va a moriiiiiiir!»

«Bueno», replicó la primera parte con toda tranquili-

---

1. De las memorias de Casanova: El primer contacto físico con mademoiselle Nina me lo había imaginado más romántico cuando soñaba despierto.

dad. Y la segunda parte remató: «Ya se reencarnará.» Y la tercera parte dijo, muy sorprendida: «¡Pues tenéis razón!»

Y Nina no estaría mucho tiempo muerta. Se reencarnaría. A lo mejor en un bonito conejo o en un fantástico caballo: a ella le gustaban los caballos. Y tampoco había hecho tantas cosas malas en su vida como para ir a parar muy abajo en la escalera de la reencarnación. ¿O sí? Que una vez abortara no bastaría para ir a un hormiguero. ¿O sí? Después de todo, Buda no era como el Papa. ¿O sí?

¡¿¡¿O sí?!?!

No le deseaba a nadie el tormento que me había tocado sufrir a mí, de reencarnarse en hormiga y en animal de laboratorio. ¡Y menos aún a Nina! Y, por culpa de todos aquellos estúpidos «o sí», yo no podía estar segura de que, si no la avisaba, la pobre no tuviera que arrastrar ositos de goma dentro de poco.

—¡Nina! —grité.

—¡Cierra el pico, foca! —gritó.

Ya estaba a tan sólo unos metros de la puerta.

Puse mi cuerpo en movimiento y corrí. Alex y Daniel me miraban perplejos mientras yo seguía oyendo los sollozos de Lilly al fondo.

—¡No abras la puerta! —exclamé jadeando.

Nina me ignoró y puso la mano en el picaporte. Corrí más deprisa. Presionó hacia abajo el tirador.

—¡No! —grité, ya casi la había alcanzado.

Sin embargo, justo en aquel momento, la puerta se abrió y chocó contra el puntal del andamio. Se oyó un estrépito, los tablones le caerían encima enseguida. Vi la mirada aterrorizada de Nina. Y lo tuve claro: si no la salvaba, en unos instantes se reencarnaría en un animal, quizás incluso en hormiga.

Eso hice exactamente, sin pensar en las consecuencias. Tiré a Nina al suelo y la protegí con mi cuerpo macizo. Las tablas del andamio se estamparon en mi cabeza, en mi espalda, en mis piernas.

Cuando la polvareda cesó, noté que Nina respiraba debajo de mi pesado cuerpo.

Le había salvado la vida. Gracias a mis grasas.

Sonreí satisfecha.

Y en aquel momento me falló el corazón.

CAPÍTULO 57

Bum-bum-bum. Ninguna película en la que pasen mi vida.

Bum-bum-bum. Ningún nirvana que quiera acogerme.

Bum-bum-bum. Ninguna luz que me abrace.

Bum-bum-bum. Ninguna sensación de amor y seguridad.

Bum-bum-bum. Sólo mi corazón latiendo.

¿Desde cuándo no lo hacía? ¿Me hallaba aún en la iglesia?

Abrí los ojos y vi que me encontraba de nuevo en el blanco radiante del vestíbulo del nirvana. ¡Y sobre mí se inclinaba Buda desnudo!

—Por favor, ¿no podrías vestirte? —pregunté.

—Tú también estás desnuda —dijo Buda sonriendo.

Era verdad. Los dos teníamos toda la pinta de estar en una excursión de nudistas organizada por Weight Watchers.

—O sea que vuelvo a estar muerta —constaté mientras me esforzaba por incorporarme.

—No del todo —dijo sonriendo el gordo.

—¿No del todo? —pregunté con escepticismo—. No estar muerta del todo es como no estar embarazada del todo.

—Él aún lucha por salvarte la vida.

—¿Quién?

—Alex.

Me quedé asombrada. Y tuve una esperanza: ¿tenía Alex la oportunidad de reanimarme?

—Y... ¿va ganando? —pregunté.

—Míralo tú misma.

Buda me tendió su barriga flácida. Y antes de que yo pudiera decir «Ahhh, no es demasiado estética y ya sé que no debería decirlo porque yo también estoy bastante gorda, pero por favor, por favor, por favor, no me acerques tanto la panza», su barriga se transformó en una especie de mirilla que daba a la iglesia de San Vincenzo.

—Guau, tienes tele incorporada —me molesté en bromear.

Y cuanto más clara era la imagen, más emocionada estaba yo: por lo visto, Alex y Daniel habían retirado los tablones que teníamos encima. Y, mientras Lilly lo observaba todo atemorizada desde su mirador elevado, Nina se incorporó como pudo y ahora miraba con Daniel a Alex, que intentaba desesperadamente reanimarme con un masaje cardíaco.

—La gorda... me ha salvado... —dijo Nina desconcertada.

—Sí —dijo Daniel, jadeando impresionado.

—Ésta... Ésta es la prueba —balbuceó Nina.

—¿De qué? —preguntó Daniel.

—De que no es Kim. Kim nunca habría hecho algo así... Resoplé con desdén.

—Tiene razón —dijo Buda sonriendo—. La Kim que fuiste una vez nunca lo habría hecho. Has cambiado mucho.

Le miré con asombro. Su tele-barriga cambió de canal: me vi, en mi vida como Kim Lange, quitándole el trabajo sin escrúpulos a Sandra Kölling, mi predecesora en el programa.

La imagen de la barriga cambió y vi cómo, siendo Kim Lange, juraba no volver a arriesgar una uña por mi ayudante de redacción. Y luego la barriga volvió a cambiar de canal y de repente pude verme como conejillo de Indias. Estaba en una calle de Postdam. Era el momento en que el Renault Scenic se abalanzaba sobre Depardieu. En aquella época, ni por un segundo se me ocurrió salvar a Depardieu como acababa de hacer con Nina.

—Por lo visto he mutado hasta convertirme en una auténtica acumuladora de buen karma.

—Exacto —confirmó Buda contento.

—No lo he hecho adrede.

—Lo sé. Aún es mejor.

—¿Qué?

—Ahora acumulas buen karma sin pensarlo. Jugándote la vida. ¡Y de todo corazón!

Me conmovió. Profundamente. Y, a pesar de todo, no pude evitar sonreír con orgullo.

—Y por encima de todo: ¡estás dispuesta a sacrificar algo importante por los demás!

Dejé de sonreír. Buda tenía razón: para salvar a Nina había arriesgado mi vida. Una vida con mi familia.

—¿Recuerdas lo que te dije cuando no quisiste entrar en el nirvana? —preguntó Buda.

Su barriga volvió a cambiar de canal y transmitió nuestro último encuentro, poco antes de que yo despertara en el cuerpo de Maria: yo estaba delante de Buda desnudo como Kim Lange desnuda. (Dios, era delgada y tenía unos muslos realmente esbeltos.) Él me decía: «Una oportunidad como ésta, sólo te la proporcionaré una vez.»

Buda apretó el botón de pausa y anunció:

—Ahora entrarás en el nirvana.

—¡Pero yo no quiero ir! —protesté.

—Oh, sí, sí quieres —dijo Buda sonriendo.

—¡No quiero!

—Esta vez no podrás hacerme cambiar de opinión.

Su tele-barriga volvió a conectar con la iglesia de San Vincenzo. Alex me daba masajes en el corazón:

—¡Vamos! ¡Vamos! —decía.

Cada vez estaba más desesperado.

Tan desesperado, que dijo:

—¡Vamos..., Kim!

—¡Ya voy! —grité, y miré suplicante a Buda.

Pero no reaccionó.

Miré su barriga y vi que Nina le preguntaba a Daniel en un susurro:

—¿De verdad cree usted que es Kim?

Daniel asintió en silencio.

Nina observaba cómo Alex, desesperado, me daba masajes en el corazón y repetía constantemente mi nombre, y le susurró a Daniel con profunda tristeza:

—Contra ese amor no tengo ninguna posibilidad.

Y Daniel asintió como si quisiera decir: «Yo tampoco.»

—¡Kim, por favor! —exclamó Alex, ya con lágrimas en los ojos.

En el andamio, Lilly lloraba quedamente con la cara escondida entre los brazos.

—Por favor, mamá...

—Por favor —supliqué yo también a Buda.

Pero él sólo contestó:

—Ahora irás al nirvana.

Miré en sus ojos afables. Y sus ojos afables me decían con mucha claridad: «No es negociable.»

Era el final. No podía volver con Alex y con Lilly... A mí también se me saltaron las lágrimas.

—Ha llegado la hora —dijo Buda.

Miré por última vez a mi familia. Luego cerré los ojos y contuve las lágrimas: si tenía que ir al nirvana, quería hacerlo con dignidad.

CAPÍTULO 58

Cuando volví a abrir los ojos, noté una extraordinaria falta de luz y de nirvana.

Yacía de nuevo en la iglesia de San Vincenzo y vi los ojos de Alex.

No podía creer en su suerte.

Yo tampoco en la mía. Me sentía completamente confusa: pensaba que tenía que entrar en el maldito nirvana. ¿Qué había pasado?

—¿Estás bien? —preguntó Alex.

Tenía moratones, magulladuras y rasguños por todas partes. Mi corazón aún tenía que acostumbrarse a retomar el trabajo. Pero, a pesar de todo, sonreí:

—Podría estar mejor.

Daniel vio que Alex y yo nos mirábamos con ojos radiantes y, abatido, le susurró a Nina:

—Me parece que ya podemos irnos.

Nina asintió, todo aquello la superaba.

Daniel la rodeó por los hombros y se dispuso a irse con ella.

—Le ha pegado una patada al gato —gritó la pequeña Lilly, que aún seguía sentada sobre el andamio, totalmente desconcertada.

Miré a Casanova. Yacía inmóvil en el banco de madera contra el que lo había catapultado la patada de Nina. Me levanté espantada, pero enseguida volví a estremecerme: me dolía horrores todo el cuerpo.

—Yo te ayudo —dijo Alex, y me sostuvo suavemente con sus brazos.

—Gracias —contesté.

Con su ayuda, me acerqué cojeando deprisa al signore. Antes de llegar a él, lo supe: Casanova había dejado de respirar. Tenía el cuello roto. Aquello me dejó hecha polvo. Y furiosa con Nina.

Pero sólo durante un segundo. Nina estaba tan triste que no quise hacerle más reproches.

Además, pensé que Casanova había muerto por salvar a Nina. Y, sin él, yo no me habría dado cuenta de nada, el andamio habría aplastado a Nina y mis grasas no la habrían salvado. Seguro que el signore había acumulado una gran cantidad de buen karma y quizás incluso había entrado en el nirvana. Así pues, ¡no tenía que entristecerme por él!

—No tengas remordimientos. El cuerpo es únicamente el envoltorio del alma —dije para animar a Nina.

No replicó nada, sólo miraba con la vista perdida.

Daniel Kohn, que se esforzaba por encajarlo todo con coraje, le puso una mano en el hombro para consolarla:

—Quizás deberíamos irnos.

Nina miró un momento a Alex, luego a mí y, finalmente, dijo con profunda tristeza:

—No sólo quizás.

Alex iba a contestar algo, pero se dio cuenta de que nada de lo que dijera consolaría a Nina. Y por eso sólo dijo en voz baja, pero con firmeza:

—Perdóname.

Nina movió la cabeza asintiendo. Luego Daniel se la llevó de la iglesia. Me dio muchísima pena, la pobre había perdido todo lo que había soñado.

A lo mejor, deseé de todo corazón, ella y Daniel acababan formando pareja. En aquel momento sonó el móvil de Daniel y él lo cogió.

—¿Babsi? —preguntó—. Sí, claro, la conferencia ya ha acabado. Mañana estaré en Postdam... ¿Pudin de chocolate? Sí, te quedará de maravilla puesto...

Bueno, quizás Nina y Daniel no acabarían formando pareja.[1]

Los dos salieron de la iglesia. Cuando la puerta se cerró detrás de ellos, Alex, Lilly y yo nos quedamos solos por primera vez desde el día de mi primera muerte.

Entretanto, el sol había comenzado a salir y los primeros rayos penetraban a través de las magníficas vidrieras. Los cristales azules, amarillos, rojos, violetas y blancos del ventanal refractaban la luz de manera que parecía que nos encontrásemos bajo un cielo encantado de colores.

Sólo que Lilly aún seguía sentada en el andamio bajo aquel cielo encantado de colores.

1.   De las memorias de Casanova: Igual que a madame Kim, Buda también me permitió elegir si quería entrar en el nirvana o no. ¿Qué decidí? Formulémoslo de la siguiente manera: mademoiselle Nina se quedó sumamente asombrada de que un hombre tan corpulento pudiera ser un amante tan fantástico. Hicimos realidad el sueño dorado más íntimo de mademoiselle Nina, que antes nunca había formulado: trajimos un tropel de hijos al mundo. Éramos como conejos, perdón, conejillos de Indias. Y vivíamos con nuestra gran familia en Venecia, mi maravillosa tierra natal. La encantadora Nina, que, evidentemente, se convirtió en mi madame, regentaba una agencia de viajes allí, y yo ganaba dinero escribiendo manuales eróticos. Nina se ocupaba de manera excelente de nuestra prole, y así seguro que acumulaba buen karma. Y yo lo acumulaba porque con mis manuales hacía muchísimo más creativa la vida sexual de mucha gente.

—Anda, baja —le grité preocupada.

—No, hasta que no sepa si eres mi mamá.

Me habría gustado gritarle: «¡Sí, soy yo!»

Aunque sabía que tararearía *La boda de los pájaros*, abrí la boca y dije:

—Sí, soy tu mamá.

Ni un «tiroriro», ni un «gavilán», ni un «cuco», ni un «gorrión», nada de aves disparatadas, simplemente: «Soy tu mamá.»

¡Me quedé perpleja! ¿Había roto Buda el maleficio?

Lilly me miró radiante:

—¿De verdad?

—¡Sí! —exclamé riendo.

Ella también rió alegre y empezó a bajar a gatas del andamio.

—¡Ten cuidado! —exclamé—: ¡Anda con ojo!

—Mama, ¡que ya soy mayor! —replicó Lilly.

Mientras mi hija descendía ágilmente del andamio, Alex me sonreía:

—Yo... Yo... todavía no me lo creo.

—Yo... Yo tampoco —repliqué.

Seguía sin entender por qué no estaba en el nirvana de las narices. Buda lo había dicho alto y claro: «Ahora irás al nirvana.»

Me embargó el miedo: ¿Me llevaría ahora Buda hacia el nirvana? ¿Lejos de Lilly y de Alex?

Los miré: ¿Volvería a perderlos muy pronto? No lo superaría nunca. ¡Ni siquiera en la felicidad eterna del nirvana!

—¿Dónde... has estado los últimos años? —preguntó Alex.

—A veces, cerca de vosotros —contesté, ciñéndome a la verdad.

—¿Ya le habéis dado bastante al pico? —preguntó Lilly.

Estaba justo a nuestro lado. Poder decirle por fin que yo era su madre le sentó mejor a mi corazón que un bypass quíntuple.

—Si de verdad eres mi mamá, ¿puedo darte un beso? —dijo Lilly, interrumpiendo mis pensamientos.

—Pues claro.

La cogí entre mis gruesos brazos y la estreché con fuerza contra mi barriga a la luz del cielo encantado de colores; un poco más y le habría provocado problemas respiratorios.

Pero a Lilly no le importaba, era demasiado feliz.

Cerré los ojos y disfruté del instante «mamá recupera a su hija».

Entonces Alex carraspeó. Abrí los ojos y lo miré.

—¿Puedo? —preguntó.

Más allá de su sonrisa, seguía totalmente alterado.

—¡Pues claro! —contesté.

Y entonces también lo estreché a él contra mi barriga fofa.

Volví a cerrar los ojos.

Notaba a mi hija.

Y a mi marido.

Mi familia volvía a estar unida.

Y estábamos más cerca el uno del otro que nunca.

Tan cerca como nunca pude llegar a estar siendo Kim Lange.

O quise.

Era maravilloso.

Mi familia me envolvía.

Dulce.

Cálida.

Amorosa.

La abracé y me fundí en ella.

Dios, me sentía tan bien.

Tan protegida.

Tan feliz.

Y en aquel instante comprendí por qué Buda me había devuelto a la vida:

¡No hace falta nirvana para llegar al nirvana!

Mi agradecimiento a todos los que me han ayudado con este libro:

Volker Jarck, Ulrike Beck, Marcus Hertneck, Katharina Schlott, Marcus Gärtner y Almuth Andreae.
Y un agradecimiento muy especial a Michael Töteberg, el mejor agente de todo el universo conocido.

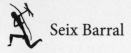

Seix Barral

España
Av. Diagonal, 662-664
08034 Barcelona (España)
Tel. (34) 93 492 80 00
Fax (34) 93 492 85 65
Mail: info@planetaint.com
www.planeta.es

Paseo Recoletos, 4, 3.ª planta
28001 Madrid (España)
Tel. (34) 91 423 03 00
Fax (34) 91 423 03 25
Mail: info@planetaint.com
www.planeta.es

Argentina
Av. Independencia, 1668
C1100 Buenos Aires
(Argentina)
Tel. (5411) 4124 91 00
Fax (5411) 4124 91 90
Mail: info@eplaneta.com.ar
www.editorialplaneta.com.ar

Brasil
Av. Francisco Matarazzo,
1500, 3.º andar, Conj. 32
Edificio New York
05001-100 São Paulo (Brasil)
Tel. (5511) 3087 88 88
Fax (5511) 3087 88 90
Mail: ventas@editoraplaneta.com.br
www.editoriaplaneta.com.br

Chile
Av. 11 de Septiembre, 2353, piso 16
Torre San Ramón, Providencia
Santiago (Chile)
Tel. Gerencia (562) 652 29 43
Fax (562) 652 29 12
www.planeta.cl

Colombia
Calle 73, 7-60, pisos 7 al 11
Bogotá, D.C. (Colombia)
Tel. (571) 607 99 97
Fax (571) 607 99 76
Mail: info@planeta.com.co
www.editorialplaneta.com.co

Ecuador
Whymper, N27-166,
y Francisco de Orellana
Quito (Ecuador)
Tel. (5932) 290 89 99
Fax (5932) 250 72 34
Mail: planeta@access.net.ec

México
Masaryk 111, piso 2.º
Colonia Chapultepec Morales
Delegación Miguel Hidalgo 11560
México, D.F. (México)
Tel. (52) 55 3000 62 00
Fax (52) 55 5002 91 54
Mail: info@planeta.com.mx
www.editorialplaneta.com.mx
www.planeta.com.mx

Perú
Av. Santa Cruz, 244
San Isidro, Lima (Perú)
Tel. (511) 440 98 98
Fax (511) 422 46 50
Mail: rrosales@eplaneta.com.pe

Portugal
Planeta Manuscrito
Rua do Loreto, 16-1.º Frte.
1200-242 Lisboa (Portugal)
Tel. (351) 21 370 43061
Fax (351) 21 370 43061

Uruguay
Cuareim, 1647
11100 Montevideo (Uruguay)
Tel. (5982) 901 40 26
Fax (5982) 902 25 50
Mail: info@planeta.com.uy
www.editorialplaneta.com.uy

Venezuela
Final Av. Libertador con calle Alameda,
Edificio Exa, piso 3.º, of. 301
El Rosal Chacao, Caracas (Venezuela)
Tel. (58212) 952 35 33
Fax (58212) 953 05 29
Mail: info@planeta.com.ve
www.editorialplaneta.com.ve

 Grupo Planeta   Seix Barral es un sello editorial del Grupo Planeta   www.planeta.es